情人像野草一样生长

霍君 著

Qingren Xiang Yecao Yiyang Shengzhang

山西出版传媒集团
北岳文艺出版社

图书在版编目（CIP）数据

情人像野草一样生长 / 霍君著. —太原：北岳文艺出版社，2012.5

ISBN 978-7-5378-3700-2

Ⅰ.①情… Ⅱ.①霍… Ⅲ.①长篇小说—中国—当代 Ⅳ.①I247.5

中国版本图书馆CIP数据核字（2012）第072588号

书　　名	情人像野草一样生长
著　　者	霍　君
责任编辑	刘文飞
封面设计	天之赋设计室
出版发行	山西出版传媒集团·北岳文艺出版社
地　　址	山西省太原市并州南路57号
邮　　编	030012
电　　话	0351-5628696（营销部）
	010-58200905 转801（北京中心发行部）
	0351-5628688（总编办）
传　　真	0351-5628680　010-58200905 转802
网　　址	http://www.bywy.com
E-mail	bywycbs@163.com
印刷装订	北京天宇万达印刷有限公司
开　　本	650mm×960mm　1/16
字　　数	198千字
印　　张	17
印　　数	1-6000册
版　　次	2012年7月第1版
印　　次	2012年7月第1次印刷
书　　号	ISBN 978-7-5378-3700-2
定　　价	24.00元

本书如有印装质量问题　由承印厂负责调换

目录/CONTENTS

第一章 初恋

男生A用他长着淡淡胡茬的脸去蹭高丽丽脸上的泪水,轻轻地蹭着。不断加重的心跳,小锤般擂着高丽丽的后背。猛地,男生A就用唇捉住了高丽丽的唇。他的唇是滚烫的,饱满的,充满力量的。

1. 长椅上的女孩 / 002
2. 听妈妈的话,不谈恋爱 / 005
3. 那个初吻,是罪魁祸首 / 008
4. 谁修改了命运的面孔 / 012
5. 哦,妹妹 / 017
6. 母亲去了哪里呢 / 021
7. 见我最后一面吧 / 025
8. 圣洁的白布条 / 031
9. 请把我嫁掉吧 / 036
10. 大水出现了 / 041
11. 就是他吧 / 048
12. 明天我要出嫁 / 053

第二章 婚姻

大水慌乱坚硬的身子热辣辣地烫到了高丽丽的冰凉,然后主动地用他的唇来找她的唇。她的唇冬眠了,睡着了,不肯在这冰冷而又陌生的氛围中苏醒过来。但这并没有妨碍大水点燃他那柄激情的火把。在今晚,他理直气壮。

13. 婚姻生活在无趣中开始 / 058
14. 很杂碎的一些事情 / 063
15. 有一些改变发生了 / 067
16. 幸福的后边跟着谁 / 073
17. 妹妹很久没来过了 / 079
18. 还我的孩子 / 085
19. 寄给丈夫的情书 / 091
20. 情感的幕布拉开之前 / 098

目录/CONTENTS

第三章 大水

一切自然而然地发生了。大水以为他是可以达到什么都不会发生的境界的,他相信他自己。结婚前他能做到,结婚后面对另一个女孩的真情表露,他也做到了。他不想凭借着感情的名义伤害哪一个人。

21. 你穿了哪个女人的袜子 / 106
22. 我来告诉你平平是谁 / 109
23. 瓶里的安眠药呢 / 115
24. 好大的一场雪 / 120
25. 咱们离婚吧 / 126
26. 这是怎么了 / 131
27. 掐灭一个小生命生长的愿望 / 134
28. 你是我初恋的那个男人 / 138
29. 妹妹出事了 / 145
30. 母亲又一次左右了高丽丽的婚姻 / 150
31. 我想看看心爱的麦子 / 154
32. 谁弄伤了小可 / 161

第四章 平平

拱进怀里的小尤物,就是一颗火种,迅速地让大水燃烧起来。那样的燃烧,没有任何力量能够阻止。高丽丽不能,他的家不能。这一瞬间,燃烧就是生命的全部。平平知道怎样操纵单纯的大水,知道怎样让大水奋不顾身地把自己燃成灰烬。

33. 一个叫做Q的已婚女人 / 168
34. 凌晨两点一个男人打来电话 / 174
35. 第二次搬家 / 179
36. 大水出差了 / 185
37. 我想做个坏女人 / 192
38. 你不是我的初恋情人 / 197
39. 你的心事我怀着 / 203
40. 我站在门后看着你 / 209
41. 一场战役即将打响 / 217

第五章 对决

　　战争的法则是，不是你死就是我亡。虽然还有另外一个选择——平局，但高厉厉显然要的是前一个结局。就要反败为胜了，一阵快意在高厉厉内心升腾和弥漫。但是，在强大的对手面前，高厉厉不敢有丝毫的懈怠。她要乘胜追击。

　　42. 亲爱的，咱们开始吧 / 224
　　43. 露出你的真面目来 / 229
　　44. 孩子，和我一起走吧 / 232
　　45. 谁看见我的羽毛了 / 238
　　46. 一直向南，在找你们的路上 / 244
　　47. 我就在你不远的地方 / 250
　　48. 情人节里的陌生电话 / 258

后记 / 263

第一章 初恋

　　男生A用他长着淡淡胡茬的脸去蹭高丽丽脸上的泪水，轻轻地蹭着。不断加重的心跳，小锤般擂着高丽丽的后背。猛地，男生A就用唇捉住了高丽丽的唇。他的唇是滚烫的，饱满的，充满力量的。

1. 长椅上的女孩

　　高厉厉注意长椅上的女孩很久了。那是一个有着身孕的非常年轻的女孩子，从女孩肚子凸起的程度看，肚里的孩子至少六七个月了。吸引高厉厉的并不是女孩圆鼓鼓的肚子，这样的女孩到处都是，没有什么稀奇的。只要你走在街上，就有机会遇上这样的女孩子，准确地说是小妇人。她们一只手搭在凸起的肚子上，另一只手弱弱地托住自己的腰。这一扶一托把小妇人的娇弱感暴露得淋漓尽致。那只骄傲的肚子让她们为所欲为，想怎样就怎样；眼睛里的幸福感带着黏性哗哗地往外喷，恨不得让每一个行人都沾上一点。可眼前的这个女孩、这个小妇人没有其他小妇人所拥有的，诸如快做母亲的幸福感，被宠爱的幸福感，甚至那种霸道和骄横，她一样都没有。她有的是迷茫，完全没有方向的迷茫。散乱的眼神抓不住眼前任何的一样景物，或许，她根本就没打算抓，放任自己处在散乱的状态里。好像并不是所有的东西都如愿地散乱着，它在一片散乱里具象着，坚挺着。所以，女孩没有坚持多久，便被那具象且坚挺的东西刺伤了。她，开始啜泣起来。

　　是男人让女孩伤了心，不，是比伤心更具有击打性的一个词汇。那个词汇叫做绝望。肯定是绝望。高厉厉敏感地嗅出了女孩身上散发出来的没有任何希望特质的气息。因为没有希望的介入，女孩最终只好让自己陷在哭泣里。哭泣是她唯一的选择。高厉厉的手掌心沁出了一层细密的汗珠。妈的，又一个悲剧在上演。高厉厉感

第一章

到自己的肩头被重物压得嘶嘶地疼，一副叫做责任感的担子静悄悄地落在了上边。于是，高厉厉放下女儿，肩上挑着那副沉甸甸的担子，捏着两手心冷汗，朝着长椅上的女孩走过来。

哭泣的女孩见有人过来，便准备止住哭声，用手撑住椅子，在做一个动作。一个离开的动作。女孩笨重的身子就要抬起来时，她听见高厉厉说，妹子，是不是男人欺负你了？

椅子上只有她自己，周围没有其他人。女孩确信高厉厉是在和她说话。尽管高厉厉是陌生的，可是陌生的高厉厉却说了一句戳她心窝子的话。女孩更多的泪水便顺着这句话的方向汹涌而下。

高厉厉的判断很准，女孩的确有了将近七个月的身孕。一年前，年轻的女孩嫁给了同样年轻的男孩。他们两个快快乐乐地过日子，快快乐乐地玩。婚姻怎么全是快乐呢？就连偶尔地吵吵小架也是快乐的。女孩经常快乐地想，谁说婚姻是爱情的坟墓呢？更让女孩快乐的是，他们有了自己的小宝宝。自从肚子里有了小宝宝，女孩听话地远离了电脑，任她好朋友的头在QQ上都快摇掉了，也懒得去理会。然而有一天，女孩无意中发现男孩在和前女友聊天。他们聊天的内容，她再熟悉不过了，那都是男孩说给她的话。它是私密的，更是甜蜜的。女孩愤怒了，你怎么可以！男孩也愤怒了，我怎么就不可以，没有你，我娶的会是她！

他呢？

他和前女友在一起。

你想怎么办？

我想把孩子生下来。这是我和他的孩子。

不！高厉厉断喝了一声。声音大得吓了女孩一跳，也吓了她自己一跳。

听姐姐的话，把孩子做掉。你想让你的孩子有一个没有责任

心的爸爸么？姐姐知道，你想用孩子做筹码，唤回男人的心，对不对？姐姐告诉你，你会付出比现在还要大的代价的。做掉吧，姐姐不会害你的。

高厉厉的话语充满了真诚和怜爱，仿佛女孩真的是她的妹妹。亲妹妹。

女孩十根慌乱的手指捂向肚子，比十根手指还要慌乱的是女孩的眼神。高厉厉的话就是一把锋利无比的手术刀，会随时割破女孩的肚子，把肚子里的孩子取走。

好么？听姐姐的话。做掉孩子，你还有选择的机会，不然的话，不光害了你自己，也会害了孩子。肯定会害了孩子的，肯定……

高厉厉的眼睛里开始有火苗在跳跃。她浑身燥热，有一种马上就要燃烧起来的感觉。她需要燃烧。然而，女孩哗地一下子给高厉厉泼了一盆冷水，让她的燃烧刚刚开始就结束了。

女孩向她投来一个惊恐、厌恶的眼神后，便挺起大肚子在高厉厉的视线里消失了。

真是好歹不知！高厉厉对着女孩的身影甩出一句狠话，一屁股坐到女孩刚才坐的地方。女孩的体温还在。那一丝温暖沿着高厉厉的臀部慢慢往上攀缘，从高厉厉的眼眶里流泻出来。

高厉厉哭了。

高厉厉记不清自己有多久没有哭泣过了，她甚至忘记了哭泣的滋味。她太需要哭泣了。可是，哭泣一直离她很远，不敢走近她。她要感谢那个女孩，因为她借着女孩的故事才有了一次哭泣的机会。哭吧，哭吧。什么都不想，靠在自己的肩膀上，肆意地哭一哭，把自己哭成一个柔软的女人。十年的泪水呵，在这一刻倾泻奔涌，它来势汹汹，无论什么样的堤坝都阻挡不住。高厉厉享受着泪水的冲刷带来的快感。后来,她终于在巨大的享受中疲倦了,整个人缩进长椅,蜷成一只没有骨头的软体动物。

女儿小可依旧蹲在原地,用手里的一截树枝在地上画着一些莫名其妙的东西。她依旧沉浸在一个人的世界里。那个世界,完好无损到没有一个缺口,外边的任何人都无法进入。她不想看见一个人世界之外的样子。小公园不在她的眼里,小公园里散落着的男男女女不在她的眼里,不远处长椅上那个叫高厉厉的女人的哭泣亦不在她的眼里。

高厉厉为什么哭泣和她有关系么?

没有。小可感觉不到高厉厉和高厉厉泪水的存在。

命啊,这就是命啊。那么,究竟是谁安排了自己的命运?难道真的有上帝么?如果有,上帝我求求你,我宁愿付出下辈子的幸福,只要你让我回到十年前。这条路我走了十年,它太难走了,我走累了,走累了……

2. 听妈妈的话,不谈恋爱

十年前的高厉厉还没有成长为高厉厉,还只是一个刚刚走出校门的清纯中带着几分叛逆的小女生高丽丽。

在距离高考还有几个月时,高丽丽用自行车驮着住宿的行李回了家。这是高丽丽特意送给母亲的一份大餐。高丽丽清楚得很,这份大餐对母亲来说,是难以下咽的。她要的就是这个效果。她成心要让母亲难受,只有母亲难受了,她心中的恨意才会消除。高丽丽已经想了很长时间，除了退学，没有什么能打击到母亲。在很多年没有男人支撑的生活中，母亲早已练就了一套抗击打的功夫。要怪就怪你自己吧，谁让你对我使用那样肮脏的字眼儿。

都是一场恋爱惹的祸。这是高丽丽在将近三年的高中生涯中经历的唯一一次恋爱。高丽丽不是没有恋爱的资本，也不是没有恋爱的机会。她的眼睛不大，却很魅。正是这种魅，引得无数男生竞折腰。高丽丽很聪明，从男生的眼神里，她读懂了自己，因此她的内心欣喜着。可是，她却不愿泄露自己的欣喜，让表情做孤傲状，或者是不屑状。男生也很是知趣，往往是知难而退。个别男生不惜降低自己的审美标准，只要有小女生暗中秋波一递，便十万分积极地应和着。然后，趁着值班老师不注意，双双溜出校门，匿迹在学校后边的小树林里。追求过高丽丽的体委就是此一类人。偏偏与之相好的那个女生和高丽丽一个宿舍。该女生长了一脸的青春痘子不说，还有着严重的口气。吃饭时，一点吃相都没有，馒头将两边的腮帮子都撑得鼓鼓的。两腮好像有两个大球在滚动，滚着滚着两个大球突然不见了。女生手里的半个馒头马上塞进嘴巴里，接着，两腮又会出现两个大球。大球在两腮出现几次后，一个大馒头就不见了踪迹。吃完了馒头的女生该照镜子了，这个习惯雷打不动。她的一条长手臂，从还在吃饭的几个人的空隙间探过去，摘下墙壁上面挂着的一面镜子。这个动作发生时，高丽丽一定要屏住呼吸的。馒头的气息过于弱了，无法淹没女生浓重的口气。体委和女生恋爱时，高丽丽想，体委如何会忍受得住和大便味道一样的口气？再加上女生的形象，所以，高丽丽开始蔑视体委了，以及蔑视和体委一类的人。她对他们是真正的不屑了。面对这类男人，高丽丽暗自庆幸，他们是不值得让她违背对母亲的承诺的。她对得起母亲放在她枕边的那碗粥。

每次周六回家，高丽丽最大的享受就是狠狠地睡上一个懒觉。不管高丽丽何时醒来，她的枕边都会有一碗冒着热气的粥。那是一碗倾注了母亲全部心血的粥，无论付出多大的努力，无论天气有多寒冷，母亲会一直让那碗粥冒着热气。那碗粥是母亲全部的希望。为了那碗粥，为了母亲的希望，高丽丽答应母亲，高中三年，会把脑袋削成一支竹签，牢牢地扎进书本里。高丽丽一直认为，母亲用她最温软的方式，把她逼进了死胡同。

唯一让高丽丽庆幸的是，她有机会看清了体委一类人的嘴脸。原来，在体委一类人的眼里，她高丽丽和口臭女生是一个档次的。这简直是对她的侮辱。这个侮辱就像是长在高丽丽自尊心上的一根刺，一碰，便尖锐地疼痛起来。所以，为了减轻自己的疼痛，她要明明白白地表达自己的厌恶感。

一天下午，高丽丽利用课下的时间发语文作业本。发到体委时，她需要跨过两名同学才能顺利地把本子放到体委的课桌上。她完全可以让挡住路的同学让一让，可是她没有。高丽丽用两根手指尖儿捏住体委的本子，小手臂一抬，再一个旋转，本子咻的一声，从两名同学的头顶上飞过去。然后，体委的本子便面目狰狞地落在体委的课桌上。正在低头写作业的体委吓了一跳，视线还没从书本中拔出来，一句难听的国骂就从嘴巴里冲了出来：日你二大爷！

高丽丽被猝不及防的惊愕死死地攥住，无法呼吸，无法转身，无法流泪，任两片苍白的唇毫无章法地颤抖着。

你日谁二大爷？！

男生A把体委的国骂球一样踢给了体委。体委恼羞成怒了。当体委意识到他骂的是高丽丽时，他的尴尬和悔恨并不比高丽丽的

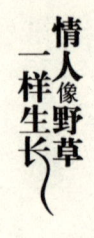

震惊少一些。他有点发懵了,不知道该怎么办。正在这时,男生A给他找了一个台阶。他要用最凶猛的姿态咆哮起来,来掩盖他的尴尬。于是,体委的发根都在怒吼:

就日你二大爷了!

男生A当然没有体委个头高,身子板也没有体委威武。但是他非常灵活,在体委的头发根倒下以前,蹿起来,一记重拳正打在体委的鼻梁骨上。鲜红的血雾时间喷涌出来。口臭女生忘了矜持,忘了在众同学面前和体委刻意保持的距离,眼睛里的泪水几乎和体委的鼻血在同一时间喷涌出来。她不顾一切地朝着体委奔去,不顾一切地用肢体清扫着前进的障碍,指间舞着一条白颜色的手帕。口臭女生要去给体委堵鼻血,其悲壮程度不亚于课本上那个用身体堵枪眼儿的英雄。

3. 那个初吻,是罪魁祸首

高丽丽的恋爱生涯就这样开始了。

男生A一转身,灿烂了高丽丽情感的天空。母亲那碗冒着热气的粥,在爱情面前失去了力量。爱情太像一匹飞奔的烈马,带着高丽丽往前冲。高丽丽不由自主了。她将他深情地含在眼里,舍不得眨一下眼睛,唯恐他从眼睛里掉下来,摔疼了。他们从来没有递过纸条,从来没有在晚自习的时候溜出去过。他是懂她的,非常默契地配合她,想要一个与众不同的爱情。他们的情话在彼此的眼神里,他们的思念在彼此的心里。原来,以一碗粥名义的所有错过，是为了在这一刻驻足。想念是一把细沙，灌满她思维的角角落落。想念他不高的个头，想念他左腮的酒窝，想念他的声音，想念他的鞋子，他的带蓝道儿的白袜子。想念他走路时带动起来的空气。想念、想念。她的日记本默默地承受着她对他的思念。

数学老师在课堂上提问，这个问题，高丽丽来回答。

高丽丽懵懵懂懂地站起来，说，白袜子。

哄堂大笑声。高丽丽脸儿绯红地把头勾到胸前。

都有谁穿了白袜子，请举手！数学老师眯着眼睛发坏。

结果齐刷刷地举起了五六只手臂。口臭女生的长手臂也竟然夹杂在其中。

哦，这么多穿白袜子的，不知道哪双白袜子晃了高丽丽同学的眼睛。

班里的许多同学在数学老师嘲讽语气的诱导下，窃笑着低头去寻找课桌下的白袜子。

高丽丽拒绝吃晚饭。她要用罢饭的方式向数学老师抗议，也顺便向宿舍里的女生表一个态，她是无辜的。什么白袜子黑袜子的，和她一点关系都没有。口臭女生既往不咎，好像忘了她的体委因了高丽丽挨了男生A一拳，异常热情地替高丽丽打来馒头和稀饭，并且神色诡异地趴在高丽丽的耳边说，吃完了饭，有好东西给你哦。

看守晚自习的恰恰是数学老师，高丽丽的心里便有了几分的坦然，甚至有了几分报复的快感。哼，就要在你的眼皮子底下溜走，气死你！在数学老师大腿压二腿地坐在椅子上打盹时，高丽丽踮起脚尖，从后门溜走了。高丽丽这一溜，班里许多男生

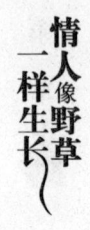

的牙根儿都酸出了半碗醋。男生A的空座位,让包括体委在内的男生们感到世界末日般的绝望。所以,他们不能保证,当数学老师问起高丽丽的行踪时,他们是否不会破坏那个不成文的规定。所谓不成文规定,就是互相包庇,给溜出教室的同学找出合理的借口。今天给别人找借口,其实是为了明天别人给自己找借口,借口一定要找得合情合理,然后,这个合情合理的借口最好由班长来说。后来,书呆子班长也变乖了,不等同学教唆,值班老师问起,他便会主动地给缺席的同学找来一个合情合理的借口。因此,他才在班长那把椅子上牢牢地坐着。高丽丽的座位在班长前边,高丽丽一走,班长的书就看不下去了,悄悄地左顾右盼,想从亲爱的同学们那里得到一个暗示。然而,今晚,他的亲爱同学们有点反常,所有的头颅都深深地埋在书本里,吝啬地不打算透露一点表情。如此,高丽丽就很危险了。

手心里攥着纸条的高丽丽正勇敢地走近校外的小树林。她不怕,一点都不怕,爱情给了她英勇无畏的动力。等在小树林边上的男生A,远远地就发现了高丽丽那剪细细弱弱的影儿。冰冷、干燥的夜因了那影儿变得生动起来。影儿靠近男生A时,男生A小声地唤道,喂,在这呢,我在这儿呢。听到呼唤声,高丽丽的眼热热地烫了一下,便蓄了两汪泪。

你没事吧?

……

有机会修理修理他,给你报仇。他是老师,咱们得来暗的。

……

来,我带你去一个地方,这儿太冷了。男生A来牵高丽丽。高丽丽以为他会来牵她的手,如果是,她不准备拒绝。她需要他的温暖,需要他的呵护,需要他作为男性的支撑。在他面前,她太弱了。从小到大，她都是弱的。外表坚强的母亲传递给她的却是内在的弱的信息，它们混杂在那碗粥的气息里。可是，男生A只轻轻地牵了她的衣襟。高丽丽或多或少有些失望。

朝小树林深处走。小树林里的夜色黏稠得像是走在墨水瓶子里。一小段时间的穿行后，男生A带着高丽丽来到一块不大的空地上。脚踩上去，绵软软的，伴着细微的碎裂之声。

这是什么东西？

别怕，我从附近一户人家偷了点干草，坐上去就不冷了。来，试试。

高丽丽听话地坐下来。还是冷，她尽量地团紧了身子，自己给自己取暖。

咋给我写纸条了呢？是不是臭嘴巴跟你说啥了？

恩，她不说我也想找机会和你说说话，挺担心你的。——你是不是冷？

有点儿。

那，你坐过来吧。

高丽丽没有动，心在胸腔里突然加速、狂跳。一阵艰涩的寂静过后，男生A坐了过来。他解开棉袄，把高丽丽冰冷的身子裹了进去。高丽丽的后背就紧紧地贴在了男生A的胸膛上，任由男生A做着这一切，思维被惊恐和激动死死地扭住，无法活动，无法支配肢体。对她来说，男人的气息是陌生的，更是遥远的。同时，也是她最向往的。过去的岁月里，对男性气息的向往被某些东西刻意遮掩了。

这个位置永远是你的。她听见他在她的耳边说。

这是一句让高丽丽铭记一辈子的话。高丽丽哭出了声音，哭得有点复杂。

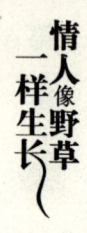

男生A被高丽丽的哭泣吓到了。你不愿意拥有这个位置么?

高丽丽拼命地摇头,泪水甩了男生A一脸。

男生A两只手臂紧紧地环着高丽丽,他不能松手,一松手,棉袄便会敞开来。但是,他想拭去女孩脸上的泪水,想安慰她。便说,你,把脸转过来。

高丽丽那样做了。

男生A用他长着淡淡胡茬的脸去蹭高丽丽脸上的泪水,轻轻地蹭着。不断加重的心跳,小锤般擂着高丽丽的后背。猛地,男生A就用唇捉住了高丽丽的唇。他的唇是滚烫的,饱满的,充满力量的。男性的力量逼得高丽丽闭上眼睛,死死地扣住两排牙齿;雄性的力量依旧勇猛地挺进,追寻粉红色的魅惑。高丽丽机械地抗拒着,拒绝泄露那一袭粉红。

这是高丽丽生命中最铭心刻骨的一个吻,也是最干涩的一个吻。

在他投入地进入,她机械地拒绝时,他们亲爱的同学们如天兵天将一样降临了。亲爱的同学用手电筒的光把她和他罩住,为她和他的吻,圆满地画上了一个羞耻符。

4. 谁修改了命运的面孔

是数学老师么?

他睁开眼睛后的第一缕视线就落在高丽丽的空座位上。高丽丽呢?

第一章

没有回音。

是不是和白袜子约会去了？

还是没有回音。

没人说话，那就说明我的说法是正确的了？班长，你出去把高丽丽找回来！

班长老老实实地站起来，老老实实地说，我不知道她去哪了？关键时刻，班长还是表现出了忠厚的一面。高丽丽是不错的，他不想把事情做绝。

老师，我们跟班长一块儿去找！

口臭女生的手臂举了起来。

我也去！我也去！

气氛如同一锅煮沸的开水，咕嘟咕嘟地冒着气泡——有嫉妒的气泡，有看热闹的气泡，有释放学习高压的气泡。

别无选择的班长被激昂的情绪绑架着，只好随波逐流了。许多的气泡是熟悉小树林的，尤其是口臭女生和体委，他们跑在队伍的最前列。

当着全校一千多名师生，校领导宣布了对男生A的处理决定。或许考虑到女学生的心理承受能力，怕女学生万一想不开，学校网开一面，免除了高丽丽的处罚。其实，学校这是在杀鸡给猴看。他们早就想弄出点动静来，以警示偷偷谈恋爱的学生。后来，当男生A毕业离开这所学校时，还作为反面教材在大会上一次一次地被提起。男生A的知名度就这样提升起来，成为学弟学妹们顶礼膜拜的偶像级人物。

高丽丽当然不要这个结果，她要和男生A一起承担。承担给了这个十九岁的女孩子大无畏的勇气，为了承担，她可以暂时放弃尊严。于是，一趟趟地往学校的教务处跑，向教务处的主任要两个结果：一个是免除男生A的处罚，一个是也给予她同样的处罚。

把她的家长叫来吧。校方灵巧地闪在一边，把高丽丽推给她的母亲。他们要让高丽丽的母亲明白，我们已经仁至义尽了。然后，以冷峻的目光打量着匆匆而来的半老女人，看她如何收拾这个给脸不要脸的小女生。头发上还沾着几片干草屑的女人果然中了校方的计，对他们的处理决定感激涕零。然后，高丽丽的母亲回转身。高丽丽躲避着母亲的眼睛。她没有想到学校会把母亲叫来，他们太恶毒了。母亲的手臂高高地扬了起来，那是一条毫无生命活力的枯瘦的手臂，而此刻，它咆哮着朝高丽丽扑了过去。

你真不要脸！

高丽丽的母亲原本要骂出口的是"你真不争气"，这几个字已经拱到了唇边，可是吐出来的却不是这几个字，而是"你真不要脸"。唯一的解释就是，你真不要脸更有杀伤力，更能表达她的愤怒，更能表达她的绝望。绝望啊，绝望使一个母亲失去了控制话语的能力。

高丽丽奇怪地笑了笑，心里忽然有了一种放松感。从此，自己将不欠眼前这个女人什么了。是她母亲的这个女人用羞辱抚平了她心灵上那道愧疚的沟壑。

同时，母亲也提醒了高丽丽，她已经变成了一个不要脸的人。一个不要脸的人还需要什么处罚呢？不要脸本身就是最高级别的处罚。母亲的巴掌和恶毒的咒骂不过是揭开了羞耻罐儿的盖子，她该把自己浸在里边，好好地享受里边的羞耻。把盖子盖严吧，请你们。

学校就是那个羞耻罐儿。在腌渍的过程中，羞耻从高丽丽的口、眼睛、耳朵，以及每一个毛孔滋儿滋儿地钻进去，一直抵达灵魂的最深处。在最短时间内，羞耻取得了最丰厚的战果。高丽丽被羞耻死死地攥住，无法呼吸。那只揭开羞耻罐儿的手，真是恶毒。男生A呢，她的初恋情人呢？请给我一个眼神吧，哪怕是怨恨的。可是，高丽丽捕捉不到一个完整的他。他像碎片一样弥散在空气中，感觉得到他的存在，却无法用视力把他凝聚起来。

她要呼吸，她要逃离。这是她在学校的最后一个晚上了，高丽丽给男生A写了一张字条，再将字条揉皱了，团成一个团。晚自习开始前，她走过男生A的座位，把掌心里的字条投给男生A。高丽丽很连贯地做完一系列的动作，一个人出了校门，把自己瘦削的小身子遁入小树林。恐惧或许是存在的，可是它过于微弱了，无法和大面积的羞耻和决绝相抗衡，所以，恐惧没有能力让高丽丽感觉得到它。

那一铺干草还在，高丽丽坐在上边，等着男生A。她打开两条细手臂，缠绕过来，自己抱着自己取暖。

这个位置永远是你的。她听见瑟瑟的干草发出的声音。

她知道，他不会来。他也不该来。如果他真的来了，说不定，她会耻笑他，会看不起他。那是一张毫无希望的字条。

但这并不影响她继续的等待。她抱着自己，就像坐在他温热的怀里。身上真的渐渐温暖起来，就着这一丝游走在寒冷里的温热，她和他说着离别的话语。

最后她说，谢谢你说了那句话——

这个位置永远是你的。

高丽丽的这一招够狠，又稳又准地打到了母亲的七寸。高丽丽是母亲小心翼翼燃起来的一盏希望的灯火，为了让这盏灯火越燃越亮，她不仅仅牺牲了小女儿，还剖开自己的血管，用鲜血做燃料。希望的灯盏也确实越燃越亮。墙上贴着的奖状像一面面旗帜一样，即使在没有风的日子，也会在母亲的心头扑扑啦啦地高高飘扬。村子里只有两个孩子考上了高中，而她的女儿高丽丽就是其中的一个。所以，高丽丽是家里最具有潜在价值的一件东西。村里人的说法是，你家丽丽将来肯定了得，肯定能考上大学，肯定能给你挣来大钱。丽丽妈噢，尽等着享你家丽丽的福吧。这时候的母亲是最享受的，也是最幸福的。那张过早的被岁月织成皱纹纸的面皮难得的舒展片刻，让岁月的梭子喘息一下。每每这个时候，母亲就想，自己的付出是值得的，没有男人的日子还是有盼头的。

这个盼头怎么就像烛花儿一样，说剪就剪掉了呢？

母亲决定固执了，固执地把这个现实推开，让它离自己远远的。那个现实不是她的，她不要。然而，那个现实是长了腿的，它在追赶她。于是，母亲想了一个办法，这个办法可以把母亲藏起来，让追赶她的现实找不到她。

母亲从柜子底下拎出一瓶白酒。家里怎么会有白酒呢？高丽丽冷漠地想。她冷漠地看着母亲将那瓶白酒一饮而尽。妹妹，母亲的第二个孩子，那个不在母亲希望视线之内的妹妹，去夺母亲的瓶子。只夺下了瓶子，瓶子里的酒没了。然后，姐妹两个看着母亲像一片这个季节的枯叶一样轻飘飘地落在炕上，没有任何声响。母亲真的太轻了。

你！

一把刀子从妹妹的眼睛里飞出来，剜了一下高丽丽。高丽丽有了痛感。

她第一次发觉，自己欠了这个妹妹的。

5.哦，妹妹

你！

这个字的分量很重。高丽丽宁愿妹妹说出口的是别的什么话，比如像母亲说的"你真不要脸"之类的话。这样，她会一如既往地不把妹妹放在眼里，一如既往地无视妹妹的存在，一如既往地掠夺属于妹妹的东西。不放在眼里也好，无视也好，还有掠夺，都已经成为一种习惯。高丽丽从来都没有认为这些习惯是可耻的；可是此刻，高丽丽猛然醒悟，过去的她是多么无耻。可悲的是，她竟然不知道自己是无耻的。母亲帮着她，掩盖了过去的无耻。

小高丽丽两岁的妹妹，算得上是一个漂亮的女孩子。妹妹的五官像极了母亲。高丽丽记得读初中时，有一次母亲用一种欣赏的眼神长久地端详着妹妹。绝对是欣赏。长久的欣赏之后，母亲说，我二闺女长得真好看。当时的高丽丽还不能识破母亲话语的含义。母亲在从妹妹身上寻找她少女时代的影子，妹妹就是母亲的一面镜子，母亲偶尔会从艰难的岁月中腾出手来，端起这面镜子，打量一下曾经也有过的青涩和美好。不管怎么说，妹妹的漂亮是明显的，和母亲的憔悴一样明显。但是。是的，但是。具备漂亮容颜的妹妹，同时具备一个缺陷。这个缺陷丝毫不比妹妹的漂亮和母亲的憔悴逊色。

那时，奶奶还在。母亲去地里干活了，奶奶看着高丽丽姐妹两个。妹妹睡了一个长长的下午，醒来，哭着找妈妈。刚会说话的妹妹说我找妈，点一下头；再说我找妈，又点一下头。不喜欢女孩的奶奶对高丽丽说，她再点头，你就打她。高丽丽完全有欺负妹妹的能力了，妹妹点一下头，她捶一下妹妹。妹妹一说话就点头，谁都没有太在意。还活着的父亲也说，长大了就好了。小孩子有点儿小动作，觉得还是乐趣呢。来，叫姑姑，叫婶子，给姑姑婶子来个小鸡啄米。

妹妹的缺陷在不被重视中永恒了。读小学一年级时，不知道妹妹缺陷的老师，让妹妹回答问题。妹妹说不会，点了一下头。老师生气了，不会你点哪门子的头哇！妹妹越来越懂她的缺陷，任何场合，任何时候，尽量少地发出声音。因而，当母亲端起妹妹这面镜子，来寻找她自己的踪迹时，高丽丽一点都不嫉妒。无论从哪一个方面来说，妹妹都不足以和她抗衡。

成绩不好的妹妹初中一年级没有读完就辍学了。可以说是在母亲的暗示下，妹妹主动退学了。母亲为什么要暗示妹妹呢？

高丽丽当时也认为，如果姐妹两个必须要有一个退下来，那一定是妹妹。妹妹不仅仅是生理上有缺陷，而且智力也是很有问题的。拿奖状，拿名次，对妹妹来说简直是一个笑话。母亲也是默认了这个笑话的。吃过晚饭，母亲会对妹妹说，把家伙刷了，让你姐写作业。星期六，母亲会对妹妹说，跟我到地里干点活，让你姐看书吧。妹妹总是顺从着，从来不争什么；或许就连妹妹自己都认为，她是没有争的资格的。所以，她不争。在这个家里，妹妹就是一条不起眼儿的小布鱼，既然不能让发现她的人眼前一亮，不如默默地沉在水底吧。

那天晚上，母亲长长地唉了一声。头碰头写作业的姐妹两个都听见了母亲的叹息。笔尖依旧在纸上行走，耳朵却朝着母亲叹息的方向张开着。母亲果然是有话要说的——唉，这个死东西，他消停了，也不管咱们是死是活了，都六年了……

笔尖继续行走。

——这日子忒难了，两个孩子上学，叫哪个下来都不行啊……

妹妹的笔尖停止了行走。墨水渐渐地洇开来，模糊了字的表情。

妈，就让姐姐一个人上吧。妹妹艰难地说完，头重重地点下去，再没抬起来，大颗的泪水摔下来。

母亲眼里的泪水也摔了下来，她抚着妹妹的头说，委屈你了……

高丽丽的小肩膀颤了颤，她知道，小肩膀上压了一个东西。那个东西叫担子。

十九岁的高丽丽，再想起这个改变妹妹命运的场景，不得不卑鄙地想，母亲的眼泪流得过于虚伪了。妹妹中了她的计谋，主动提出来退。做母亲的适时地流一流泪，不过是想表达一种浅显的感激之情吧，感激妹妹成全了她。就是这样的。

退了学的妹妹究竟走过了怎样的心路历程，没有人知道。很少说话的妹妹，又是如何战胜了自己，在炎热的夏天，用自行车驮着冰棍箱子，走街串巷，送出一声又一声的吆喝？没有人知道。有人嘲笑过妹妹么？有坏孩子朝妹妹扔过石子么？还是没有人知道。妹妹从来没有表达过什么。她的喜怒哀乐被她的不表达紧紧地包裹住。高丽丽拿着妹妹卖冰棍的钱，心安理得地去交学费。妹妹在为这个家付出，她高丽丽也在为这个家付出，只不过，她们付出的方式不同而已；她是以努力学习的方式，她们还不都是为了自己。高丽丽以为。

包括掠夺妹妹的喜爱，也是心安理得的。高丽丽读高二那年，妹妹用卖冰糕攒下的钱，买了一件仿皮的红夹克。周末，高丽丽从学校一回来，便疯狂地喜欢上了妹妹的红夹克。为了红夹克，高丽丽第一次放下架子讨好妹妹，好妹子，让姐试试？妹妹承受住了高丽丽的讨好，说，不。点了一下头。遭到妹妹拒绝的高丽丽简直是恼羞成怒了。你算个什么东西，别以为穿件新衣服就上档次了，也不照照镜子，看看自己对得起新衣服么？然后，眯起两只有点魅的眼睛，细细地看着妹妹会作何反应。尖酸刻薄的话如手掌般拍红了妹妹的脸。妹妹大概也是想对高丽丽使用一些尖酸刻薄的话的，但是，所有的语言都哽在咽喉处，只剩下频频的点头了。高丽丽一点都没有胜利的喜悦感，因为红夹克还在妹妹的身上。

妈，为啥给她买新衣服？

那是人家自己攒钱买的。

她又不出门，穿啥新衣服——妈……

高丽丽懒懒地提着装着杂物的兜子，迈着懒懒的步子，准备回学校。等一下！妹妹叫住了高丽丽。

妹妹将手臂伸向高丽丽，手臂上托着那件红夹克。

高丽丽心中一喜，嘴巴上依然是懒懒的，有事？

——给你。

——给我？

——恩。

高丽丽按住内心的欣喜，呈献给妹妹一副无所谓的样子，挑起无所谓的眼神。高丽丽发现，妹妹的眼睛红红的，颜色比红夹克还要鲜艳。

母亲究竟做了怎样的工作，让妹妹放弃了喜爱的红夹克？

此时此刻的高丽丽，从过去的岁月中咀嚼出了满口的无耻味道，对妹妹满怀着深深的愧疚。妹妹让她看清了自己的无赖相，她开始厌恶自己。多么希望妹妹也能说出一句羞辱她的话，这样她就不会觉得亏欠了妹妹，就会对自己少一点厌恶。她质问自己，断了母亲希望的同时，是不是也断了妹妹的希望呢？

妹妹摔在本子上的泪水，妹妹顶着烈日的吆喝声，妹妹比红夹克的颜色还要鲜艳的眼睛……却只吐出一个"你"字。

是母亲。她断了自己希望的同时，也让妹妹的所有付出变得毫无意义。都是母亲的羞辱惹的祸。数学老师的羞辱、同学的羞辱如同饥饿的嘴巴，疯狂地撕咬着高丽丽的尊严；眼看只剩下一点点的残渣了，母亲却扑上来，吞没了它。母亲吞掉的是最关键的一口。

母亲？高丽丽才发觉，炕上的那一枚枯叶子不见了。它飘向了何方？

6. 母亲去了哪里呢

二月还缩在冬天的被窝里，不肯探出早春的头。高丽丽和妹妹在冷风中搜寻着母亲的踪影。街坊邻居家里都没有。婶子大妈们说，没来呀，你妈哪有空串门子呢，要不到别处找找吧。她们说话时，眼睛伸出探寻的触须，想获取一些有嚼头的信息。这些老女人们！最让高丽丽不舒服的，是一个平日里母亲让她们姐妹称呼大妈的老女人。因是街坊住着，母亲和老女人的往来就多了一些。有时，抱柴火烧火做饭碰上了，两个人也会站着说几

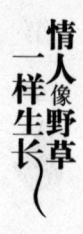

句话。高丽丽在场，老女人脸上的皱纹像开得正旺的菊花。准会说，瞅瞅您这个闺女，咋长的，多爱人。或者是，您家丽丽长得多俊啊。若是高丽丽独自碰上了老女人，老女人则是另外的一副面孔：没有菊花样的笑容，没有夸赞，甚至连一个正视都没有；仿佛她的视网膜突然漏了个大洞，罩不住近在眼前的高丽丽。原来，老女人的夸赞和笑容全是做给母亲看的。高丽丽便很是鄙夷她。鄙夷老女人低估了小孩子的智商。今天，当灿烂的菊花在老女人的脸上绽放时，高丽丽立即就明白了她的用意，便冷漠地对老女人说，妈没在，我们走了。老女人探寻的触角啪的一声被拍落了。

傍晚，高丽丽和妹妹终于在父亲的坟前找到了母亲。村里的一个老人牵着他的老牛，缓慢地往村里走，碰见姐妹俩，说，你们爸爸坟上有一个人，看是不是你们妈。高丽丽望着还在荒寂着的田野，爸爸的坟在哪儿？老人叹了一口气，伸出一只黑熏熏的手指。高丽丽姐妹便顺着黑熏熏手指的方向走。

村外的原野上，拿了视线扫过去，会收获一些三三两两的小土包。它们以孤单的姿态遥望着村庄里的烟火气，分辨着哪一缕炊烟飘自自家的烟囱。高丽丽的确不知道哪一座小土包是属于父亲的，不是它们太相似，而是自从父亲走进那个小土包后，母亲从没有让她和妹妹走近过它。父亲对她们来说，真的是走得太远了，远得快要淡出她们的记忆了。在高丽丽姐妹的印象中，母亲好像也很少走近那个小土包。

而此刻，母亲在父亲的坟前昏睡着。短发蓬乱地遮盖着母亲的脸，努力地掩藏起母亲的绝望，发梢上沾着一些母亲呕吐的污物；身上盖着一件蓝色的棉大衣。是谁给母亲盖的棉大衣，这件棉大衣又是谁的呢？

第一章

妹妹扑上去摇母亲。摇了很久，母亲才从蓬乱的发隙中露出一点表情，别摇，我再和你爸说会话，就一会儿。乖，听话啊。别摇。

母亲的眼皮又重重地垂下来。母亲在和父亲说什么呢？她看到父亲了么？

父亲啊。那个长着一双魅眼睛的纤秀的父亲啊。

父亲的魅眼睛，父亲的纤秀，还有父亲的内敛，父亲的羞怯。十根修长的手指怎么也握不住粗糙的生活。好在，有母亲。为了父亲，母亲心甘情愿滚进劣质的老烟叶子一样的生活里，接受它的熏染。父亲更像母亲的孩子，母亲疼着他，爱护着他。为了让自己疼爱的人不受外人欺负，母亲把女性的阴柔一点点淬炼成男性的阳刚。她粗着嗓子和人说话，发出灌满喉咙的笑声，一副满不在乎、谁惹我和谁急的架势。尽管日子是清苦的，但母亲是幸福的。母亲在灯下给孩子们缝缝连连，父亲在灯下捧着一本喜爱的书。

书里都有啥呢？母亲喜欢这样问。

书里有黄金屋，书里有颜如玉。父亲也总是喜欢这样回答。

村里所有的人都不信父亲的话，但母亲信。

可是忽然有一天夜里，父亲在村头的树上上吊了。前一天的晚上，父亲刚刚读完曹雪芹的《红楼梦》；之前，没有一点死亡的迹象。

母亲的疼爱和信任断裂了，断裂成一条深不见底的峡谷。断裂出现得太突然，母亲没有丝毫的准备，便一头栽了下去。

父亲用他的死亡制造了一个巨大的谜团。母亲向父亲要这个谜底，用头一下一下地撞击着父亲的棺木，拦都拦不住。母亲额

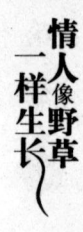

头上的血一重一重地冲刷下来。

高丽丽姐妹吓坏了。那个很少向她们主动表达爱抚的,对书本远远比对她们姐妹亲切的父亲,给姐妹两个留下的是对死亡的恐惧感。那绝对胜过思念和亲情。吓坏了的她们,甚至不知道该去阻止母亲的撞击。

——谁也别拦她,让这个贱女人撞!

高丽丽的奶奶用手里的拐杖颤颤地指着母亲。母亲停止了撞击,用手撸了一把脸上的血,露出无比惊愕的两只眼睛。

——你这个贱女人,一定是你偷了人,我儿子太老实,惹不起你,让你给逼死了……

众人的耳朵齐刷刷地立了起来,敏锐地捕捉着他们想知道的死亡真相。

嗷——母亲像一头母豹子般蹿过来,龇出尖刺刺的牙齿,和奶奶搏杀在一起。

知道我为啥不来看你么?母亲忽然睁开了眼睛。

因为我恨你。有你在,我活着就有劲头,有盼头。冷不丁地,你说走就走了,把俩孩子推给我,连屁都没放一个。我对你的那份心哪,全都喂了狼了,你就是一只白眼儿狼。不光你是白眼狼,你种下的种子都是白眼儿狼的种子。

高丽丽知道,母亲在骂自己。

哼,我今儿来,就是告诉你这个的,这下,你满意了吧?

刚才还是薄薄的夜色,一转眼就厚厚的了。母亲艰难地爬起来。她终于发现了身上的棉大衣。

母亲停止继续爬起来。有一小会儿。然后,母亲对着小土包里的父亲,用碎裂的声音说,我还告诉你,这么多年我不找男人，不是为了你，也不全是为了俩孩子。你妈不是说你死是因为我偷人么，我就证明给大伙看看，我到底偷没偷人，没有男人到底能不能活着。因为这个，我更恨你，你让我活得不清不楚。

这个棉大衣，你也看见了，是吧？不会是鬼可怜我，给我盖的吧！

母亲一下子从地上腾起身子，两只脚轮番做铲子。本来就不大的小土包转瞬就被铲得零零碎碎的了。高丽丽姐妹袖着冰凉的手，木然地站立着，任由土块迸到她们的身上，不躲也不闪。她们没有劝阻母亲，怀着各自的心事任由母亲发泄。

7. 见我最后一面吧

高丽丽的弱势渐渐地明显了。希望的灯火，在过去的岁月里，一直在高丽丽的头上熊熊燃烧。在陈旧的眼神里，一个农村女孩子该有的素质是什么？健康，能干，炕上一把剪刀，炕下一把笤帚。高丽丽是不具备这些素质的。这些不具备的素质作为她的弱项，被隐在希望灯火的暗影下，让所有的人都忽略了它。高丽丽是能考上大学的，是能端上国家的铁饭碗的。而今，希望的灯盏忽悠一下子，说灭就灭了。人们便看清了隐在暗影里的缺点，尤其是母亲、妹妹，还有高丽丽自己。

下午和妹妹下地，把麦地里的草刨了，刨干净点。母亲不用征求高丽丽的意见，操作命令的话语方式，对母亲而言，正渐渐成为一种习惯。

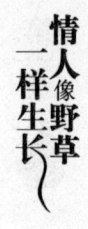

高丽丽正沉浸在一本小说的某一个情节里。

别把自个当书立人儿了，把草刨干净了还能多打点麦子。母亲虚着一对眼睛。

不就是刨草么！高丽丽是不服气的。她决定伸出和父亲一样纤细的手指，努力去握粗糙的生活。

刨草的镐扛在肩头上，和妹妹一前一后地走。妹妹在前，高丽丽在后。刚出门，碰见邻居大妈。一见高丽丽，大妈脸上的菊花便灿烂了，嗬，大学生下地呀！高丽丽恨不得把老女人脸上绽放的菊花一瓣一瓣地撕下来，那样才觉着解恨。高丽丽扛着镐下地，成了村里的一道新风景，谁见了都会自主不自主地多耗费一些眼神。

太阳也真是，前几天还缩在被窝里，害怕伤风感冒似的，懒得做户外运动。一眨眼便活跃起来，开始释放积攒了一个冬天的激情。很快，高丽丽薄薄的小身子就被晒透了，一阵眩晕。于是，她用镐撑住小身子，歇息。一停下来，手丝丝拉拉的疼痛也跟着来了。摊开手掌，竟打了大小不等的四五个血泡。妹妹已经把高丽丽甩下一大截子，动作娴熟地挥动着手里的镐，臂膀充满了力量。妹妹对脚下这片土地的驾驭是游刃有余的，她承载着土地收获的愿望。所以，土地对妹妹满怀着亲切感，没过脚踝的麦苗频频地向妹妹弯腰致意。那些麦苗多像过去的母亲啊。

高丽丽有点妒忌了。

咻——高丽丽冷笑了一声，自己竟然也会嫉妒妹妹。土地是属于妹妹的，妹妹也是属于土地的。过去，她是一只飞在空中的鸟儿，妹妹也好，土地也好，和她不是在一个层面上的。如今，她受伤了，从空中坠落到大地上，才发觉渺小的妹妹是需要仰视才能看清楚的。生活，真会开玩笑哇。

都是那个吻惹的祸。那可真是一个罪恶之吻啊。

高丽丽将视线越过妹妹和妹妹的土地，朝着学校的方向奔驰。此刻的他，给了她罪恶之吻的男生A在干什么呢？他还会想起她么？他还记得他说过的话么？

这个位置永远是你的。

永远是多远呢？只是那一个晚上么？

高丽丽的手指轻轻地抚触着自己的唇。男性的饱满还在，男性的力量还在。

还不快刨草？已经刨完了一个田垄的妹妹对高丽丽表示了不满。

说话就说话，还点啥头！

说完这句话，高丽丽后悔了。树怕剥皮，人怕揭短。妹妹将愤怒的眼神重重地砸过来。然后，抡起手里的镐头，狠狠地铲除掉脚下一棵杂草生长的欲望。

妹妹是真的生气了。高丽丽想对妹妹说声对不起，可是，不屑于向妹妹说对不起真的是根深蒂固了。现在，即使心里存在着一份歉意，也不好意思说出口了。高丽丽只好选择了另外一种道歉的方式。

歇会吧，咱俩说说话。

妹妹没有停止刨草，也没有搭腔。

你，想知道吻的滋味么？就是亲嘴的滋味？一个男人和一个女人亲嘴。

妹妹继续刨草，继续不搭腔。但是，手里的镐却走私了。一个没留神，麦垄之间套种的玉米苗，就有一棵稀里糊涂地夭折了。聪明的高丽丽看出了妹妹的慌乱。一颗少女的心乱了呢。

你想知道是啥滋味，对不对？它的味道甜甜的，像糖果，又

不全像糖果。它是有弹性的，嗖的一下，可以把人弹到云里、雾里。失去了方向，却甘愿待在云里、雾里，甘愿待一辈子。那种感觉真的非常奇妙，以后，你试过就知道了……此刻的高丽丽便是在云里，在雾里了，陷在关于吻的遐想里。美丽的遐想让她暂时远离了现实的冗杂，小脸儿绯红着，热度灼了太阳。只一口，太阳就懦弱着躲进一块云里去疗伤了。

妹妹停止了刨草，目光如炬地看着高丽丽——姐，你不知道，我有多感激你说的那个吻。要不是它，你能变成和我一样的人么？要不是它，你能和我在地里刨草么？过去，我以为你是和我不一样的，你也肯定认为我们是不一样的，所以你才不把我放在眼里。你和妈都认为我所有的付出是应该的，我退学是应该的，卖冰棍是应该的，新买的衣服被你夺走是应该的。我也认了，谁让我比不上你呢？没想到，你的那个吻把你变成了和我一样的人，不，是一个还不如我的人。不管咋说，我还能算是一个合格的庄稼人，你，连做一个庄稼人都不够格……

妹妹说了十七年来最多的一次话。当妹妹的话语受到情绪的阻隔时，随着频频点头动作的结束，高丽丽看清了，妹妹的脸上流满了泪水。

高丽丽此刻的内心满怀着悲壮，一股大义凛然、即将赴死的悲壮。她早早地来到了约好的地点——村北的小桥，每次上学都要经过的小桥。

他会来的。男生A一定会来的。她在信里说想见他最后一面，他一定会成全她的。当然，他肯定不知道她是在以这种方式和人生做最后的告别。为什么要见男生A最后一面呢？或许他是自己在这个世界上的最后一丝牵挂？尽管她的初恋是不完美的，有着太多的残缺，有着太多的痛。

高丽丽靠在小桥下的一棵大树上。望着那条朝着学校方向延伸的小路，她演练着一会儿要和男生A说的话语和一些行动的细节，一遍遍地起草，一遍遍地推翻，在起草和推翻中寻求最佳的话语和行为方式。

哦，那不是男生A的身影么？他和他的自行车出现在小路的尽头。因为他的出现，貌不惊人的小路也有了几分的生动。他的白袜子，他腮边的酒窝，他男性的气味……它们让高丽丽的一颗心慌乱地跳着，没有一点章法。

他和他的自行车到了小桥上。

他从自行车上跳了下来。天，跳跃的动作绝对的潇洒。

他开始四处张望了，开始寻找高丽丽了。

为什么，他的脸上挂着深不见底的焦躁？比眼前的春意要深百倍。

他的焦躁是有形状的，长了手，长了脚，跑到高丽丽的身边，拖住高丽丽走上小桥的欲念，使她没有办法离开那棵树。

他继续焦躁着。大约四五分钟后，他决定抛弃焦躁了。转过自行车的车把，一抬腿，骑上它走了。

小路静默着，目送他。高丽丽的小身子沿着树干滑下来。她感觉自己是真的累了，真的该走了。

所有的情节都是在她的想象中完成——一封信的寄出，赴约的他和他的自行车。她多像一个编筐的人啊，一只筐，一个故事，用编织的手指抚摸一下最后的留恋。

为什么没有编织一个更好的结局呢？为什么一定要他焦躁呢？高丽丽动了动嘴角。

唉，没有牵挂了。该走了吧。

可是,一个很现实的问题摆在了高丽丽的面前。究竟选择怎样的一种死亡方式呢?死亡会不会很痛苦?比活着还要痛苦?

跳河?

高丽丽就站在桥下的小河边上。就这条河吧。闭上眼睛,打开两只细臂膀,做飞翔状。猛然,高丽丽想到了一个问题,河里会不会有蚂蟥?无骨的软虫子,有着尖利的嘴巴,专门往人的肉里钻;钻进去,就把人的血当水来喝。饱饱的了,还不肯出来。人越是拉它,它越是拼了命地往里钻。于是,人们便摸索出了一个规律,不拉它,而是拍打它。原来蚂蟥是怕拍打的,禁不住拍打,只好松了口。殷红殷红的血从小洞孔渗出来。高丽丽怕极了。所以,小时候的她从来不到河里洗澡。现在的水没有过去清了,各家各户的孩子也比过去金贵了,小河少了旧有的喧嚣。但那些蚂蟥一定在的。它们一定渴了很久,准备再饱饱地喝上一顿谁的血。高丽丽打了一个哆嗦,还是放弃这个选择吧。

上吊?

像当年的父亲一样?父亲死的样子难看极了。她听人议论过父亲,说,死咋会那么容易,咋会那么好受,要好受都去死了。既然死是难受的,是不容易的,父亲为什么要死呢?她不知道父亲为什么要死,她只知道自己为什么要死。活着太没有趣味了,甚至是一种耻辱。

沿着小河走。沿着小河岸上的树走。

喝农药?这个方式更不好。村里有过一个喝农药死的女人,据说死相比父亲还要难看,死亡的过程比父亲还要艰难。

高丽丽开始生气了,生自己的气。死亡是需要勇气的,她居然没有这个勇气。

是父亲的坟吧?那个晚上,母亲对它肆虐的痕迹还在。几朵野菊花很旺盛地开放着，陪伴着孤独的父亲。父亲提供给高丽丽的记忆，只是零星的几个碎片，就像一张缺了太多程序的图版，怎么也拼凑不完整。最清晰的一个碎片是父亲的羞怯，这个碎片来自母亲的复述。已经学会说话的高丽丽追在父亲的后边喊爸爸，父亲居然羞于应答，仿佛他还没有做好当父亲的准备。父亲的没有准备，淡漠了本该浓郁的父女亲情，高丽丽和妹妹疏离父亲也就顺理成章了，谁让他总也做不好成为她们父亲的准备呢。现在，高丽丽忽然对父亲有了一种崇敬感。把握不住粗糙生活的父亲，其实是勇敢的，在面对死亡的时候。

8. 圣洁的白布条

1994年的春天，是一个改变高丽丽命运的春天。改变，不是高丽丽一个人的事情，她身边的人都跟着陷入到这场改变里。母亲，妹妹，当然，还有她的初恋情人男生A。

母亲学会了吸烟。自从那次醉酒之后，母亲一直很安静，安静地颓废着。没有了站在街上粗声粗气和人打招呼的精力，尽量减少出现在众人视线里的机会。任何嘲笑或者同情的注视，都是母亲无法承受的。母亲需要慰抚，需要表达。她是一个随时都有可能倒下去的人，慰抚和表达会给她一个支撑。劣质香烟的味道就这样弥漫在高丽丽的家里了。没有经过演练和熟悉，母亲很老到地操练着吸烟的全部过程。劣质烟在母亲的唇上一寸一寸地短去，步履艰难地倾听着母亲，包容着母亲。

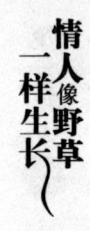

那天晚上,母亲抽完了一支劣质烟,对高丽丽说,听说服装厂招人,我给你报了名,上班去吧。

让妹妹也去。别卖冰糕了,大了,该找婆家了。母亲又续上了一句话。

高丽丽实在是不喜欢母亲命令式的话语方式,然而,不喜欢又能怎样呢?她禁不起土地的磨损,说不定服装厂会好一些。所以,高丽丽扔给了母亲两个字。

随便!

怎么就和妹妹分在一个小组了呢?!

她们是姐妹,姐姐是妹妹的参照物,妹妹也是姐姐的参照物。自身有缺陷的妹妹,把全部的精力放在工作上,不管哪一道工序,一经指点,便会做得有模有样。自身没有缺陷的高丽丽,为了不输给妹妹,也是为了让自己有一个全新的开始,也把全部的精力放在工作上。不管哪一道工序,几经指点,还是没有妹妹做得好。于是,便没有妹妹拿的分数高,没有妹妹拿的工资高。

高丽丽好不气恼,好个郁闷。曾经的骄傲真的是一去不复返了。它驾鹤而去,连头都不回一下。

离服装厂两三华里的镇上,有一家小邮局,小得只容下一个投递员。或许曾经无数次地经过它,就是因为它的小才被忽略了。只容下一个投递员的小邮局,却有一截玻璃柜台,柜台里陈列着全国各地的报纸杂志。够了,已经很丰富了。在高丽丽看来,那截玻璃柜台应该不比燃在母亲指间的劣质烟逊色。也是在高丽丽最需要时,它发挥了支撑的作用。高丽丽是喜欢读书的,这点随了父亲。父亲有一个小书柜,父亲读小书柜里的书,高丽丽也偷偷地读小书柜里的书。不能把书上的字认全时,高丽丽就一边读，一边猜，也能把故事看个大概。父亲还没去世，高丽丽就已经把小书柜里的书读了一遍。再后来，又读了第二遍、第三遍。再再后来，高丽丽就背着母亲到县城里买书。买书的钱，是从高丽丽的伙食费里挤出来的。一个馒头一个馒头地攒，攒够了，赶几十里的路，热气腾腾地去买一本书。真是闹了笑话了，舍近求远了好几年。

玻璃柜台适时地起了安慰的作用。玻璃柜台里的书排列成门的形状，高丽丽走了进去，返身从里边插上门。看不见门外的景物，心里获得了片刻的安宁。最喜欢那本诗刊，一列列令高丽丽心情澎湃的诗句哟！高丽丽用了一个恐怖的比喻，那些诗句多像鲜红的血液，而她就是一只喝鲜血的蚂蟥，钻进去，拉是拉不出来了。也要和真的蚂蟥一样，饱饱地喝。怎奈，时间有限，服装厂每天拼了命地加班。三天两天连夜转是家常菜，偶尔还要改改膳，来一顿四五天连夜转的大餐。高丽丽只得"明修栈道，暗度陈仓"，用铅笔头在废弃的白布条上把诗句抄写下来，大头小头们不在时，拿出来品味。抄着顾城、徐志摩们，高丽丽会产生一种错觉，仿佛自己就是顾城，自己就是徐志摩。对，不是仿佛。自己为什么不能成为顾城，为什么不能成为徐志摩呢？高丽丽热血沸腾了。于是，出现在废弃白布条上的诗句，不再是顾城们的，而是她高丽丽自己创作的。

那天，高丽丽终于出事了。因为沉浸在诗歌创作的激情里，忘了正在加热的熨斗。等到周围的工友闻到焦煳的味道时，一件成品衬衣已经没有挽救的余地了。长条脸的小组长早就等着这个机会了，早就想给高丽丽一个惩罚。这个非男性的小组长发现高丽丽暗度陈仓有一段时间了。非男性的小组长拎起散发着煳味儿的衬衣，很无辜地说，没法子，衬衣可是出口日本的，这事儿忒

大,我兜不了。说着,用几根手指挑着衬衣,去找厂长了。

一会儿,管技术的副厂长来了。指头上挑着那件被烫成大洞的衬衣。

把你写的东西拿出来!男厂长先不说衬衣。

高丽丽明白了,一定是非男性的小组长告了状。

班组里熬了两个晚上的眼睛们,忽然都精神抖擞起来,饶有兴致地看着热闹。当然,也包括妹妹的眼睛。妹妹的眼睛精神抖擞着,不是在看热闹,是一种恨铁不成钢式的愤怒和鄙夷。

高丽丽捂住口袋里写有诗句的白布条。她要为保卫诗歌而战!

——厂长,你们讲不讲理,把工人不当人看。就算是机器人,也得加点油呀!不就是烫坏一件衣服么,您说说,是衣服值钱,还是人值钱!

高丽丽自己都吃惊,明明是自己写诗歌烫坏了衣服,怎么还倒打一耙了?

高丽丽的话却触动了看热闹的眼睛们。是啊,这些话早就该有人说了,拿着可怜巴巴的工资,动不动就熬夜,还真是不把人当人了。不过,大家替高丽丽暗中捏了一把汗。

技术副厂长呵呵地笑了,这个小丫头子,这回不追究了,下回注意啊。下回可要扣工资的。呵呵。

副厂长盯了高丽丽一眼,挑着衬衣乐呵呵地走了。

这个结局真是出乎所有人的意料。高丽丽抬起鼻孔哼了一声,这下有人要失望了。

副厂长的态度等于纵容了高丽丽,结果更多废弃的白布条失去了贞洁,被高丽丽涂抹上了铅笔道道。铅笔道道按照高丽丽的意愿,有序地组合成诗歌的模样。

发表的欲望渐渐拱破了土皮儿,随着雨季的到来,滋儿滋儿地撒着欢儿生长。高丽丽选了一首最满意的诗歌，再精心地选了一家有副刊的报纸，做好这些准备工作后，又给副刊的编辑写了一封信。尊敬的编辑老师，我叫高丽丽，今年十九岁，是个喜欢写诗歌的女孩子。刚写了个开头，感觉这样写太平淡无奇了，就推翻了这个开头。怎样写，才能不平淡呢？高丽丽犯难了。没有参照物，没有人可以商量。

高丽丽的灵感来自母亲。中午下班回家，母亲正在冷着脸打扫卫生，高丽丽一眼就看见了垃圾里的一张黑白照片。那是她读小学时和同学的一张合影。高丽丽很迅疾地将手探进垃圾里，挽救起那张和同学的合影。高丽丽知道，任何小情绪的发泄，都会有立即招来狂风暴雨的可能。不就是照片被当垃圾扔了么？忍了吧，小不忍则乱大谋。看着已经沾染了污渍的照片，高丽丽灵机一动。

匆匆地吃过午饭，冒着上班迟到的危险，高丽丽骑着自行车去了镇上的照相馆。照相馆和小邮局隔着两百多米的样子。对高丽丽来说，照相馆并不陌生。初中毕业那会儿，她和她的女同学们几乎踏破了照相馆门。她们热情高涨地拍照，为了给日后留一个有形的纪念。照相馆还是那个旧模旧样的照相馆，老板也还是那个旧模旧样的老板。老板身材算是魁梧，说话的腔调却是细声细气，总给人一种不搭调的感觉。高丽丽说，老板，拍好点，有用呢。

不搭调的老板就放下了举起来的相机，很细致地端详了一会儿高丽丽，然后，端过来一只盛着各种物件的盒子。先是给高丽丽描了眉毛，接着又在高丽丽的脸上扑了薄薄的粉，上了腮红。做完了这些，离开高丽丽一段距离，审视一下化妆的效果。他摇了摇头，又摇了摇头，细着声音说，小妹妹，我看哪，你还是把

脸洗了好,你知道不?清清纯纯的照出来效果更好呢。

小妹妹,笑一笑,笑一笑。

咔嚓。高丽丽知道自己没有笑。她想笑,但是笑跑得太远了。

不搭调的老板,拍出的照片还是相当搭调的。几天后,高丽丽把这张照片和诗歌一起寄了出去。把信封交给小邮局的投递员时,高丽丽的手冰凉凉的。

不会寄丢了吧?

不会。

真的不会?

投递员捏了捏高丽丽的信,啥重要东西,打开看看?

高丽丽慌了,不行,不行!

投递员耸了耸肩膀。啪!一个黑戳子烙在信封的邮票上。

接下来的日子是等待。期盼。

9. 请把我嫁掉吧

借着一弯月亮割麦的母亲有点体力不支了,坐在一堆捆好的麦个子上喘息一下,从口袋里掏出火柴,燃着一支劣质烟吸着。此刻的天还和母亲来时一样,黑魆魆的。成片的麦黑压压地静默着,散发着湿润润的香气。麦田里,除了母亲,没有其他人。确实早了点。母亲听说,村里有的人家今年不想自己割麦了,准备花钱雇麦工了,当然是口袋里有两个糟钱儿的人家才这样做的。母亲不会雇麦工。她觉得一个人做了庄稼人,就要有一个庄稼人的样子,就要流汗，付出辛苦。谁让你没有不做庄稼人的本事呢。

母亲闭紧嘴巴，让一口烟雾在口腔里缠绵了片刻，直到把舌头都浸透了，才慢悠悠地吐出来。

唉，自己有啥资格说别人呢。丽丽如今做了一个庄稼人，偏偏就没有一个庄稼人的样子。妹妹做个庄稼人倒是像模像样的，可是，咋就落下了残儿呢？都该找人家了……

都该找人家了。母亲反复嚼着这句话，越嚼滋味越苦。都嫁了吧，嫁了就省心了。

这个问题一经母亲重视起来，饱吸了晨露一般，沉甸甸地压在母亲的心头。是啊，对母亲来说，这个问题的确太重要了，它关系着两个女儿今后的生活。

母亲使劲嘬了一口指间的烟屁股，用烟屁股最后的生命换来另一支劣质烟的燃烧，省去了一根火柴。母亲真的累了。两个女儿的问题，使母亲陷入了更深的疲劳，她想从劣质烟那里获取一些力量。

天色逐渐地明亮起来。陆续有人手里捉着锋利的镰刀来割麦了。母亲努力地从深层的疲劳里拔出身子，在麦茬上跺跺酸涩的脚，准备继续割麦。忽然，母亲愣住了。她的麦子在迎着她的方向，齐刷刷地消失了足有一亩多。不，准确地说，麦子没有消失，而是倒下了，被人割了，捆成了麦个子。看得出，割麦子的人是个干活的能手，麦茬子菜板儿一样齐，麦个子捆得干净利索，没有任何拖泥带水的迹象。

是我自己割的么？母亲问自己。不是，肯定不是。

不是我又是谁呢？

呵，是鬼割的吧？

母亲不愿意往别处想。她强迫自己不想。和迫在眉睫的两个

女儿的婚事比起来，其他的事都算是小事吧。

因为要赶一批活儿，服装厂在麦收时节没有放假。和在大太阳底下割麦比较起来，还是上班好一些吧。高丽丽对每一样农活都怀着深深的恐惧感，她觉得那些农活是她无论怎样努力都做不好的。她做不了的活儿，母亲一直在做，而且做了很多年。高丽丽忽然想到一个问题，一个人在大太阳底下割麦的母亲，是不是很累？这个问题像是一瓶老醋，软化了高丽丽内心某种坚硬的东西，眼睛便酸涩了一下。高丽丽决意拒绝思考这个问题，就推了推，把它推到思维最隐蔽的角落里。想着另外的对她来说非常重要的事情。

副刊的编辑看到我的诗了么？还有我的照片？

这么长时间该看到了吧？信在路上丢了？或者根本看到了，是诗写得不好？

每一个设想都让高丽丽沮丧万分，一颗诗心掉进沮丧的深渊里，怎么也爬不上来。废弃的白布条难得地纯净着。

对面小男孩的眼神又颤颤地送了过来。它是弱的，但是弱里边却蕴含了一股坚强。

他确实是一个小男孩，至少在高丽丽看来是。十七八岁的模样，如初春的小草一般，唇边刚刚开始生长的胡须朦朦胧胧的。这样的年纪，这样的胡须，不是小男孩是什么呢？他在高丽丽的对面熨成品活。一个平淡无奇的小男孩是不太容易引起高丽丽注意的。那源自一个无意识的对视。一抬头，那个无意识的对视便发生了。小男孩的眼神是紧张的、慌乱的，但是，小男孩并没有让眼神逃走，勇敢地向高丽丽发出一个信息——喜欢。

只有喜欢才会有那样的眼神。体委，男生A，其他的一些男生,他们都用这样的眼神看过她。唯一不同的是,小男孩比他们更加紧张。所以,他才如此地慌乱。真是一个有趣的小男孩。

喜欢的眼神,永远是女孩子需要的,它能证明女孩子的魅力。小男孩的眼神多少给了高丽丽些许的慰藉。高丽丽甚至有点感谢小男孩的眼神,在这段自身的价值几乎被完全否定的日子里,那样的眼神出现得太及时了。为了回报小男孩,高丽丽开始有意识地去迎接小男孩的眼神,其中不乏女孩子的顽皮和淘气,它们在高丽丽的无知觉中完成。高丽丽多希望全班组的人都能发觉这个小秘密,包括长得异常像男人的非男性小组长,妹妹,让她们妒忌,让她们生气。全班组这么多老老少少的女人,唯一男性的小男孩只把喜欢的秋波传递给她一人,这是多么的具有讽刺性啊!可是不能啊。不能让其他的人知道这个秘密,包括妹妹在内的其他人一定会说是她在勾引小男孩。她不想在"作风"上再给人以把柄,一个罪恶的吻已经够了。在服装厂,高丽丽最怕有人问她,咋就不考大学了呢?

每天和高丽丽面对面,小男孩已经很满足了。高丽丽主动迎接他的眼神,小男孩就从满足上升到了激动了。他从来不和高丽丽说话,只是用眼神来表达他最纯净的喜爱。

下班回家,出了厂门口,只要高丽丽一回头,眼睛准会捕捉到小男孩的身影。相互笑笑,然后一个往北走,一个往南走。

小男孩有一副非常不错的嗓子。这是高丽丽在一次歌咏比赛上知道的。那次,副厂长从厂里挑了三十多人,到镇上参加一个什么合唱比赛。有高丽丽,有小男孩;没有妹妹,也没有非男性的小组长。偏巧,排练时,小男孩站在高丽丽的身边。高丽丽的左耳朵灌满了小男孩清脆有力量的歌声,仿佛不是几十个人在唱一首歌,而是小男孩一个人在唱。

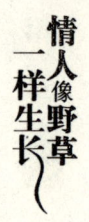

蛮好。小男孩。小男孩的歌声。

只可惜他是小男孩,一个过于平凡的小男孩。

最近,小男孩捕捉到了高丽丽的沮丧。他弄不明白那么美好的高丽丽为什么从来没快乐过,他不知道该怎么帮高丽丽,让她快乐起来。那样越来越浓厚的不快乐让他的心跟着疼痛。所以,眼神里便多了震颤。

高丽丽迎接小男孩眼神的频率在渐渐减少。他关切的震颤的眼神,只是偶尔才能享受一下高丽丽的读取了。小男孩能坚持多久呢?毕竟他是一个小男孩。

回家。连成片的金黄的麦,如一大张完整而又平滑的皮肤,被挥舞着镰刀的人切割得残破不堪了。小马路上突突地奔跑着一辆辆装载着麦个子的农用车,间或夹杂着老牛拉的平板车,慢吞吞地走着。任主人把手里的鞭子甩得啪啪响,老牛的步子依旧有条不紊。母亲没有农用车来拉麦,也没有老牛来拉麦。家里的那头毛驴一到农忙季节就拉肚子,拉得两条腿直打哆嗦。毛驴也是有想法的,自己的年岁太大了,经受不住繁重的体力劳动了,便恰到好处地病了。母亲只好自己驾着平板车,往家里拉割好的麦。高丽丽和妹妹一前一后回到家时,母亲也刚好拉着一车麦进了院子。母亲的身子几乎和土地平行了,才勉强使装着麦的平板车吱吱地蠕动起来。

高丽丽和妹妹一起帮着母亲卸麦子。母亲捉住袖口擦了擦脸上污浊的汗水,冲着高丽丽说,明儿请个假,进城买身新衣服。

高丽丽忽然有了一种不祥的预感,一件重要的和自己有关的事情将要发生了。

高丽丽使用了沉默。总该给我一个理由吧。

母亲也使用了沉默。她太乏了，乏得只剩下说一句话的气力；或者跟乏没有太直接的关系，她就是只想说这一句，没有理由。几个月来，母亲已经完全适应了这种话语方式。

不再有讨好，不再有殷勤，只有你该做什么。

那么好吧。高丽丽决定听而不闻了。

10. 大水出现了

打麦机还没有排到高丽丽家。母亲每天早晨把麦垛子拆开，把大院子摆得满当当的。晚上，再收起一院子的麦子。麦的水分被阳光榨了去，减少了发霉的几率。

有一天，很好的阳光。母亲刚拆了一半的麦垛，邻居大妈找上门来，把她的菊花脸凑近母亲，您的那件事儿，有准信了，就是后晌。

后晌？母亲看着还没拆完的麦垛。

急了点吧？菊花脸在察言观色。

母亲忙着说，不急，不急。

在哪儿，您这儿，还是我那儿？

在您那儿吧，大嫂子多受累了。

然后，老女人甩着两扇子大屁股走了。

中午吃过饭，高丽丽推出自行车，想去上班。母亲拦住了她，等会儿再去上班，一会儿到西院儿去一趟。西院儿大妈有事找你。

母亲又对妹妹说，给你姐请个假，晚去会儿。

妹妹垂下长长的睫毛，盖住她的表情，走了。高丽丽想，妹妹或者比她更想知道事情的真相。一定是的。在沉寂中静观事态的进展，不显山不露水，是一只专门咬人喉咙的小狼。经历了刨草事件，高丽丽便给妹妹下了这样的结论。一提起狼这个动物，高丽丽身体的某个部位就隐隐作痛。真是不幸，整天与狼共舞。

不就是去一趟老女人的家么，总不至于比死还难受吧。怎么又是死呢？这是一个让高丽丽蔑视自己的词汇。嗨，去一趟吧。去了，就知道母亲葫芦里卖的啥药了。

等会儿！

母亲叫住了高丽丽，却不说话，拿眼睛上下扫了几遍高丽丽，好像高丽丽的身上有尘土，非要给扫下来似的。

没事儿了，去吧。

还没进菊花老女人的家，高丽丽便嗅出了一股异常的味道。先是菊花老女人脸上的菊花开放得异常热烈：丽丽来了，快，快进屋来。

高丽丽正在担心老女人脸上的菊花开得过于夸张了，怎么看都像衰败前的最后一搏。这时，从菊花老女人身后闪出一个人来，是个面皮白净的小伙子。

高丽丽敏感地意识到，这个小伙子会和她发生某种关系。

大妈，我妈说您找我？

不急，不急，来，丽丽先坐会儿。菊花老女人拿起笤帚疙瘩哗哗地在炕上扫了几下，把高丽丽按在扫过的地方。然后，高丽丽看见老女人飞出一个眼神给小伙子。事实上，中等个头、衣着崭新的小伙子没等到老女人飞眼神，就端起柜子上的茶壶倒水了。杯子是提前洗好的，洗过的时间不是很长，玻璃壁上的湿润还没有蒸发干净，热热的茶水便滚进了玻璃杯。

不知道菊花老女人家里其他的人都去了哪里，大概是吃过午饭干活去了吧。因此，除了小伙子，这个屋子只有高丽丽和老女人两个人。小伙子倒了两杯水。小伙子很懂礼貌，第一杯水端给了老女人，大姑，喝水。

哎呀，这杯水给丽丽，给丽丽。

于是，第一杯水就递到了高丽丽手上。小伙子递水时，就和高丽丽面对面了。高丽丽的小脸儿绯红着。她还不能适应一个男性如此近距离的注视。当小伙子去端第二杯水时，高丽丽站了起来，大妈，我该上班去了。高丽丽心里已经明白了七八分，眼前的小伙子是菊花老女人给她介绍的对象。她想从拘谨的气氛中逃走了。

丽丽，听大妈话，把这杯水喝了。

大妈，我们正赶一批活呢。

大嫂子，串门子的人来了！话音未了，母亲一挑门帘进屋了。

高丽丽趁着大人之间虚假的寒暄进行得正酣之时，顺着炕沿儿溜掉了。真是可笑，竟然莫名其妙地相了一回对象。那个小伙子尽管长相不是很让人讨厌，但是，和她有关系么？沮丧着的她，还没有做好和哪个男人搞对象的准备。

高丽丽走后，屋子里的三个人进行了一场意义深远的谈话。表面上看，谈话的气氛是轻松的，是诙谐的；实质上，是非常严肃的。母亲非常巧妙地弄清了小伙子的家庭情况。菊花老女人配合着母亲，一个问题一个问题地引诱着小伙子。尽管之前菊花老女人把小伙子家里的方方面面都提到了，但经小伙子的嘴再说一遍，许多情况就更清晰更明了了。比如，在砖厂里当会计的小伙子一个月的具体收入，小伙子的奶奶今年八十了，等等。

母亲大概觉得再没什么需要了解的了，就找了个理由，离

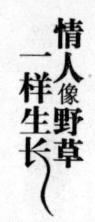

去了。

菊花老女人和小伙子把母亲送出门来,街上有几个妇人忙里偷着闲,等着一睹小伙子的风采。见着这几个平日里说短论长的妇人,母亲的牙根儿痒痒的,想摆出一副泼妇的样子,哈哈地甩几句让人恼不得的泼话。转念一想,身后站着一个今后可能成为她姑爷的小伙子,便放了几个妇人一马,只打了一个很谦和的招呼。

菊花老女人向小伙子要了准话儿,又及时地把准话儿传递给了母亲。菊花老女人飞舞着两道稀拉拉的眉毛说,我那侄子一眼就瞅上丽丽了,臭小子都美出鼻涕泡来了,就等着您和丽丽点头了。这个结局是在母亲意料之中的。在菊花老女人跟前,母亲必须要矜持一些,过于溢于言表的欣喜会让老女人看轻了她,好像她养下的女儿找不到婆家似的。母亲沉吟了片刻,燃着一支劣质烟,喷出一口烟雾。哎,大嫂子,儿大不由爷,女大不由娘,孩子们的事咱当大人的做不了主。等丽丽回来,我问问丽丽的意思吧。

高丽丽和妹妹下班回来,已是晚上十点了。高丽丽和妹妹之所以每次看上去都是一起回来,实在是因为她们同在一个班组,在同一时间下班,走同一条小马路。两人间隔的距离顶多是几十米。一个刚在家门口停了自行车,另一个马上就到了。

母亲正坐在炕沿儿上吸烟。

丽丽回来啦。母亲弃了手里的烟屁股,跟着踏上一只脚,灭了烟屁股最后一星火,去给两个女儿端饭。

自从高丽丽退学,这是母亲头一次使用如此亲切的话语和如此温情的行为动作。

高丽丽和妹妹却都没有领母亲的情,埋头吃着自己碗里的饭,耳朵朝着母亲打开。

果然，母亲说，丽丽，我瞅着人不错，家里的人也挺整齐的，这事就定了。

啥事？

你的亲事。

我的亲事？不定。

过了这个村，可就没这个店儿了。

没店儿就没店儿。反正不定。

你以为你是谁？仙女？

高丽丽把愤怒转嫁到碗里的饭上，几颗饭粒子弹跳着，越过了碗沿儿。

妹妹已经吃完了一碗饭，又续上了一碗。今晚的胃口不错。

这个晚上过去了，母亲没有再和高丽丽提亲事，没有再向高丽丽要那个肯定的答案，只是"犹抱琵琶半遮面"地向菊花老女人透了话，说她家丽丽对小伙子多多少少有点那个意思。至于成不成的，还要看以后的发展。菊花老女人把她的肥大腿拍得啪啪响，有您这句话，这门子亲事就板上钉钉了，我就回那头儿去，把相家的日子好定下来。

母亲兴致勃勃地等着菊花老女人的消息，因为母亲相信，高丽丽只是故意和她唱反调罢了；即使不是在唱反调，她也不能由着高丽丽的性子来。小伙子真是不错，错过了就真的错过了，小伙子配肩不能挑、手不能提的丽丽是绰绰有余的。

菊花老女人放下家里的活儿，真的特意回了一趟娘家，给她的八竿子划拉不着的侄子送话儿去了。

菊花老女人把她的胖身子从娘家挪回来，带着显而易见的丧气。逢年过节的酬谢礼品泡汤了还不算是大事，如何跟女方交代

呢？怎么过高丽丽母亲这一关呢？那可不是一个好惹的女人哪。

母亲何等聪慧，从菊花老女人闪烁的眼神里捕获了最精确的信息。

——大嫂子，没事，说个理由吧。

——人家没有理由，说孩子还小，不想这么早就定亲。

明显的一句谎话。不想定亲，你来相的哪门子亲？再说了，家里放着丫头小子的，哪个不是早早就找对象，精品永远不会等到最后。

母亲轻轻地笑了笑，大嫂子，您不想说，我也不为难您了。

菊花老女人脸上的那朵菊花彻底凋零了，她是怕得罪母亲的——我跟您说了，您可别生气。

大嫂子，哪有为难中间人的道理，我谢您还来不及呢。别说了，您忙您的去吧。

菊花老女人变成了苦瓜老女人，两片肥屁股甩起来显得异常费力。

母亲一个人垂着眼，抽了一会子劣质烟。然后，推出她那辆快要散了架的笨车子，奔砖厂的方向驶去。

小伙子在班上。母亲笑呵呵地把小伙子叫到无人的角落里，一甩胳膊——啪！一个大嘴巴子就结结实实地抡到了小伙子的脸上。

我的闺女，是你想瞅就瞅的！

五个手指印深深地烙进小伙子的皮肉里，红得发紫。

是别人说的，又不是我编造的，您凭啥打我？小伙子晕了五分钟，才稍稍反应过来。

别人？你告诉我这个别人是谁？不然我扒了你的皮！

您还是给我留张皮吧。那天我回去时，有一个女的在半路上把我截住了,她跟我说千万别和您闺女定亲,说是您闺女作风不正,因为这个才被学校开除的。

多大年纪的女的?

十八九岁吧。对了,说话有点毛病。看着好好的人,一说话就点头。

母亲一把薅住小伙子的脖领子,你要是瞎说,我宰了你!

母亲没有做晚饭,也没有吸劣质烟,而是躺在炕上望着房顶发愣,脑子里空茫茫的,思绪集体遁了出去。很长时间,母亲才眨一次眼。

高丽丽和妹妹下班回来,闻出了家里冷锅冷灶的气氛。两个女孩子便尝试着合作一次,一个抱柴烧火,一个和面贴饼子。

母亲没有等叫,主动坐起来,蹭到桌子边上。她捉了一双筷子,却没有要吃饭的意思。

我自个儿一辈子是完了,没别的指望,就想着你们往后过得好点儿,那样我蹬腿儿的时候也就放心了。我死了,你们俩还是个亲人。姐混得不好,当妹的惦记着;妹混得不好,当姐的也不舒心。这么多年,老二付出的是多了点儿,我这个当妈的欠了你的……

母亲说不下去了,一层泪雾模糊了母亲的视线。她不敢眨眼睛,一眨眼睛,泪雾肯定会凝结成泪珠子滚出来。眼睛的晶状体硬生生地把泪雾吸了进去。

高丽丽从母亲的话语里听出了弦外之音。

她哀伤地想,离开这个让她快要窒息了的家,婚姻真的是唯一可以选择的方式么?如果是,不如趁早嫁了吧,随便找一个什么男人都可以。

大水便是在高丽丽这种心态下出现的。

11. 就是他吧

电视里的媒婆子腮边一颗大黑痣，鬓边一朵大红花，手里一杆大烟袋。那是扯臊的事儿。在这个村子里，每个妇人都有成为媒婆的可能性。嫁到这个隶属廊坊市、和天津搭界的小村里的女人们，来自四面八方。她们嫁到这个村的同时，也把和她们有着千丝万缕关系的各种信息带了过来。有些信息暂时储备起来，说不定何时就用上了。大水就是村里的某个妇人动用了她的储备信息介绍的。看着高丽丽上班下班经常从门口过，忽然有一天，想起储备箱里有一个叫大水的小伙子。大水是不是有对象了呢？有段时间没回娘家了。于是，利用回娘家的机会，把大水的近况摸了个清清楚楚。

大水非常魁梧，是一个说不上帅的男人，但是也绝对说不上丑，属于很寻常很普通的那一类。两个月前，在县城的一家服装厂做了维修工。和高丽丽同岁的他少了些青春的张狂，与同龄人比起来，多了些内敛，持重。

外形肯定是没有头一个小伙子打眼的，外表上的魁伟和厚道是大水的优势。母亲说，看样子倒是能吃能干的。

又如了母亲的意。高丽丽心想，在母亲眼里，自己已经是一只烂桃子了，一文不值。看母亲的架势，只要是个男的，母亲就会点头同意。这一回，她会配合着母亲，把自己处理掉。如了母亲的意，也如了自己的意。

第一章

所以，母亲征求高丽丽的意见时，高丽丽面无表情地说，随便吧，是个男人就行。

那我可以理解成同意么？母亲用了一句很是文绉绉的话。她没有白白的和父亲生活了十来年。

可以。

母亲就少了上一次的矜持，直截了当地告诉做媒的妇人，让两个孩子谈谈话吧。现在不是时兴谈话么。

这就等于说，初步印象是良好的，完全有往下发展的必要。

谈就谈。高丽丽摆出一副无所谓的姿态，在做媒的妇人家里和大水"谈话"。两个人的谈话在里屋进行，母亲和其他几个妇人在外屋聊天。实际上，她们是在等高丽丽和大水谈话的结果。

如果吉尼斯世界纪录增设一个谈话最简洁项目，高丽丽和大水的谈话肯定能够摘得这个奖项的桂冠。

大水坐在地下的一只旧沙发上，高丽丽坐在一张双人床上。看得出来，大水有几分紧张。两只大手掌放在哪里都不合适，只好不停地变换着位置。他会紧张，这样大块头的一个男人会紧张，倒是蛮有趣的。他是为她紧张的。高丽丽想。

高丽丽反倒彻底地放松了自己。她把全部的目光落在大水身上，享受着大水紧张的乐趣，一言不发。

天气本来就热，再加上高丽丽目光的炙烤，大水的汗液从毛孔中喷薄而出了。差不多了，得饶人处且饶人吧。高丽丽决定结束眼前的尴尬。

你是哪个中学毕业的?

往后，我会努力挣钱养活你的。

整个一个答非所问。但是大水的回答绝对的真诚，绝对的诚恳，也绝对的充满了责任感。

高丽丽在心里冷冷地笑了一下，你以为你是谁，凭啥说这话？是我男人？哼，姑奶奶我批准了么！

谈话以高丽丽的不辞而别结束了。只两句，一问一答。

经过外屋的几个妇人时，做媒的那一个满腔热情地迎住高丽丽，谈得咋样？

挺好的。目不斜视地丢下这句话，高丽丽扬长而去。

做媒的妇人一头雾水地看着母亲，同意，还是不同意？

她婶儿，别介意，这脸子是甩给我瞅的，早起说了她两句。

母亲的上牙磕了一下下牙，发出一声清脆的碰撞声。

做媒的妇人进了屋，问陷在沙发里发愣的大水，咋样，谈的？

大水站起来，很厚道地说，我没说的，听人家的话儿吧。

做媒的妇人说，道儿挺远的，一会儿你先回。一有消息了，我马上告诉你。

回家的路，显得更加漫长了。回家等消息，是一句凶多吉少的话。大水从高丽丽的态度上嗅出了这句话的凶险度数。

快二十岁的大水在相亲这条路上，比高丽丽走得漫长多了。大水上学晚，十八岁了才初中毕业。两年以来，大水的自行车后座上驮着他那个能干又挑剔的老妈，相看了不下二十个女孩子。母子两个人的意见完全不统一。大水喜欢的恰恰是老妈讨厌的，老妈喜欢的又是大水看不上眼的。老妈的标准是健康、茁壮。偶有大水看着顺眼的，被老妈健康茁壮的标准一衡量，刚过过眼，就成了云烟了。大水之所以没太坚持，也实在是因为那几个女孩子身上的电力不足，没有在第一时间击中大水的心。高丽丽不同。她是大水见过的最奇妙的女孩子，只一眼，大水的魂魄就被摄了去。然而，高丽丽比自己读的书多，又是如此出众，能不能看上自己还是个未知数。如果她看上了他，将来嫁了他，他什么活都不让她干，会一辈子对她好。像他说的那样，会努力挣钱养活她。

她，会同意么？

这一个夜晚，母亲的脑细胞巨损。所有的耗损都在围绕着两个问题。第一个问题，二十多里的路，稍稍远了点，这个村子到那个村子，骑自行车怕是要歇上几歇。按常理，自己没有儿子，为了防老，闺女应该就近找婆家的。远了点好，远了点好，省得有人嚼舌头根子，在背后说丽丽的坏话。母亲想。第二个问题，是不是快了点儿？也挑他个七八个，才显出女方的尊贵来？村里的老丫头还不是个例子，仗着自个是高中毕业，挑来挑去的，结果剩在家里成了老大难。没考上大学，高中毕业连屁都不是，放屁还有股风呢。母亲情绪恶劣地掐灭了指间的烟头。

一遍一遍地肯定着自己提出的两个问题，母亲终于在精疲力竭中睡去。

第二天，母亲给了做媒的妇人准信儿，择日子相家吧。

一个人在村东头打了个喷嚏，住在村西头的人都能听见。不仅仅是村子小的缘故，更因为日子太冗长、太寂寞，人们太需要给自己的生活加进一些作料。他们个个都像耗子一样，练就了一套打洞的本领。不管谁家有什么秘密，这个秘密藏得有多深，他们掘地三尺，也会把秘密找出来。所以，在这个小村是没有秘密可言的。所以，当母亲做出相家的决定后，抽一支纸烟的工夫，小村里的人就都知晓了。最后一个知道的，是高丽丽自己。

高丽丽下班时，一个出来泼脏水的妇人说，丽丽，要相家了，该买喜糖了吧？

妇人的话如同一只只绿头苍蝇，嗡嗡嘤嘤地朝着高丽丽扑撞

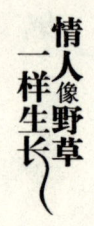

过来。

进了家门,高丽丽想劈头盖脸地问母亲,谁要相家了?

她没有。高丽丽使劲地吞下了她的满腔愤怒,装作什么都不知道。她要学着人钓鱼的样子,稳下心来守着鱼竿,等母亲来咬钩。

晚饭时,母亲果然来咬钩了。丽丽,进城买身新衣服吧。很老套的话,很平和的语气。

买新衣服干啥?

相家穿。

谁相家,相谁的家?

你相家,相那个,那个叫大水的家。

我不去。

你不去谁去?

谁去都可以呀。

母亲怅然一声叹息。唉,我原先还发愁没人给你找婆家呢,做个庄稼人哪样庄稼活也应不了,谁家总不会娶回去个花瓶子当摆设吧?说完这句话,母亲将掭在手里很久的一块烙饼扔在桌子上。身子和凳子退后,她抽出烟盒里最后一支劣质烟,手指在压扁了的纸烟上来来回回地揉捏了几遍,有了基本的形状了,点燃。烟雾很快模糊了母亲四十岁就苍老了的容颜,愈来愈清晰的是衰弱,只剩下最后一丝气力的衰弱。

巨大的哀伤和孤独吞噬了高丽丽。她抬起手臂,慢慢地闭上眼睛。就让命运牵着自己走吧,到一个陌生的世界。她已经快要无法呼吸了。陌生的世界里,弥散着怎样的空气呢?陈腐的,糜烂的,还是飘着青草香气的?

12. 明天我要出嫁

大水的"情书"有点频繁地从一个服装厂寄往另一个服装厂。

看门的大爷手里举着一封信，用手指的关节敲打着玻璃窗，高丽丽，对象来信了！

班组里所有的目光挤挤挨挨地朝着一个目标奔跑，太过拥挤，有的目光就差跳了起来，恨不得瞬间长了在人头上飞行的本领。只有两个人保持了最初的安静——妹妹和小男孩。高丽丽看得出来，小男孩受伤很严重。没办法，高丽丽没有丝毫安抚小男孩的能力，她自己都是一个奄奄一息的人。自救吧。

妹妹在想什么呢？高丽丽懒得去想。妹妹太深奥，像一眼深井，扔一颗小石子，今年扔的要明年才能听见清脆的水响。

大水的情书干巴巴的，无滋无味。刚开始，高丽丽还拆开来看两眼，后来，干脆连拆都不拆了。那也叫情书？无非在表达一个意思，我会让你幸福的，你放心。放一百个心，放一万个心。每一条笔画几乎要透过纸背，一副信誓旦旦、极诚恳的样子。

连着几封信，高丽丽都没有回。

忽然有一天，母亲问高丽丽，咋不给人家回信？

高丽丽无话，开始给大水回信，在信纸上写了如下几个字：来信已阅，谢谢！然后，拿着信到小邮局去寄。

邮递员忙着手里的活儿，给你留着诗刊呢。见高丽丽没有回应，邮递员抽空子瞄了高丽丽一眼，笑了。这阵子你的信挺多

呢，净顾着搞对象了吧？

信，会不会有丢的可能？这个问题如一段儿微弱的火苗儿，在高丽丽大脑里跳跃了一秒钟。说不定编辑部真的给她来信了，在路上丢了。

你的信保证丢不了，你是谁，高丽丽呀。咋了，情书不够数了？呵呵，没准儿让你们厂子看门的老头子给藏起来了。

好了。高丽丽已经在信封上贴好了邮票，她该走了。

同样内容的信寄了两次，高丽丽就不再寄了。第三次，高丽丽换了内容。她告诉大水不要再给她写信了，每天加班，太忙了，没时间看信和回信。

信寄出去没几天，一个炎热的下午，看门的老头又来敲打玻璃。

高丽丽，对象找你来了！

果然。在看门老头的身后，站着大水。白背心湿漉漉地贴在大水的胸前，凸显出雄性的健壮，头发完全被汗水浸透了，汗珠儿在发梢上晶莹着。

大水的形象结结实实地吓了高丽丽一跳。

为啥？为啥不让我给你写信了？

大水红着眼珠子，厉声质问疾着步子出来的高丽丽。

就是这一次，大水给了高丽丽一点感动。

在这个难得的感动的铺垫下，秋天时，他们又有了一次上街的机会。

某个下午，难得两个人同时歇假，大水把高丽丽约出来，两个人在县城的街上闲逛。大水个子高，腿长步子大，高丽丽几乎小跑才能跟上大水。高丽丽心里很是不悦，这哪里是约会，分明是赛跑来了。于是，追上大水，指着一个卖糖堆儿的，朗朗说道，我要吃糖堆儿。大水掏钱给高丽丽买了一串糖堆儿。高丽丽说不够，再来五串。大水就又买了五串。高丽丽不客气地举着糖堆儿大吃起来，吃相里夹带着对大水的怨气，还有泄气。看不清真相的大水，手里举着其他几串糖堆儿，满眼深情地看着高丽丽吃糖堆儿。她是他第一眼就看上的女孩儿，所以，从看她的第一眼起，他的目光就满含了浓情爱意。

高丽丽晃了晃手里那串在她的牙齿袭击下花容尽失的糖堆儿，你咋不吃？

在街上吃东西太难看，你吃吧，都给你留着。

哇！高丽丽嘴巴里还未来得及咬碎的糖堆儿一下子卡在了嗓子眼儿，上不来也下不去。

本法官判你小子死刑！立刻执行！

高丽丽没有想到接下来事情的发展，她心绪的变化，会让她再次亲手改写了对大水的宣判。

接下来发生了什么？

首先是下雨了。一个旧年的最后一场雨。

冷雨把高丽丽和大水逼进了大水的宿舍。因为大水是修理工，所以享受了厂里的一间宿舍。他和她终于有了近距离坐在一起的机会。大水不是一个善于经营语言和某种气氛的人，因此，很多时候，他和她只是静静地坐着。他坐一张单人床，她坐他对面的另一张单人床，静静地听着屋外的雨声。

平静不过是一种表面的虚假现象。大水很想做点什么，很想寻找一个摆脱内心躁动和紧张的方式。很显然，他寻求不到这种方式，只能让自己更加的焦躁。大水的焦躁不安犹如性能超强的电视信号一般，在第一时间被高丽丽接收到了。高丽丽也从来不是一个不稳重的女孩子，或者说也从来不是一个不矜持的女孩子。但是，在那一瞬间，高丽丽主动了，她想用一个恶作剧来结束她和大水的关系。

她对他说，你闭上眼。

他听话地闭上了眼睛。

她用她的唇接近他的唇。

芳香的唇触到了两片沉睡着的唇。两片沉睡的唇被激活了，以饱满的激情投入到轰轰烈烈的亲吻当中。唇的饱满，唇的韧度，只有男生A才拥有。对，唇是男生A的。她要给罪恶的吻一个完美的结局。那截粉红色的魅惑吐露着芬芳，引诱着男生A深入。

再接下来，高丽丽又一次主动了。她没有时间去想停止下来的事情，她已经无法停止下来。她要前进，她的身体就是一颗随时要爆炸的炸弹，她必须以前进的方式去消耗身体的能量，减弱炸弹的威力。前进需要另外一股力量来配合。她主动地引领着另外那股力量，勇猛无畏地朝前奔跑；她快乐地感受到了那股力量的雄伟。就在她准备做最后冲刺时，和她一起奔跑的那股力量却突然停止了。

对不起，我不能那样做。他说。

他是大水，不是男生A。

高丽丽满眼泪水地瞪视着大水，心里却对他满怀崇敬。这个男人是一个负责任的男人，或许他不浪漫，但是他可以拿来做终身依靠的男人。

在那一刻，高丽丽决定嫁给大水。

第二章 婚姻

　　大水慌乱坚硬的身子热辣辣地烫到了高丽丽的冰凉,然后主动地用他的唇来找她的唇。她的唇冬眠了,睡着了,不肯在这冰冷而又陌生的氛围中苏醒过来。但这并没有妨碍大水点燃他那柄激情的火把。在今晚,他理直气壮。

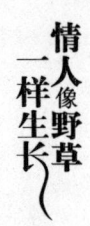

13. 婚姻生活在无趣中开始

恐惧和无趣从结婚的第一个晚上开始侵入了高丽丽。

躺在冰冷的被窝儿里，高丽丽用舌尖抵住上牙，免得牙齿相碰发出噼噼声。怎么这么冷啊！她的小身子是冰凉的，她感觉自己是一根凉透了的冰棍。屋里的那只小火炉没有给她带来一丝温暖，腊月的天气太冷了，周围陌生的空气太冷了。陌生的屋子，陌生的床，陌生的新被子。

你冷么？大水的手从他的被窝儿里伸出来，爬向高丽丽的被窝儿。把她的小手合拢在他潮热的掌心里。

你冷，我给你捂捂？

大水慌乱坚硬的身子热辣辣地烫到了高丽丽的冰凉，然后主动地用他的唇来找她的唇。

她的唇冬眠了，睡着了，不肯在这冰冷而又陌生的氛围中苏醒过来。但这并没有妨碍大水点燃他那柄激情的火把。

在今晚，他理直气壮。

疼痛。除了疼痛，还是疼痛。高丽丽只好嘶嘶地吸着凉气儿，用寒冷来麻痹疼痛。

还要么？大水小心翼翼地问黑暗中的高丽丽。

高丽丽不知道大水问话的含义。沉默。

刚结束的疼痛又重新温习。

高丽丽明白了。不要，不要再疼痛。然后，弱弱地往墙角缩。她多么需要谁来终止她无限度下滑的弱。这个谁是谁呢？在这个世上存在着这个谁么？

真是无趣。高丽丽开始害怕每个夜晚的来临。她的婚姻生活便在无趣中开始了。

这仅仅是高丽丽无趣婚姻生活的一部分。

婚后的第一个早晨，天刚刚放亮的样子，高丽丽就听到外屋有了响动。婆婆已经在烧火做早饭了。想起母亲叮嘱她的话，进了人家的家门，不比家里，要做到眼勤手勤。高丽丽只得穿衣下地，刚要打开房门，一眼瞧见地上的红色塑料尿盆儿。夜里，它被大水使用过了，里边盛了尿水。应该先把尿盆儿倒了吧？应该是的，然受再帮婆婆做饭。于是，高丽丽端起盛着大水尿水的尿盆儿出了新房的门口。婆婆在往灶里续一把柴。高丽丽小心谨慎地端着尿盆儿朝厕所走，她想把尿倒进厕所里。

你公公在茅房里呢。婆婆在她身后说。

高丽丽止了脚步，环视了一下四周。把尿水倒在院子的某个角落？婆婆的目光肯定像鬼子的机枪一样在扫射着她，所以，她不敢，也不好意思将盆儿里的尿水倒在院子里。站在院子里等公公从厕所里出来，好像也不太对。实在没有更稳妥的办法，只好端着尿盆儿又回了屋子。婆婆继续往灶里续柴。锅上有了袅袅上升的热气。婆婆的表情在她的柴上，在一家人早上的饭食上，很专注，专注里没有高丽丽和她手里端的尿盆儿。

高丽丽把尿盆儿重新放回屋里，出来，站在婆婆身后。她费力地叫了一声，妈，您歇着，我烧火吧。

我烧吧，你洗脸去吧。婆婆专注的表情里依然没有高丽丽，连头都没回一下。

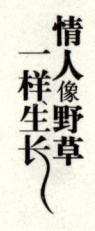

在婆婆身后站了一小会儿,高丽丽回屋洗脸了。

大水还在睡着,睡相很放松,很投入。当然,也很甜蜜。

早饭是一锅稀饭,还有昨天婚礼上的一些剩菜。公公的头,大水的头,小叔子的头,都埋在饭碗里。婆婆表现得对早饭不是很亲切的样子,注意力仿佛在别处。果不其然,婆婆夹了几筷子菜后,很是无意识地说,人家那谁家的媳妇真是挺好的,哪天都比婆婆起得早,等婆婆起来了,饭都做熟了。

高丽丽握在手里的筷子很无助地抖了一下。

婆婆的一对小眼睛是审慎的、深沉的、挑剔的,它们是为了发现别人的不足而存在的。所以,高丽丽经常听婆婆说,哎呀,这个人怎么怎么了,哎呀,那个人怎么怎么了。在说高丽丽的不足时,因为是当着高丽丽的面,婆婆委婉地说,大水相过某某村的一个丫头,那丫头五大三粗的,大水非得不乐意。如此的话在高丽丽面前是需要反复提起的。只有反复地提起,才能证明婆婆对高丽丽的不满是深度的。高丽丽当然是不高兴的。可是,不高兴又有什么办法呢?她还没有和婆婆抗衡的能力。婆婆那对没有任何慈祥成分的小眼睛,让她莫名的恐惧。

没结婚时,大水的衣服都是婆婆洗的。结了婚,婆婆便把大水的衣服挑拣出来。娶了媳妇,媳妇就是伺候男人的。院子里有一口压水井,洗衣做饭的水都要从压水井里往外压。洗衣机根本就是个摆设。从屋子里把洗衣机抬到院子里是个麻烦事,往洗衣机里一盆一盆地倒水是个麻烦事;还有,电源是个更大的麻烦事。高丽丽不明白,既然用洗衣机洗衣服这么不方便,为什么结婚都要买洗衣机?没办法,只好在寒冷的腊月里,把两只小手泡进刺骨的冷水里,洗着大水和她自己的衣服。一根绳子,一头拴在门框上,一头拴在院里的一棵柿子树上。很多人家的院子里都有这样的一条绳子，用来晾晒衣服的。

高丽丽把洗过的衣服搭在绳子上，前几秒钟，还有水珠滴落下来。一会儿，水珠儿便凝固成冰锥，亮晶晶地挂在衣服的下摆上。高丽丽用手拍拍衣服，衣服发出嘎嘎的脆响。高丽丽想，等着阳光来给它们温暖吧，便回了屋，捅开屋里的火炉子，就着炉火烘烤一双和衣服一样冻得发出脆响的手。

婆婆又是无意识地路过那排高丽丽刚洗过的衣服。她派出两只侦查员一样的眼睛，在衣服上搜寻可疑之物。

晚上睡觉时，高丽丽便听到了这样一个说法。大水告诉高丽丽，我妈说，你洗不净衣服，下次注意啊。

大水的本意是和高丽丽开个玩笑，可不善于开玩笑的大水，这个玩笑开得有点不恰当。不是随便哪个素材都可以拿来当玩笑使用的。

高丽丽恼了，她早就想恼了。你妈咋跟特务一样，我干啥，她都盯着我！

你咋说我妈是特务呢，衣服洗不净还不许说呀！大水也不高兴了。

高丽丽翻了个身，背对着大水。巨大的孤独感幻化成无数个小轮子，朝着她碾压过来。她无处躲藏，被碾压得支离破碎。黑暗中漂浮的，不就是她精神的碎片么？她不愿意思念母亲，不愿意思念妹妹，她为了她们才逃离的。可是此刻，那个思念却占据了她。

前几天回门儿时，老远就看见母亲站在村口，朝着他们来的方向望着。母亲头上的一块蓝头巾在寒风中飘扬，扑扑啦啦的。不知道母亲望了多久，把自己望成了一尊雕塑。除了蓝头巾在飞扬，母亲一动不动。母亲的手不冷么？脚不僵么？她怎么就忘了

搓搓手,跺跺脚呢?

见了自己和大水,母亲遮遮掩掩地说,打了瓶子酱油,顺道来瞅瞅,才来,你们就到了。

还有妹妹。中午吃饭时居然把自己爱吃的菜,挪到了她跟前。尽管什么都没说,只是一个动作。高丽丽就有泪水轻轻地滑落下来。

大水来扳高丽丽的肩,是我不好,别生气了。

高丽丽用力拨开了大水的手。

其实,做了丈夫的大水,对高丽丽,以及他和高丽丽组成的家,是相当珍视的。大水刚发了婚后的第一个月工资,还没有在自己的口袋里捂热乎,他的脚还有一只在门外,便忙不迭地把工资掏给了高丽丽。自从结了婚,大水很少住在厂子的宿舍里,每天下了班回家得走完将近三十里的路程。那时他们还没买摩托车,走完三十里路,全靠两只脚猛踩自行车的蹬子。只要天上不下刀子,大水归家的脚步没中断过一天,每个月都是全勤。有一天傍晚,大雨滂沱,高丽丽怎么想大水都不会回来了。夜里都快十二点了,大水如天兵一样降在高丽丽的眼前。气息是大水的,转动的眼珠子是大水的,它们给被泥巴糊得严严的人儿贴上了标签。原来,自行车不堪泥泞,拒绝了工作,大水只得挺身而出,一路扛着自行车跋涉而来。

高丽丽恼了,你不能不回家!

疲乏至极的大水也恼了,我不是怕你胆小么!

说这句话的时候,高丽丽的婆婆已经搬走了。

这些幸福感,或者根本谈不上是幸福,只能称为慰藉感。尽管微弱,但确实是存在了的。起码,能稍稍缓解一下高丽丽对婚姻的恐惧感和无趣感。再有，高丽丽是很在乎这些生活细节的。它们的存在，说明男人对你的在意，说明男人对你的重视。女人的价值是在男人的在意和重视中体现出来的，这给了高丽丽自我肯定的一个理由。

14. 很杂碎的一些事情

结婚的那个腊月时，高丽丽对大水说，和你一块去上班吧。

大水说，忒远了，好好在家吧，我能养你。

过了年，高丽丽对大水说，要不，我找个别的班上吧。

大水说，好好在家吧，我真的能养你。

熬吧。过一天是一天吧。再逃回到母亲那里么？不。那样，她会再次成为一个笑话的。

冬小麦在地里睡着。村里的人们醒着。醒着的人们一部分上班去了，一部分凑在一起打打麻将牌，一部分三五个为单位聚着说闲话。

高丽丽不在这三个部分之内。她和婆婆一起忙完了三顿饭，刷完了三顿饭的锅碗瓢盆，就一个人扎在屋子里看书。她嫁过来，她的书也跟着嫁了过来。她会写一些诗歌什么的，写给自己看。还是文字好，还是诗歌好。需要时，它就在你的手边，陪着你；没有因为曾经的冷落而抱怨，而远离。有一天，高丽丽正在纸上用文字和自己说着话儿，婆婆突然进来了。婆婆耷拉着眼皮子，在屋里转了一圈，也没说干什么，临走，给高丽丽撂下一句

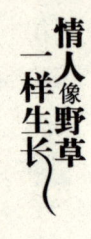
话,写字儿能当饭吃么!

还有一个人,也不在这三个部分之内——高丽丽婆婆的婆婆,也就是高丽丽的奶奶婆。她不和高丽丽的公公婆婆一起过,自己一个人挑着一所旧房子。奶奶婆的旧房子和高丽丽住的房子是挨着的,并且两所房子中间没有围墙拦着。两所房子便组成了一个宽阔的大院子。表面上它是一个大院子,实质上它是一个大舞台。高丽丽没来时,它已经很好地发挥了舞台的作用。高丽丽一来,更热闹了。

奶奶婆喜欢睡热炕。晚上,把身子像烙饼一样,摊在炕头上,舒舒服服地煲着自己的老腰。煲一会儿,翻动一下;煲一会儿,再翻动一下。热炕是大量的柴燃烧的结果。

奶奶婆是村里最忙的人。每天早上,连鸡都在睡着时,奶奶婆就出了家门,手里掐着一截绳子。在村里的大多数人吃早饭的时间,奶奶婆背着一天里的第一捆柴回来了。看着紧挨着房山越来越健壮的柴火垛,奶奶婆的眼里满含了柔柔的情意,好像她的眼前不是一垛柴火,而是她的一个在渐渐成长的孩子。随着柴火垛的日渐茁壮,向婆婆告状的人也日渐茁壮。这个说奶奶婆偷了他家的柴,那个说奶奶婆也偷了她家的柴。婆婆嘿嘿地赔着笑脸儿,信着意儿,一天气你八个死儿,咋说都改不了。高丽丽发现,嘿嘿笑着的婆婆眼里凝着冷飕飕的杀气。

烧炕前,顶着一头白发的奶奶婆撅着屁股,用一只木头耙子扒灶膛里的灰。把灰掏干净了,往灶里添柴。一会儿的工夫,堂屋里便热气腾腾,同时也是浓烟滚滚了。堂屋经过天长日久的熏染,四周的墙壁和顶子上裸露的檩条子,黝黑黝黑的,黑到了极致,闪着铮亮的光芒。

黑屋子是确实存在的,嗜好柴火也是确实存在的。这两样都是高丽丽亲眼目睹的，她信。在婆婆向她述说的奶奶婆的缺点里，这两样不过是汪洋大海里的两滴水。婆婆眼里的奶奶婆，不是由肌肉和骨骼组成的，奶奶婆的细胞是缺点，顺着汗毛孔分泌的是缺点。用婆婆的话儿说，奶奶婆的缺点，她三天三夜都说不完。奶奶婆对高丽丽来说，不过是一个满头白发的，快七十岁的，身子板非常硬朗的老人。汪洋大海般的缺点，对她来说太生疏。高丽丽使用了一个有趣的比喻。在漫无边际的海水里游了这么多年，婆婆成了潜水的高手。否则，早就淹死了不是。

和婆婆比较起来，高丽丽对奶奶婆的印象还是不错的。起码，奶奶婆见了高丽丽，会给她一个慈祥的笑。好感就在慈祥的笑里产生了。高丽丽缺失的，不仅是父爱，还有奶奶的爱。所以，奶奶婆的慈祥很容易就打动了她。奶奶婆和婆婆在生活的战场上，曾经有过怎样的搏杀，和她没有任何关系。

有时，高丽丽刚巧在院子里，奶奶婆从烟雾缭绕的堂屋里探出一颗雪白的头，向她示意，要她过去一趟。

吃饺子吧？奶奶婆说着掀起了冒着热气的铝锅盖，露出一大锅蒸饺儿来。

看着蒸饺儿，高丽丽忽然想起了自己亲奶奶的两只尖尖脚。把奶奶的脚比喻成饺子，是说奶奶的脚小。要是把眼前的这锅蒸饺比喻成奶奶的脚，那饺子的个头可是真不小了。反正，高丽丽是头一次见这么大个儿的饺子。奶奶婆已经从笼屉上抄起了一只大饺子，左手倒右手，右手倒左手。快点，趁热吃！

高丽丽吃了那只大饺子。

再和婆婆一干人聚在一起吃饭时，高丽丽只吃了很少的饭。那只饺子毕竟太大了。

去你奶奶那院儿吃饺子了吧？婆婆的注意力在手里的筷子上。

高丽丽没有做声,心说,也许在说小叔子呢。

你这么个讲究的人儿,也吃你奶奶做的饭?有时候老太太做饭连自己的手指甲都切菜里头。做了一辈子饭,就这么邋邋遢遢的。

婆婆的话头明显在指向高丽丽。高丽丽的胃里一阵翻江倒海。

又一天,街上来了一个卖鲅鱼的。买鱼的和不买鱼的一些人凑在卖鱼的车前。高丽丽打开后门出去泼水,偏巧碰上奶奶婆背着一捆柴晃晃悠悠地回来。高丽丽放下手里的盆子,小跑了几步,帮奶奶婆接下背上的柴。奶奶婆问高丽丽,围着的那些人是干啥呢?高丽丽答,买鱼呢。

你吃鱼么?我去买。

奶奶,您别买,我不吃。

没事,奶奶有钱,你爷爷活着时做小买卖攒下的。

奶奶,真的不吃,您要买,您自己吃。

卖鱼的,咋卖的?奶奶婆把嗓子亮开了,朝着卖鱼的小贩喊。

还没到中午,婆婆那头已经得到信息了。

你让你奶奶去买鱼了?

没有哇。

你奶奶和人家说的,说是孙子媳妇想鱼吃了。

高丽丽不再辩解了。无趣的琐屑如粉尘,呛住高丽丽的口、鼻,让她深感呼吸的困难。这不是她要的生活。不是。

15. 有一些改变发生了

春天的眉眼逐渐清晰时，高丽丽的生活发生了改变。

头一个改变，是高丽丽怀孕了。

那天早上，婆婆递给高丽丽一只竹耙子。接过竹耙子的高丽丽学着婆婆的样子，将竹耙子掭在肩上，影子一样跟在婆婆身后往地里走。她心里怨着大水，有个班儿上，总比干庄稼活强吧。庄稼活儿是水，她是火。它和她是永远不能相融的。

到了地里，婆婆怎么做，高丽丽就怎么做。用竹耙子挠刚刚葱茏起来的麦畦。挠了几下，婆婆喝住了高丽丽，瞅着我，活儿得这样干！

麦子得了皮肤病不成，好，给你挠，使劲挠！高丽丽扣紧了牙齿，把浑身的劲运到两条手臂上。她不要婆婆看扁了她，她要干出点样儿来。

婆婆冷着脸蛋子干活。这个儿媳妇，她是捏着半拉眼角都看不上。干啥不像啥，活脱脱一个摆设。从这一刻开始，她要努力实施造人计划，把高丽丽打造成一个中规中矩的庄稼女人。高丽丽看出了婆婆的险恶用心，朝着掌心呸地啐了一口唾沫，不劳烦你，我会自个脱胎换骨的。往怀里一收竹耙子，一耙子土飞溅起来，扑打着高丽丽。高丽丽被土块儿扑打得天旋地转，只得顺着耙子把儿蹲下来。胃里一股液体迅疾地窜到了咽喉处，一张嘴，哇地喷射出来。

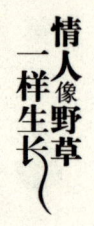

婆婆审慎地看着高丽丽，这月没来事儿吧？我没见着茅房里有红呢。

高丽丽一张嘴，又是一股喷射的液体。

这时候，一层喜悦的颜色成为婆婆眼底的主色调。

自己真的怀孕了么？然后肚子一天天地大起来，然后有一个男孩或者女孩管自己叫妈妈。天，妈妈的角色对高丽丽来说，是多么的遥远，多么的生疏。怎么一下子就在眼前了呢？它来得太快了。成了别人的妈妈，也会像其他成为妈妈的妇人那样，众目睽睽之下，把奶头塞进怀里小婴孩的嘴里。是么？然后，娘们儿爷们儿们掺杂着，无所忌讳地说着脏话荤话。是么？

为了验证高丽丽是否真的怀孕了，婆婆让大水特意请了假，带着高丽丽去医院做了检查。挂号，就诊，开化验单子，取塑料尿杯，去厕所接尿，等候化验结果。面部无任何表情的女医生，扫了一眼高丽丽的化验单子，说了"怀孕了"三个字后，便把高丽丽当成空气了。站了一小会，高丽丽准备转身走掉。这时，女医生在高丽丽的背后说了一句很经典的话。

少干点那个事儿！

因为太经典，高丽丽在最初几秒钟里，没弄懂它的含义。走出诊室的门，看见了等候在门口的大水，高丽丽才明白，那是一句最肮脏的话。

这个结果除了高丽丽一个人，一家子都是欢喜的，只不过每个人表现欢喜的方式不一样。奶奶婆是眉开眼笑式的，公公是含蓄式的，婆婆是暗藏不露式的，大水是幸福式的。

大水的确很幸福。他不是一个善于使用语言的人，尤其不善于使用甜言蜜语。但是，人总会使用一种方式来表达他的情绪的。这个有点让他弄不懂的、是他媳妇的女人，竟然要为他生孩子了。一想到这个问题，大水的两条腿就充满了力量，把自行车的脚踏板踩得吱吱响。他觉得日子更加有奔头了。他要让高丽丽过得好，要让他们的孩子过得好。他表达幸福的方式就是承担。

大水的幸福鲜明地映衬了高丽丽的恐慌。看着大水眼里满登登的幸福感，高丽丽很生气。她故意冷落大水的热情，尤其是晚上。

高丽丽有了一个充足的理由，拒绝大水的怀抱。当大水热血沸腾时，她说了那句话——那句医生说给她的话。当然不是医生的原话，她还是羞涩的。

医生说，这样对孩子不好！

为了孩子，好吧。大水艰难地控制了自己。

第二个改变是，婆婆搬走了。

这绝对是一件好事。

婆婆说，老顾着你们也不行啊，老二也该说媳妇了。然后，就开始往分给老二的新房子里搬东西，大大小小、细细碎碎的东西搬了两天。新房子和高丽丽住的房子隔了几排房。高丽丽不怎么在意分给她的是旧房子，她在意的是婆婆越远越好。

婆婆搬走的日子果然有了轻松感，快要崩断的神经线也有了修复的机会。很难得。

更出乎高丽丽意料的是，搬走了的婆婆对高丽丽有了人性化的一面。因为没有煤气灶，高丽丽每天做饭还要烧婆婆那屋的灶；烧火的柴是婆婆给她背来的。婆婆大概是怕柴背多了，让奶奶婆偷去烧，高丽丽烧一点，她背一点。

高丽丽知道婆婆是为了她肚子里的孩子，怕自己受感动，在心里说了硬话。哼，还不是为了孩子，不然才没那么好心呢！不行，还是有一些感动，嗝儿一样从胃里往外拱。

投桃报李，高丽丽尽心尽力地替婆婆喂着留下的几只鸡。婆婆过分地精细，只要没分给高丽丽的，她连一根针都不会留下。几只鸡没有带走，实在是因为她怕鸡到了新地方，会不认窝儿，到处下蛋。另一个原因也挺重要的，每天晚上，到了该安寝之时，几只鸡就会一拍翅膀，飞上院里的柿子树。柿子树是它们的家。新房的院子里没有这样一棵柿子树。故而，千叮咛万嘱咐高丽丽，勤捡着点鸡蛋，你捡慢了，有手快的。手快的，当然是指奶奶婆了。

鸡要吃东西，所以，和鸡一起留下的，还有半袋子饲料。每次喂鸡，高丽丽都会用那只小铝盆儿来和食。半盆儿，够鸡吃的了。

最近，鸡的蛋没见多下，饭量倒是见长了。

吃干净了铝盆儿里食料的鸡们，围堵在门口，等着高丽丽出来。盼星星盼月亮，好容易把高丽丽盼出来，鸡们引着不长的脖颈，咕咕地叫着，追逐着高丽丽，以示它们的饥饿。开始，高丽丽和鸡们沟通不够，没弄懂它们鸣叫和追逐的含义。追得急了，便丢了几颗玉米粒在地上。玉米粒还没落地儿，鸡们就疯狂地撞了过去。高丽丽才知道鸡是饿的，重新再给鸡和一些食。肠胃里有了实实在在支撑的鸡们，在最后一抹亮色隐退前，拍着翅膀，呼啦啦的飞到柿子树上，歇息了。

鸡的饭量长了，半袋子鸡饲料很快地消瘦下去。这个现象当然不会逃过偶尔来视察的婆婆的眼睛。

饲料咋下去的这么快呢？

鸡吃了呗。

显然，婆婆对高丽丽的回答是不满意的。让你奶奶的鹅给吃了吧？

没有吧？高丽丽从来没想过这个问题。会么？奶奶婆的几只大白鹅是圈在圈里的呀。就算是它们出来和鸡抢食吃了，也会有动静的啊。

高丽丽虽然不太相信有这种可能性，但还是听从了婆婆的安排。她想证明一下自己对奶奶婆的信任，对几只大白鹅的信任。

给鸡和好了食料，高丽丽像以往一样回了屋，透过窗子的玻璃窥视着院子里的动静。

鸡们刚吃了没几口，令高丽丽大跌眼镜的事情就发生了。一双苍老的手打开了鹅圈，几只大白鹅摇摇摆摆地朝着被鸡们围拢的小铝盆儿奔了过来。高丽丽惊奇的是，几只大白鹅在奔走的途中，居然噤了声，将平日里张扬的嘎嘎声小心地收敛起来了。离着小铝盆儿有着一小段距离时，鸡们便惊慌地散去了。眼巴巴地看着大白鹅站在它们刚才的位置上，把扁嘴巴伸进盆子里，很连续的一通狂铲，半盆子食料被大白鹅收入到胃囊里了。再眼巴巴地盼着大白鹅悄然离去，才有胆量啄食几粒不小心遗留下来的残渣。鸡嘴啄在盆壁上，发出空荡荡的声响。

事实无情地摧毁了高丽丽的信任。她决定照着婆婆给她开的方子抓药。

第二天，高丽丽把盛着食料的小铝盆放到了车上。车是一辆废弃了的木板车，陈列在院子的角落里，连自己都快把自己遗忘掉了。如今，婆婆想起了它，高丽丽利用了它。木板车的高度是难不倒鸡的，和柿子树比起来，这是小巫见大巫呢。所以，鸡们很容易地就吃到了食料。这下，几只大白鹅可惨了，扇着翅膀干着急，就是提不起笨重的身子来。鸡也是有思想的，一看鹅上不了木板车，对鹅的畏惧自然成了多余的了。大白鹅终于丧失了素养，丧失了风度，绕着木板车嘎嘎地叫。

高丽丽躲在屋里看热闹时，奶奶婆和大白鹅一样，丧失了一贯的风度，从幕后走上前台来，愤怒地质问高丽丽，谁让你把盆

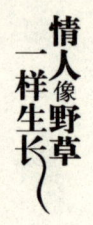

子放车上的!

高丽丽像一个做错了事的孩子,垂着手接受奶奶婆的质问。

高丽丽哀伤地意识到,在她身上,没有和婆婆、奶奶婆抗衡的羽翼。她们是嘴巴里含着毒汁的女人,只要一个不小心惹到她们,她们就会随时喷出毒汁,毒你一下。

很快,高丽丽又同情起那几只大白鹅来。一般情况下,它们是处在半饥饿状态的。

奶奶婆一个人的粮食有限,大白鹅们的食物来源也跟着很有限。难为了大白鹅们,竟然熬过了一个冬天。

大白鹅是有信念的。它们的信念在春天里,在夏天里。

大白鹅的信念也是奶奶婆的信念。春天和夏天,奶奶婆的背上又多了一只柳条筐。筐空着出去,满着回来。一筐鲜嫩的草,剁碎了,再掺进一点儿饲料,大白鹅就能吃上饱饭了。

剁草的叮叮当当声,总是响很长时间。它伴着高丽丽读书,写诗歌;伴着高丽丽腹内小婴孩的成长。

偶尔的大雨天会湮灭了叮叮当当声。这时的高丽丽无心读书,也无心写诗。

她想,今天大白鹅会有饱饭吃么?

还想,奶奶婆为什么一定要养大白鹅呢?

16. 幸福的后边跟着谁

在一个不断改变的环境里，高丽丽母性的感觉也渐渐地发芽了。孩子四个月大时，已经会动了。四个月大的小婴儿，如一只小雏鸡儿，用生长来啄包裹它的壳。每啄一下，高丽丽母性的幸福感就会加重一层。一层一层的幸福感积累、叠加，一个高潮在聚积中缓缓地行走，等待着横空出世的机会。

对高丽丽来说，小婴儿超过本身婴儿的含义。他更像一支拐杖，在高丽丽最虚弱的时刻，起到了支撑的作用。

他会是我的孩子么？天啊，我真的孕育了他么？

小婴儿狠狠地啄了一下高丽丽，告诉高丽丽，他是真实存在的。

是啊，他是我的孩子，我真的孕育了他！

真实存在的你，会长成什么样子？会不会少了一条腿、一条手臂？

她把她的担心说给大水听，大水很认真地想了想，不会吧，大夫不是都说了么，好好的呀。

那，万一那个机器出错了呢？

咋那么巧呢？你脑瓜子里整天都想啥呢？

是自己多想了？哦，那也说不定。高丽丽安慰着自己，稍稍地放下心来。

自从怀了孕,母亲给高丽丽下了死命令,不让她一个人在路上颠簸。母亲说,死热荒天的,道又远,出了啥事,她担不了。所以,高丽丽很长时间没有去看母亲和妹妹了。但是,母亲会派妹妹来看她。

中午。妹妹夹带着一股热浪卷进高丽丽的屋子。

高丽丽很奇怪,这么热的天,妹妹的脸上居然没有汗水。妹妹走后,到院子里一走,高丽丽才明白妹妹没有流汗的原因。妹妹肯定是流汗了,然而,汗水刚刚钻出来,便被毒辣辣的太阳挟持去了。

妹妹匆匆地从书包里往外掏着一只饭盒。里边有时是饺子,有时是一些熬得颜色很好的小鱼儿。

快吃吧,我下午还得上班呢。妹妹点了一下头,做出转身走的姿势。

等等!高丽丽叫住妹妹。

妹妹暂时停下来,准备着倾听高丽丽交代。

忒热了,下回别送了。高丽丽艰难地重复了一遍上次说过的话。

不是我要来,是妈派我来的。任务完不成,不抽我筋呢。妹妹扑进热浪里了。

高丽丽的眼睛有点含不住妹妹的背影了,疼涩涩的。一疼,一股液体跟着漫了上来。

打开饭盒,里边的饺子或者小鱼儿还温热着。它的热和空气里的温度没有关系。那是柴草的温热,是锅灶的温热,是母亲手掌的温热。

让几近山穷水尽的亲情峰回路转的,竟然是高丽丽的婚姻。这个代价付出得太大了。亲情经过分裂、弥合,已经有了一道明显的疤痕。正是由于这道疤痕，每个人都在试图寻找一种新的表达亲情的方式。

迷乱无趣的生活中掺杂着起支撑作用的幸福的幼芽。迷乱无趣以及幸福的幼芽等等，分割着高丽丽，在高丽丽头脑中占据着一席之地。忽然，有一天，大水也参与了分割和占据。为了做女人的尊严，高丽丽决意要维护自己。

问题从一些细枝末节开始。一个女人对一个男人的喜爱，惯常的表达方式是把喜爱揪碎了，一丝一缕将它们融入到寻常的日子里。这样看上去，既不显山，也不露水。这种情感的表达方式很适合大水婚后的第一任情人。在这里姑且免去她的名字。她是一个到了结婚年龄却没有合适结婚人选的未婚女孩，既然没有结婚，就先叫她女孩。女孩是大水工厂里的一名女工，她独具慧眼，透过大水质朴的表象，捕捉到了大水可爱之处。客观地说，大水是一个拥有优良品质的人。真诚，厚道，有一说一，绝对不会占任何人的便宜，连占别人便宜的念头都不曾动过。别人尽可能地占大水的便宜，大水也一概宽厚待之。但大水绝不是一个任人宰割之人，你打他一拳头试试，他会毫不手软地把你打得遍地找牙。还有非常重要的一条，大水在对待女人的问题上表现得很是与众不同。他不会像其他年轻年长的男人们那样，和厂里的女工们随便地开玩笑，随便地动手动脚。他不喜欢那样。这些特质组装成了大水这架多少年不变的机器，构造虽然简单了些，但不至于让人看着不舒服。

男人对于女人来说，不主动往往比主动的效果要好。不勾引的本身才是巨大的勾引。只是很多男人不明白这个道理罢了。当然了，大水也不会明白这个道理的。他要是明白了，也便不再是

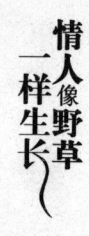

大水了。

大水是一个有了婚姻的人,因而女孩示爱的方法更要选择含蓄中的含蓄了。废弃了的雪碧瓶子充当了女孩向爱情进攻的道具。于是,高丽丽就会看到大水回家时,经常带回来一些小物件。栩栩如生的椰子树,需要细致打量,才能看出几痕雪碧瓶子的印迹。不等高丽丽问,大水很随意地说,是厂里一个女工送的。高丽丽没有说什么,也没什么可说的,一个女工偶尔送了一两件手工制品,也是无可非议的。直到有一个晚上两个人在一起吃晚饭时,高丽丽发觉大水破损的衣服袖子被修复好了,一问大水,又是出自那个女工之手。高丽丽有点不高兴了,酸酸地说,别怪我没提醒你,人家八成是看上你了。大水嘴巴里满满的食物差点喷出来,睁着眼睛,瞎说吧你!

我瞎说?咱们瞎官遛马——走着瞧!高丽丽用牙齿咬住一根筷子头,一副预言家的派头。

没几天,大水又带回家一个小玩意儿,一件由两个亲着嘴儿的小瓷人连在一起的瓷器。

给我一个解释——高丽丽的怒火上了房顶。

解释什么——大水的眼神和他的口气一样无辜。

你和那个女工啥关系!

大水彻底明白了,高丽丽误读了他的清白。这是他不能接受的,所以他也愤怒了。因为清白受到了质疑,所以大水受伤了。受伤的大水更要很好地发泄他的愤怒,一把抓起桌上的永远保持在热烈亲吻状态中的小瓷人,狠狠地掷在水泥地上。

高丽丽捂着隆起的肚子,茫然地看着地上惊慌失措的碎瓷片。一个猛烈的撞击,使它们从整体的润滑走向了分散的锋利。

小瓷人摔了，并不代表一切都结束了。它作为许多暗流中的一支蛰伏在平静之下。

　　平静指的是对生活的发生逐渐的接受，逐渐的适应。就这样，持续了一段表面平静的日子。

　　有一件事情的发生，应该算在平静之内吧。

　　是秋天的时候。高丽丽挺着肚子去婆婆那院儿剥玉米。婆婆他们去收拾地了，为种麦子做准备工作。那些活儿高丽丽自然做不了，只有捡着力所能及的活儿做。把小马扎丢在玉米堆的一头儿，坐上去，高丽丽便成了一颗玉米。

　　剥着玉米，院子里忽然来了人。人是来找高丽丽的，围着一院子的玉米转了一圈儿，才把高丽丽从玉米堆里剥出来。

　　来的人说是村里的书记。高丽丽很少出门，所以不知道谁是书记。书记问高丽丽是不是叫高丽丽，高丽丽说是。书记问高丽丽娘家是不是那个村的，高丽丽说是。书记问高丽丽是不是会写诗歌啥的，高丽丽说是。

　　就是你了，跟我走吧。书记急吼吼的样子。

　　凭啥呢？高丽丽迷惑着不动。

　　人家报社的人来找你了，你跟着走就对了。书记就差伸手去拉高丽丽了。

　　报社？是自己寄去诗歌和照片的那个报社？

　　才过去不到两年的时间，怎么像发生在上一个世纪那般遥远？在高丽丽对它的期待化为零的时候，它像一根被拉长的皮筋，咻的一下子，又弹到了高丽丽的眼前。高丽丽有点措手不及。她多想让自己激动起来，高兴起来；可是，她激动不起来，也高兴不起来。这件事来得不是时候。

　　可以不去么？高丽丽上下打量了一下自己。

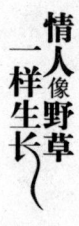

这好的事,咋能不去呢!书记看上去比高丽丽要兴奋得多,高兴得多。

那您等一下,我换一双袜子。高丽丽挪着身子朝自己的家里走。

我用摩托驮着你,快点儿。

高丽丽坐上了书记的摩托车去换了袜子。一双结婚时买的大红的袜子,换下来脚上那双也还算干净的袜子,再把穿着大红袜子的脚套进拖鞋里。没办法,脚肿胀得穿不了鞋子。然后,坐上书记的摩托车去乡政府。据说,报社的人等在乡里。

村里很多人看见高丽丽坐着书记的摩托车走了,都在议论说,怪不得这个媳妇看着和别人不一样,还真有点能水儿呢。

报社的老编辑确实等在乡里。老编辑真是老了,稀拉拉的几根头发,起不到局部保护中央的作用,只好任由头顶的一方田地无遮无拦地裸露着了。高丽丽的诗歌没能让老编辑眼前一亮,但是,高丽丽的照片却让老编辑眼前一亮。写诗的高丽丽就在老编辑的脑子里留下了痕迹。在老编辑的编辑生涯中,高丽丽、李丽丽的出现,是很寻常的。当高丽丽这抹痕迹淡得快要消失时,高丽丽所在的县文联举办了一个大型的文学活动,老编辑被隆重邀请了。

活动结束后,老编辑提到了高丽丽。说你们这里有一个写诗的女孩,好像叫高丽丽的,是棵好苗子。

文联的人打算讨好老编辑,派了一部车,拉着老编辑,辗转着找到了高丽丽婆家所在的乡政府。主管文化的副乡长,一个电话拨到书记的家里,让书记十万火急地把高丽丽带到乡政府。

当体态臃肿、穿着大红的袜子、趿拉着拖鞋的高丽丽出现在老编辑的眼前时,老编辑深深地失望了。

老编辑的年纪，老编辑的阅历，都足以使他把他的失望不露痕迹地掩藏起来。他哈哈地笑着，热情洋溢地鼓励了一番高丽丽。

临上车，老编辑没忘把一颗残败的头探出来，叮嘱高丽丽，一定要勤练笔，别像其他农村女孩子那样，一结了婚就把文学荒废了。记住！

最后扫了一眼高丽丽的大红袜子，将一片残败的景象缩进车里。

高丽丽也低头去看脚上的大红袜子，的确俗气得让人讨厌。比大红袜子更让人讨厌的，是老编辑那颗残败的头。

17. 妹妹很久没来过了

婆婆对高丽丽的生活是了如指掌的，包括夜里摔东西，她都清楚。虽然没有具体到摔的是小瓷人。村子和村子是没有太大差异的，不过是村名的不同罢了。村子上空徘徊着的不仅仅是云朵，更有众多的耳朵和眼睛。再细微事件的发生，也逃脱不了眼睛和耳朵们的搜寻。当然，搜寻的目的不一定都是恶意的。一只眼睛看见了，一只耳朵听到了，就等于所有的眼睛都看到了，所有的耳朵都听到了。

在这些眼睛和耳朵里，自然少不了奶奶婆的。她使用着绝对讨好和友好的神情，将信息传递给婆婆。

这一次，高丽丽坐着书记的摩托车去乡里，动静如此之大，

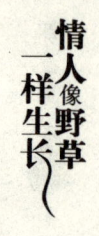

她又怎么可能不知道呢？高丽丽还天真地以为婆婆会询问她一些什么。出乎高丽丽意料的是，她什么都没有问。既然人家不问，高丽丽觉得也没有主动说的必要。

有村里人在街上碰见婆婆，打趣婆婆，听说你家儿媳妇要调到乡里去了，是真的么？婆婆嘿嘿地笑，那可是我们家祖坟冒青烟儿了！

婆婆心说，我儿媳妇真调到乡里，还不得气死几口子。

婆婆也不相信高丽丽到乡里转了一圈儿，就会调到乡里。他们家根根蔓蔓没有当官发大财的，凭着会写两个字，就怎么怎么着，笑话。上边来人纯粹是扯淡的事，和人家不沾亲不带故的，谁会下力量，还不是一打闪儿就走了。

婆婆认为高丽丽走的是一条错误的道路，她怕高丽丽在这条错误的路上越走越远。所以，她完全有必要给高丽丽敲一敲警钟。

高丽丽在变成一只玉米之前，终于剥完了一院子的玉米。漫长的秋收秋种结束了。她又可以缩在自己的小屋里看书写字了。老编辑虽然恶心了一下高丽丽，但究竟和文字无关，文字还是干净的。她需要干净的世界。

今天，却看不进去一个字。妹妹很长时间没来了。不知道母亲是否把麦种上了，不知道那头老驴是否还肯卖力气。不知道种麦时，母亲请谁点的种。想起了拉着车的母亲，那条几近和地面平行了的身影，本想让大水去看看，可大水偏偏在城里上班。在城里上班是没有大秋假的。

你们都好么？文字发不出回应声。

这时，婆婆来了。

别老窝在那儿瞅那个东西，出去溜达溜达，孩子还好生呢。

婆婆敲响的警钟嗡嗡地响。

我这人说话不招人待见，还不是为你们把日子过好！

婆婆存心是想把高丽丽的心脏震碎了。高丽丽强忍住心脏碎裂的疼痛，决意小小地和婆婆对抗一下，便用手指把书翻到崭新的一页。

晚上，高丽丽失眠了。母亲，妹妹，喜欢她的小男生，镇上的小邮局，小邮局里的邮递员……他们排着队，一个一个地走近高丽丽。奇怪的是，他们全都模糊了面容，高丽丽无法看清他们的表情，不知道他们是快乐着的，还是不快乐着的。母亲停留的时间最长，虽然看不清楚母亲的表情，但是高丽丽肯定母亲是不快乐的。母亲从来没有快乐过，她没有时间快乐，也没有让她快乐的事情。母亲的快乐曾经在那碗冒着热气的粥里。高丽丽亲手把母亲的粥碗打翻了。和腹内的婴儿一起品着母亲那碗粥的味道，竟然品出了一丝丝别样的滋味。

残忍，这种味道是原来不曾有过的。

伸出手拍了一下大水的后背。是她丈夫的男人早已浸入到梦境的深层里。高丽丽又伸手去拍，用了力气。一声脆响钻进黏稠的夜色里，没了踪迹。大水醒了。

想家了，明儿送我回家去吧。

我还得上班呢，哪儿有空儿啊。

那我自个儿骑车去。

没有了下文。梦境里伸出一只曼妙的手，一拉，大水就进去了。

哼，少了你这颗臭鸡蛋，姑奶奶还做不成蛋糕了！

早上，大水上班刚走，高丽丽就推出了自行车。那院儿的奶奶婆出去背她的第N次柴，还没回来。婆婆昨天才来过，此刻该不会再冒出来。看了一眼圈里的大白鹅，陷在半饥半饱状态里的它们，不会有精力去管别人的闲事的。大胆地走人吧。街坊四邻的见了，就说到街上转一圈儿。

干啥这么胆小，怕婆婆，还是奶奶婆？高丽丽鄙视了自己一下。

天一冷，村子像一锅少下了米的稀饭，捞几筷子也难见几颗米粒。正好。自行车载着高丽丽笨重的身子，一路顺畅地出了村。高丽丽知道，回娘家是有一条小路可走的，这样可以节省四五里路的样子。三天回门时，大水带着她走过的。

高丽丽不敢把视线放得更远，够了，已经够空旷了。她一会儿觉得自己是一只蚂蚁，在巨大的空旷里，显得那么渺小，那么微不足道。无论她怎么爬，都不会爬出漫无边际的空旷。一会儿，她又觉得自己是一条鱼。这个世界是属于她的，想怎么游就怎么游。真是够无拘无束的。肚里的小婴孩伸了几拳头，又踹上几脚，以展示有点激动的心情。

宝贝儿，咱去姥姥家呵。

生养自己的小村模模糊糊的，终于有了轮廓。高丽丽两条倦怠了的腿又有了新鲜的活力。一个男人开着摩托车从身边驶过，开出距离高丽丽一百米的样子，停住了。许是车出了故障吧。眼睛上罩着一副墨镜的男人，从车上下来，把车支好；然后，迎着高丽丽站住，两只手有序地在裆部忙活着，掏出一个物件来。一泡热气腾腾的尿水喷薄而出，脸上配合着淫邪的笑。

高丽丽的身上忽地糊上了一层冷汗，闭着眼睛冲吧……

门，家里的那扇门在高丽丽的眼前了，它充满温情地注视着气喘吁吁的高丽丽。两行泪水自作主张地滑了下来。门，不要这么温情好不好，你弄哭我了。我摔过你，你不恨我么？高丽丽用套在手上的棉手套，将脸上的泪水擦拭干净，抬手去拍门。

二小姐今儿咋回来这早呢！

话音未落地儿，门洞开了。母亲愣在门里，高丽丽愣在门外。

母亲是衰弱的，是无助的，是哀伤的，是无可奈何的，也是思念的。平日里穿的那件强悍的外衣，已经千疮百孔，遮盖不住内核的真实了。母亲也从高丽丽的身上看到了生活磨损的印痕。在那一瞬间，她们的心疼痛了；但是很快，她们调整了自己。

母亲一边埋怨着大水，不该让高丽丽一个人来，一边在从一堆杂物中翻找出一小块棉垫来。母亲将棉垫铺在炕沿上，让高丽丽坐过来。

肚子发尖，瞅这样儿是个小子。母亲端详着高丽丽的肚子。

高丽丽的注意力却在炕上摊着的小东西上。它可爱地静止在一副老花镜的旁边——小婴儿才穿得下的小棉袄。

您做的？

提前做出来，省得到时候抓瞎。母亲说着打开柜子，从柜子里拎出一只红包袱来。解开包袱，皆是色彩缤纷的小婴儿用品。

——你婆婆给你做了么？

——应该给做了吧。

——我听人说你婆婆不是个善茬子，是么？

——她不是没吃了我么。

——要是受气，我可不答应啊，饶不了他们一个个的。

母亲又开始使用她的霸气了，仿佛使用着那样语气的母亲是所向无敌的，因为她是坚硬的。婆婆也是坚硬的，而母亲的坚硬和婆婆的坚硬是有着本质的区别的，母亲的坚硬是伪坚硬。高丽丽觉得，她正在接近一个真实的母亲。过去，她和妹妹，甚至父亲所依赖的母亲的强势,不是真实的。它不过是母亲穿在身上的一件铠甲,用来抵御侵害,保护弱小。真正的母亲是虚弱的,是需要被呵护的。刚才站在门口的那个母亲,才是她真实的母亲。

妹妹呢,上班去了?高丽丽有意岔开话题。

人家忙着呢。

忙的下文是什么,没有了。高丽丽从母亲阴阳怪气的语调中捕捉到一个信息,妹妹一定是让母亲难过了。而,妹妹坚持了自己,没有因为母亲的反对停止。

晌午割点肉,包饺子吃。母亲从烟盒里捉出一支烟,点燃。袅袅腾腾的烟雾很快遮掩了母亲缘自妹妹的那份无奈感。

饺子煮在锅里时,妹妹回来了。

姐来了,把我大外甥也带来啦!妹妹无视着灶台上母亲的冷漠,和高丽丽开着玩笑。

高丽丽惊异于妹妹短时间内巨大的变化。妹妹竟然学会了打趣,学会了调侃。看得出妹妹的心情是相当不错的。还有,妹妹的眼神多像当初自己和男生A谈恋爱时的眼神啊。对,那是恋爱的眼神。妹妹谈恋爱了么?

上班去了?

没有,到镇上的卫生院扎针灸去了。姐,你不知道,卫生院里有一个中医,神了,他说可以治好我的毛病。姐,你瞅我是不是好多了?

妹妹一鼓作气地说话,一鼓作气地点着头。

别是毛病没治好,把自个儿搭里头。母亲端着饺子进来。

母亲的旁敲侧击奈何不了妹妹,妹妹继续着她的快乐。

中医,扎针灸,恋爱的眼神。它们有着紧密的关系不成?

借着母亲出去找蒜瓣儿的机会,高丽丽小声地问妹妹,妈咋不高兴呢?

你还不清楚咱妈,啥事都得由着她来,她高兴了,我高兴么?

母亲很仔细地剥干净一只蒜瓣儿,扔进高丽丽的碗里。西院儿大妈可等着你的话儿呢,及早把见面的日子定了,正好你姐也在,让你姐也帮着拿个注意。

说了不见,您烦不烦呀。

再往卫生院跑,小心我打折你的腿!

用不用我出去给您找根棍子去?

高丽丽没有住在母亲家,执意回了婆家。她是偷着来的,母亲不知道。

从这个硝烟弥漫的战场,走向另一个硝烟弥漫的战场。高丽丽做好了心理准备。

只是母亲怎么也不放心高丽丽。她叫了一辆村里的出租车,连人带自行车一起装进了车里。车要开动时,母亲扔进来几张纸币。

纸币很皱了。皱得像母亲那张沧桑的脸。

18. 还我的孩子

大概是水喝多了?高丽丽又一次从热被窝里爬起来小解。沉重的身子担在床沿儿上,两只脚去摸地上的鞋子。也就在这一刻,高丽丽忽然感觉身下一热,一股液体流了出来。真是的,连尿都憋不住了。幸亏大水加班还没回来,让他看见了,还不笑话死。便提起一口气，尽力去憋住尿水。高丽丽的努力却白费了，液体继续汩汩而出。慌忙中的高丽丽，只得光着脚去小解。憋在腹内的尿水排净了，身上有了彻底的放松感。然而，那股液体并没有停止，依旧在奔涌。高丽丽才意识到，流出来的根本不是尿水。是另一种水。是什么，高丽丽不知道。用手摸了一把，一股鱼腥味儿。孩子，是不是肚子的孩子化成水了？它已经好几天不怎么动了。是要化成水都流出来么？

大水！大水！天啊，大水不在。

高丽丽携带着那股奔涌的水，仓皇地出了屋子，朝着奶奶婆的院子跑。奶奶！奶奶！……

奶奶婆正舒服地躺在热炕头煲着自己那具衰老的身子。乍听高丽丽惊恐的呼喊，吓了一跳，趿拉着鞋子给高丽丽开了门。

问清了缘由，奶奶婆差点没笑出眼泪来。傻丫头子，那么大的书是白念了。你要当妈了，流的是羊水。

奶奶婆说着话儿，麻利地穿好了衣服。用被子把高丽丽裹住，嘱咐高丽丽不要动，然后，折过身子出了后门。

那个晚上，大半个村子的人都听见了奶奶婆的喊声。

大水妈，大水媳妇要生孩子了，紧着点儿找车——上医院！

奶奶婆好一副嗓子，一路吆喝着。人离着婆婆的门口还有两排房，就迎面碰上了匆匆赶来的婆婆和公公。

这份儿大呼小叫的！婆婆朝着奶奶婆的影子投过去一个嫌恶的眼神。

真是冤家路窄，今晚值班的正是叫高丽丽"少干点那事儿"的女医生。高丽丽的身子往婆婆的身后转，您去找大水吧，说不定他还没回家呢。

让你公公去，谁跑上跑下的？让我去，我一个老婆子认得哪儿？大水一到家，你奶奶就会告诉他的，还不是早点晚点的事儿。

您说怪了，生孩子都赶着晚上来生。女医生打了一个长长的哈欠，和婆婆开着玩笑。

晚上有的不是么。婆婆嘿嘿笑着，做了一个薅草的动作，把高丽丽从她的身后薅出来。

女医生给高丽丽做了检查，说是开了两个骨缝，嘱咐高丽丽少走动，羊水流干了，孩子就不好生了。说完，打着哈欠去值班室睡觉了。

该是疼痛袭击的时候了。它不急，一点一点地加重。很会保存体力，疼痛来一阵，歇息一阵。好让下一个疼痛更有力量。

疼！手边的任何一个物件，都是高丽丽发泄疼痛的对象。

好好的人儿似的，就想生孩子，哪有那便宜的事儿。

婆婆让高丽丽把手臂吊在她的脖子上。疼痛袭来，婆婆就变成了一棵树。高丽丽吊在树上，身子用力向下坠。呻吟声从扣得紧紧的两排牙齿中，寻找着一丝缝隙，艰难地往外渗。高丽丽拼了命，要扳倒这棵树。把树扳倒了，疼痛说不定就会没了。可是，树把根深深地扎在了地下，无论她怎么努力，都奈何不了它。

我要去厕所！

去厕所！

这回该是快生了，都憋屎憋尿的了。高丽丽听见"树"在说话。

我还去厕所！

你就在这儿，回头我给你抓。有着丰富经验的大树知道是怎么一回事。孩子真的要来了。

紧着去叫大夫，怕是要生了。"大树"吩咐公公。

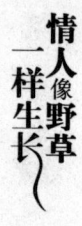

凌晨两点。

高丽丽裸露着大肚子仰躺在产床上。

看见头发了,还挺黑!女医生身边的助产士兴奋地叫了起来。

顾不得了。被人观望的羞涩、恐惧,统统都顾不得了。濒临死亡的疼痛牢牢地霸占了一个人的全部。它就像恶浪,把弱小的人卷入它的中心,狠狠地拍击。直至把人拍成齑粉,粉碎在它的怀抱里。

吸气!让你使劲的时候再使劲!

大夫,我要死了,疼,难受!

好受的时候跟谁说了?

做不到、做不到啊。高丽丽随时都在用力,她控制不了自己。疼痛随时要冲出她的身体,时时刻刻地跟她要力气。她只好时时刻刻地给,给的气力却一次比一次弱。

这么不配合。不行就剪了吧。

金属碰撞的声音响起,然后下身一凉,感觉不到新的疼痛的加入。和要冲出身体的海洋般的疼痛比较起来,新的疼痛不过是一滴水,它过于微不足道了。但,新的疼痛确实发生了,它把高丽丽身体的某个部位撕开了一个缺口。这个缺口给要冲出身体的疼痛打开了一扇门。

用力啊!就差一点了!

啊——

高丽丽一声嘶叫,巨大的疼痛在一片瑰丽的血色中冲了出去。好壮美的血色呵。高丽丽多想飞奔起来,可是她身子软软的,没有一丝气力。血色浸润着她,围裹着她,化成一袭红色绸缎,一圈一圈地在高丽丽身上缠绕着,把她缠绕成一个可爱的小婴儿。她安静地睡在里边,嘴角缀着小婴儿的甜蜜。

睁眼看看吧,是个胖丫头!

一个那么小、那么小的婴儿,它是自己么?身上的红丝绸呢?

高丽丽幸福地笑了笑,又进入到一片虚弱里。

给你缝几针,有点疼,忍住了啊。女医生在高丽丽的虚弱里说。

缝吧,缝吧,还有什么疼痛不可以忍受的呢?就算是更大的疼痛,高丽丽也已经没有丝毫的抵御和抗衡的能力了。来吧。

将近凌晨三点,做完缝合的高丽丽被转到了病房里。

大水呢?大水还没有来么?高丽丽忽然觉得她是需要大水的。起码在这一时刻,她需要他来分享她的胜利。

孩子呢?高丽丽转动着眼珠儿。

她在婆婆的怀里。她看不见她,她裹得太严实了。

您,让我看看孩子。

一个丫头子,有啥可看的!

婆婆拒绝了高丽丽,严厉地拒绝了高丽丽。

丢下骇然的高丽丽,婆婆开始和公公说着一些高丽丽听不懂的语言。

医院的门口有车,你打一辆,把老姨接来,等到天亮就不好了。反正这种事也不是咱家才有。去吧,别拖了。

向来听婆婆话的公公走了。

婆婆和公公在做什么呢,和她有关么,与孩子有关么?老姨,是婆婆的老妹妹吧。接她来干什么呢?

猛然,一个可怕的想法如一柄利剑,唰地劈开了高丽丽混沌着的大脑。婆婆不是要把孩子让老姨带走吧?这样的事儿也的确很普遍。谁家去医院生孩子了,结果大人回来,孩子没回来。

说是孩子在生产的过程中死了。再怀孕,则是顺理成章的了。过几年,死去的孩子再神奇地活过来。最初的发明者不知道是谁,反正一经出炉,大伙都在纷纷效仿了。这一方法,严重适合那些头一胎是女孩子,红了眼珠子想要男孩,还要逃避多胎罚款的家庭。难不成婆婆要给这个办法升级?头一胎就要送人?

高丽丽冰凉的指尖儿抠进自己的皮肉里,在极度的惊恐中观望着事件的进展。

大约半个小时的样子,公公回来了。一个妇人尾随在公公的身后。这就是被婆婆称作老姨的女人么,她的家也应该就在县城的附近吧。

妇人伸长手臂去接婆婆怀里的小婴儿,哎哟,小宝贝长得真俊,跟姨姥姥回家啊。做出一个往外走的姿势后,妇人对高丽丽说,外甥媳妇,孩子在我那儿,我错待不了。

把孩子给我!高丽丽一声呼啸,如同一头母狼扑向抱孩子的妇人。

在触碰到妇人的前一秒钟,高丽丽被婆婆死死地钳住了。犹豫着的妇人,接到婆婆暗示的目光,抱着小婴儿匆匆走出了病房。

——还我的孩子!还我的孩子!!

值班的医生护士,其他病房的病人,纷纷聚拢过来。婆婆终于有了些许的畏惧,松开了钳住高丽丽的手臂。高丽丽撞开人墙,追了出去。在走廊的拐弯处,躲闪不及,一头栽进一个人的怀里。高丽丽拼了最后一丝气力,往外拔自己的身子。那个人却不依,稳住巨大的趔趄,更紧地让高丽丽陷在他的怀里。

咋地啦?声音如此熟悉。高丽丽停止住准备发起的牙齿攻击战,抬起头。

是大水。真的是大水。

波涛般的衰弱朝着高丽丽席卷过来。随着波涛而去吧,她丧失了搏击的力量。

快去追咱们的孩子……

浪掀起来,将高丽丽挟持而去……

19. 寄给丈夫的情书

紧张、忙碌、疲惫、兴奋都围绕着女儿进行和产生。一个小家庭的全部内容就是女儿的吃喝拉撒。女儿的每一声啼哭,女儿的每一泡大便的软硬度和颜色,都决定着家庭的气氛,决定着家庭的心情。女儿吃的是母乳,偏偏高丽丽的乳头过于巨大,女儿的小嘴根本就含不住。眼看着女儿饿得哇哇哭,高丽丽一遍一遍地往外拉自己的乳头,用力拉,再用力拉。但乳头的韧性总是能战胜人为的拉力,拉力解除,该巨大还是巨大。来伺候月子的母亲给高丽丽出了个主意,让大水用嘴巴来吮。这门夫妻私下里才做的功课,为了女儿,堂而皇之地在众目睽睽下上演。没想到,这一以柔克柔的方法还真管用,那乳头的性情居然随了大水的性情,怕软不怕硬。女儿的饭有保障了,大水的舌头也几近累得麻木了。

才几天的小东西饭量还不小,一转眼又饿了,哇哇啼哭着来传递要吃饭的信息。母亲探出一根手指去逗小东西,手指刚一触到小东西的小嘴便缩回来,小东西把姥姥的手指当成美食,张

着小嘴去追那根手指，伴着啊啊声。追了几个回合，小东西绝望了，以更加嘹亮的哭声发出强烈的抗议。

高丽丽不忍心了，妈，别逗了，快给我吧。

眼里笑出泪化儿的母亲这才捧起小东西，将小东西递到臂弯里。除了喂奶，高丽丽不敢碰触那一团柔软。她的小身子软得像面条，皮肤透明得像玻璃，高丽丽怕自己的手指会碰坏了她。小东西的一切都是母亲在打理。母亲打理，高丽丽是放心的。

乳头好不容易含在小东西的嘴巴里了。多么神奇啊，没人教会她，她的小嘴小舌头居然配合得那么完美。小眼睛是闭着的，大概是在一心一意地品着奶水的味道。忽然间，小嘴不动了。她睡着了么？高丽丽想把乳头从小东西的嘴里抽出来，这时，小东西的吸吮又急促地开始了。她用急促告诉高丽丽，她没睡着，只是累了，歇一会儿。高丽丽的眼睛辣了一下。

妈，就叫小可吧？

叫啥都行，过去的孩子都叫骚头臭头的，也活得挺好的。

高丽丽不希望母亲问起缘由，她也不会和母亲说起。接母亲来之前，高丽丽嘱咐了大水，任何不愉快的话题都不要和母亲提起。她们之间的所有话题都是和孩子有关的，做的所有事情都是围绕着孩子进行的。孩子给了她们难得的共享快乐的机会。所以，母亲也好，高丽丽也好，谁也不愿意打破眼前来之不易的快乐氛围。孩子多数时间在睡着，母亲劝高丽丽也尽量多一些睡眠，体力和精力会在睡眠中慢慢地恢复；母亲则利用这个时间洗洗涮涮。母亲离开了屋子，高丽丽不敢睡去，两只眼睛一直在小东西的身上，甚至舍不得眨动一下，唯恐在眨眼的工夫，婆婆抱走了孩子。母亲忙了一阵子，火炉边围了一圈儿新洗过的尿布。火炉上坐着一只绿颜色的大水壶。壶里的水快要沸腾了，一股变得强势的水蒸气从壶嘴儿喷射出来。母亲说，合上眼歇会儿吧。高丽丽旋转了一下涩滞的眼珠儿说，不累，然后进入到松懈的倦怠里，听母亲讲着自己小时候的零零碎碎。

从没有听母亲讲过自己小时候的事，因为母亲从来都是忙碌的。这个时候母亲要讲了。母亲说，现在的孩子享福啊，我刚生完你三天就下地干活去了。那么点儿的孩子，一饿就半天，我回来一瞅哇，小嘴儿都哭紫了。你奶奶连手都不伸，垫子尿得都汪着水，能不难受么。

高丽丽才知道，她也像小东西这么小过。她想，原来总觉着婆婆和奶奶有几分相似，说不准真是奶奶把魂儿附在了婆婆的身上，一副皮囊拥有两个人的魂魄，威力当然无比了。

那好，就叫小可吧。

一个可爱的孩子，一个可怜的孩子。

高丽丽发誓，她要加倍地疼爱小可，保护好小可，让小可远离世俗观念的伤害，以抵消小可可怜的那部分。

小可？行，挺好的。大水一回家，视线就生出了黏性，长久地粘在小可的身上。嘿，眼珠儿转呢，瞅我呢！

母亲把小可裹好了，递到大水的怀里。坐在沙发里的大水俨然成了一具木头，僵硬着两只手臂，一动不敢动。抱了一时，从裹着的小被子里传出呼呼噜噜的响动。拉了，又拉了！母亲忙着接过小可，剥茧儿般，剥出一个光溜溜的小可。小可的小屁股上，尿布上，皆是呼呼噜噜的果实。

屋子里的几个人都笑得如小可的果实那般，稀里哗啦的。

月子终是要结束的，也就是说，母亲终是要走的。

母亲有两套肠子，一套挂在高丽丽这儿，一套挂在妹妹那

儿。挂在妹妹那里的那副肠子被牵动时，母亲就捏了烟说，馋了，别呛着小东西。然后到院子里去吸。母亲暗淡的表情贴在玻璃窗上，高丽丽看得一清二楚。一支烟抽完了，母亲才收了暗淡的表情，回屋。

高丽丽试着去触摸那一团柔软，争取母亲走了，自己一个人也能够把小可料理得像模像样。用哪一种姿势托住小小的头，用多大的力量拎起两只小脚丫。洗小屁股用多温的水，换上衣先从哪一个动作开始，等等。

母亲也看出了高丽丽的努力。

满月迫在眉睫了，高丽丽说，妈，您要是惦着家里，您就回去吧，我自个行了的。

母亲没抬头，洗着小可的一块尿布，说多大的事儿也没伺候月子人重要，怎么着也得满了月，在月子里干活往后落一身的毛病。

高丽丽沉默了。生下她三天就下地干活的母亲，落下什么毛病了么？怎么从没听过母亲说这里或者那里不舒服？

可是母亲弯腰的动作明显地迟缓了。她的腰疼么？

一定是的。高丽丽内心缘于母亲的那份坚硬又软化了一大块。

高丽丽差两天满月，母亲到底还是走了。没等到满月的那一天。

原因在大水。大水忽然就辞职了，事前没有丁点儿的征兆。高丽丽问起究竟来，大水只说没什么理由，就是不想在那个厂子干了，想换一个地方。

事情不会这么简单，大水闪烁的神情告诉高丽丽。

大水不说，高丽丽也绝不会穷追不舍地盘问，而是悄悄地在心里留着意，等待着某个事件的发生来印证隐隐的不安。

母亲说，大水在家里，我回去了。

母亲说，和孩子的奶奶打个招呼再走吧。

婆婆赶了过来，两个亲家客客气气地说着一些水皮儿上的话。她们都在笑。婆婆是一贯的嘿嘿笑，母亲则是哈哈的灌满嗓子的笑。表面上看，母亲在气势上占了上风，强硬的气势能起到震慑的作用——不要欺负我的女儿，她妈妈可是不好惹的噢。

从那一刻起，高丽丽对父亲充满了蔑视，是他把母亲变成这个样子的。

母亲说，亲家奶奶，大人孩子都交给您了，我信得着您。

这句话所包容的含义太丰富了。经过生活淬炼的母亲，具备了足够的智慧。尽管高丽丽什么都没讲，但并不等于母亲什么都不知道。

婆婆每天的柴是为孙子背的，高丽丽生下的是小可，婆婆结束背柴的生涯也是理所当然的了。有一天晚上，婆婆背着一只空筐，利索地爬上柿子树，将鸡一只一只地捉下来，背走了。闻鸡叫而动的大水，出去想帮一下忙；婆婆只当大水是不存在的，继续捉她的鸡。大水违背了她的意愿，替高丽丽追回了孩子，立场分明地站在高丽丽一边。这样的儿子，给点儿颜色看看是非常有必要的。

婆婆背走了鸡，等于告诉高丽丽，她和这个院子没有瓜葛了，不要指望着她会帮着高丽丽带孩子。

婆婆的所为正中了高丽丽的下怀，还额外的中了奶奶婆的下怀。婆婆不来了，奶奶婆可以放心大胆地看小可了。高丽丽看得出来，奶奶婆对小可的喜爱是真诚的。垂垂老矣的奶奶婆把两只手臂支在床上，撑住衰老的躯体，脸对着小可的脸。

哦，你是大宝儿，是太太的大宝儿？

之类的话来回重复，兜不住的口水会顺着嘴角爬下来，落在小可盖的小被子上。高丽丽只好暗中做些手脚，把小可一点一点地往床里挪，让小可离奶奶婆的唾液远一些。

表面平静的日子持续了十多天，大水开始紧锣密鼓地联系新的工作单位。他要挣钱养家，他需要钱，需要上班。对大水来说，混上一只吃饭的碗，还是不成问题的。大水是一个用心的人，在不是很长的维修工生涯中，他的维修技术很是了得了，技术的老成和他的年龄有点不相称。事情很快有了眉目。大水高高兴兴地打道回府，刚一进村，就听见村里的广播在喊一串人名。那串人名不会和他有关系的。喊广播的鸭子嗓为了提起人的注意，又把人名从头捋了一遍。被鸭子嗓捋得毛刺刺的人名，一个一个的灌进大水的耳朵，里边意外地夹杂着大水的名字。大水仔细地分辨了一下，确实是自己的名字。

以上的人，到大队拿信来——鸭子嗓的结束语。

谁会给我写信？大水狐疑着向大队的方向驶去。

看了一眼信皮儿，大水的心忽悠一下子没了底儿。是她，是她写来的信。高丽丽一定听见了广播声，看来，瞒是瞒不住了。既然瞒不住，索性就不瞒了，反正自己什么都没做。瞒着，还不是怕高丽丽生气。

大水把信小心地捏回了家，然后当着高丽丽的面撕开了信封。

大水把几页信纸摊到高丽丽面前，他并没有看信的内容，仿佛他早就知道上边写了什么。

是一封情书，是女孩写给大水的。经过一系列含蓄的表达，诸如修补衣服袖子，诸如亲嘴的小瓷人……见大水一副依旧如往昔的样子，女孩下了狠心，决意舍弃含蓄，舍弃本质上的羞怯，对大水直言爱意。大水好像没有丝毫的心理准备，一时陷在措手不及的慌张里。

这个大水，没有和女孩打一声招呼，没有对女孩的情感作一个交代，就在第二天不来上班了。大水实在是不知道该如何再面对女孩，该如何处理女孩的情感。他怕伤了女孩，他更怕伤了高丽丽。太多的无所适从，他只好选择逃跑了。女孩既然放纵了自己的情感，再刹住就是一件非常痛苦的事情，她决定义无反顾了。一封情义绵长的信就寄了出来。

看完了信的高丽丽，问了大水一句话。她说：
假如我没听见广播，你还会给我看么？

生活中没有假如。

从此，女孩和大水彻底失去了联系。若干年后的一天早上，大水站在一家医院门口等候开往北京的车。彼时，大水的心情一半是激动，一半是愧疚。一半的激动是因为平平，一半的愧疚是因为高丽丽。大水上车上得就有点不专心，以至于差点和一个抱孩子的女人撞在一起。抱孩子的女人刚从一辆出租车上下来，大概是孩子病了，脚步还没站稳就仓促地朝医院奔去。快要相撞的那一刻，他看了她一眼，她也看了他一眼。

她是那个女孩。尽管岁月把他心中的女孩变得面目全非了，他还是认出了她。女孩甚至连基本的整洁都谈不上，体态臃肿，衣服和头发都零乱着，暂时的焦虑遮掩不住麻木的底色。不知道她是否认出了他，擦肩而过，她没有回一下头。

坐在车上的大水在想一个问题，是岁月把她变得面目全非，还是他把她变得面目全非了呢？假如是后者，那么，他能原谅自己么？

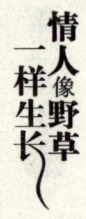

20. 情感的幕布拉开之前

高丽丽曾经认真地思考过一个问题，和大水有关的几个女人，包括自己在内，哪一个更适合做大水的女人？

答案是大水的第一个情人（如果叫情人的话）。那个女孩，高丽丽发觉，自己其实一点也不讨厌她。她以大水的匆匆逃离淡出了大水和高丽丽的生活。高丽丽认定女孩是一个用情很深很专的人，不轻易地投入，好容易投入了，伤了别人，更是伤了自己。女孩的情感是可尊重的，是质朴的，是坦诚的。问题的关键就在于，女孩爱大水爱得干干净净、纯纯粹粹。而后来的平平，再后来的Q，当然还有她高丽丽，谁都没有达到这个高度。

所以，高丽丽给予了女孩最诚挚的祝福，希望女孩不要拿着一段失败的情感去惩罚今后的人生。

大水用他无比的坦诚赢得了高丽丽的谅解。

事情至此，应该可以结束了，但是，高丽丽犯了一个非常低级的错误，一个让她无法宽恕自己的错误。

她去找了婆婆，故意让婆婆知道有人写信给大水。她天真地以为，婆婆一定会是愧疚的，对她高丽丽。她不希望婆婆介入进来，不希望婆婆训斥大水，只是想得到婆婆一个愧疚的眼神。她想看到，婆婆那样的人，愧疚起来是什么样子。

正在做午饭的婆婆，精力集中在手里擀的面条上，说了一句叫高丽丽终生难忘的话：

我儿子错待你了么？

婆婆使用了质问的口气，质问的背后是轻蔑。一个看不住男人心的女人是无能的，是没有资格诉委屈的，是不值得同情的。

高丽丽恨不得抽自己两个嘴巴子。自取其辱，活该！

大水到县城一家新的服装厂上班后，高丽丽和小可搬到了母亲家里。没办法，高丽丽一个人带着小可，连饭都吃不上。叫小可哭一声，还不如在高丽丽的心上揪一把。有一次，趁着小可睡着了，高丽丽赶紧和面烙饼，刚把面和好，屋里咔嚓一声，小可哭出了干干脆脆的第一声。高丽丽嗖的一下子，两大步就蹦到了屋子里。盆里的面被手拖着走了一段儿，终因弹性达到了极限，不甘心地断了。在小可哭出第二声之前，高丽丽已经在她的身边了。见第一声的哭泣发挥了良好的作用，小可就没必要再耗费体力了。妈妈不在身边的委屈还是要表现一下的，于是，两只小嘴角往下撇，做足了一个委屈状。好了，好了，只这一个动作，高丽丽的眼里已经闪了泪花花儿。小可受委屈了，妈妈不吃饭了，看着小可噢。小可也是越来越依赖高丽丽，高丽丽守着就能睡。上个厕所的工夫，小可都能感觉得到，准醒，把脚步放得再轻也不行。

走吧，到姥姥家去吧。

咬了咬牙，倾尽家里的积蓄，高丽丽让大水买了一辆摩托车。新的单位还没有大水的宿舍，即便高丽丽和小可不在家，大水也要赶回来。你也住到小可姥姥家里吧，反正有车了。

大水并没有照高丽丽嘱咐的那样——每天晚上都去丈母娘家里，实在想大人孩子了，就跑一趟。毕竟，在丈母娘跟前是

拘谨的。

在母亲家里,小可发挥了作用。母亲的脸上有了笑容,这笑容是来之不易的。高丽丽觉得,她和小可是来对了,家里僵硬的气氛被搅活了许多。不是?母亲对小可的温情注视,其实就是对她的温情注视。母亲对小可的疼爱,其实就是对她的疼爱。小可是小时候的她,母亲在通过小可来补偿对她这一阶段的疼爱。

小可把便便拉在母亲的手上、衣服上,母亲只哈哈地笑,下回拉姥姥的碗里啊!

母亲似乎把注意力都转移到了小可的身上,暂时忽略了有关妹妹的问题。

妹妹的手巧,小可脚上穿的软底鞋子都出自妹妹之手。夏天离得远远的,一件又一件的小兜肚就给小可准备好了。

小可是一家的中心,小可是一家焦点,小可是一家的快乐点。

母亲和妹妹谁也不愿意绕过小可,正面地接触对方,小可是她们的一个掩护体。

高丽丽想尽一下当姐姐的责任,更想和妹妹的关系近一些,背着母亲说几句姐妹之间的体己话。

——该搞对象了。

——早着呢。

——自个儿搞着呢,是吧?

——没有的事,你听谁胡咧咧!

结束了。高丽丽被妹妹撅了一下,骨骼里发出嘎巴嘎巴的断裂声。

过了一会儿,妹妹又硬邦邦地甩过来一句,我不会像你那样任人摆布的。

高丽丽惊得哑口无言。你有脾气么?即使有脾气也没处发，人家说错你了么？这场婚姻，高丽丽自己定位在逃离上，可它的本质上就是顺从，就是任人摆布，任了母亲的那只劳顿的手来摆布。

那好吧，等着看你的不任人摆布的幸福模样吧。我倒要看看它长得啥样子。有了这样一次比较深入的交谈，高丽丽不再自讨没趣。

隔三差五地，大水会开着摩托车加入进来。有大水加入的晚上，家里的和谐气氛比起白天来更加浓郁，散发着淡淡的雄性的味道。大水忍着仿佛饿了很久的思念，保持着矜持，先给母亲散一棵烟，然后抱过小可，一口一口地填满那只饿得瘪瘪的思念之囊。母亲在一旁掐着烟，一边吸，一边和大水说着小可这几天又新长了哪些本事。小可有点排斥大水的怀抱，她最近长了排斥和拒绝的本事。小身子朝着姥姥的方向转，姥姥被她转得眉开眼笑了。

精神上的饥渴暂时地缓解了。母亲充分理解年轻肌体的需求。借用母亲一句在街上说的话儿，谁家的烟囱不冒烟儿啊！

回家住两天吧，孩子的奶奶，太太，想了呢。母亲使用了委婉的方式。

母亲有一个规矩，大水虽是隔着三差着五地来打个闪儿，晚上睡觉时，却不是和高丽丽睡在一个屋里的。母亲把这个唯一的男性安排在了另外的屋子里。母亲的规矩，也是村里的规矩——女儿女婿在家里同房，是丈人家的忌讳。母亲严格地守着这个规矩，别人破了规格可以，她不能破了。能守住一样是一样吧。

所以，母亲说，过两天再来。

高丽丽还不能完全领悟母亲的意思，但还是听从了。不就是回趟家么？

实际上，根本就超不过去两天，高丽丽和小可便又回来了。一个短暂的团聚机会，大水是非常珍视的。亲完了孩子，亲媳妇。小可在姥姥家养成了一个坏毛病，一定要开着灯才能睡着。她不喜欢一睁开眼睛，眼前一片黑洞洞。黑洞洞里，她抓不住高丽丽，抓不住姥姥，抓不住具体的事物。是可怕的。既然小可不喜欢，那就照着小可的喜欢来。灯，开着。母亲过度纵容了小可。

被昏黄的灯光浸润着，小可像个小睡美人。

小可会看见的。高丽丽说。

不会的。她才多大，懂啥呢。大水说。

那，你，快点儿。快点儿。高丽丽的注意力一直在小可的身上，她唯恐他们弄醒了她。

快点儿啊。高丽丽的催促不仅仅是为了小可。灯光让她难为情，让她有一种灵魂被扒光了的感觉。灯光下，无处躲藏。大水也不再是生活中的大水，他变成了另一个大水。

——快点儿啊。

大水的兴致倏然减去了一大半儿，干巴巴的，很机械。

小可五个月大时，已经掌握了很多本领——能自己翻身，不用借助外力能自己坐一会儿。最大的本事是能看电视了。不管之前有多闹，只要姥姥家的那台电视一打开，尽管是黑白两色的图像，也足够让小可安静下来了。一双小眼睛舍不得眨一下，死死地盯住屏幕上晃动的人影。屏幕上的人说话，她的小嘴儿也不闲着，说着地球上所有的语言之外的另一种语言。使小可进入绝对安静状态的是音乐，只要音乐响起，歌声响起，最引以为自豪的地球之外的语言也可以弃之。小腿儿颤着，小脑袋晃荡着，沉醉了又沉醉的模样。音乐止，歌声止，意犹未尽的小可亮开喉咙，啊——

小可的"啊——"竟成了她的招牌菜。母亲抱着小可出去，见了菊花老女人，小可，给大姥姥唱一个。小可便得意地敞开嗓子，给老女人啊一通。

听见大水的摩托一响，母亲就抱着小可站在门口迎着，小可，给爸爸唱一个。在几双期盼的目光中，小可拿出歌唱家的风度，啊——

高兴得大水忘了先给丈母娘散烟。

作为这个家庭快乐的唯一源泉，小可不负众望，随心所欲地制造着一个接着一个的快乐小高潮。

生活中，并不全是小可，还有小可以外的东西。小可以外的东西，和小可比较起来，复杂得多。它们在生活中继续存在着，或者准备存在着。

首先，小可有生命以来的第一个麦秋来了。

割麦的季节对母亲而言，其意义是超过了割麦本身的。

这个割麦的季节，外地的麦工蝗虫般飞了过来，密密麻麻地落在每一块麦田里。母亲成了村里少数几个不雇佣麦工的人。高丽丽说，雇麦工吧，钱我花。

母亲勾着头磨镰刀，不是钱的事儿，庄稼人捞不着麦子割，还叫庄稼人？

要不，您看着小可，我和妹妹去割。

不用，谁都不用你们。

哧——哧——镰刀刃在磨刀石上行走着。

小可，给姥姥唱个歌听？高丽丽拿出小可这包快乐剂，想在有点闷的空气里调出一小片灿烂来。小可却困了，一个劲地往高丽丽的怀里扎，去寻高丽丽怀里的乳，让乳哄着她睡觉。

孩子困了，唱啥歌，哄着睡觉去吧。母亲的心思全在手里的镰上。

第二天，又是连鸡还睡着时，母亲掂了两把昨晚磨好的镰刀，一个人奔了麦田。

割累了，坐在麦个子上吸着一支"恒大"牌子的卷烟。母亲的烟吸得有些急，一口接着一口。是的，母亲是焦虑的。天色离着蒙蒙亮很近了、很近了。母亲内心的焦虑渐渐地浓稠，然后凝固了。烟头的红炭火烫了母亲的手，母亲的心打了一个颤儿，凝固的焦虑化成粉末纷纷扬扬地飘洒下来。

母亲反倒平静了。

平静了的母亲站起身子，借着第一缕亮光，将视线缓缓地朝着前方铺展过去。陡然，视线双双跌落进一片突兀出现的麦的空白里。

母亲长长地呼出一口气，看来刚才的焦虑是多余的。他又来帮她割麦了。

他知道她不会雇麦工的。有他在，她不会雇麦工。

给母亲割麦的他是母亲生活中一个继续的存在。每年成熟一次的麦是他们的约定。他，是村里哪一个具体的面容，甚至是不是村里的哪一个具体的面容，并不重要。

准备存在的，和大水有关。

而且，准备存在的，是大水抗拒不了的。所以，在朝着正在存在演变。

是进行时。

高丽丽知道时，已经是进行时了。幕布不知何时拉开了，舞台上，演员的表演正在尽兴中。演技很好，演员很投入。

第三章 大水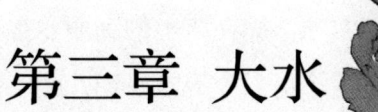

　　一切自然而然地发生了。大水以为他是可以达到什么都不会发生的境界的,他相信他自己。结婚前他能做到,结婚后面对另一个女孩的真情表露,他也做到了。他不想凭借着感情的名义伤害哪一个人。

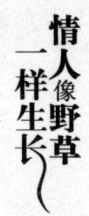

21. 你穿了哪个女人的袜子

的确是一双女人的袜子。

头天的夜里，大水回来得很晚。厂里经常加班，回来晚，算是正常吧。躺在床上的高丽丽也还没有睡去，一边等着大水，一边想着小可。今天是星期几呢？高丽丽掐了掐手指，怎么才星期三？又掐了一遍，还是星期三。唉，时间太老了，老得走不动路了。真想推他几下，扶着也行，只要能走得快点。快点到星期六吧，这样就能见到小可了。刚学会走路的小可越发地顽皮了，小胳膊小腿受点小伤，快成家常便饭了，害得母亲连厕所都不敢去，时刻让小可在视线之内。上个周末回娘家，母亲抱着小可在门口迎着高丽丽。老远，高丽丽就看见小可的脸上打了一块补丁，淘气的结果。高丽丽心疼极了，却又不能过度地表现出来，因为她发现母亲又是满脸的歉意了。每次小可受伤，母亲都是一脸的歉意，为自己没有尽到看护的责任而不安。最近，小可都把母亲累瘦了。有时，母亲会逗着小可说，看你这个小东西，还不如耪二亩地舒服呢。

眼见着母亲消瘦，高丽丽真想辞了学校的工作，帮母亲带着小可。只是想想吧，母亲绝不会同意的。两个月前，婆家村里的书记找到高丽丽，说村里的小学校缺个代课的老师，问高丽丽去不去。事情来得很突然，高丽丽说我考虑考虑。书记临走说，村里好几个人在争呢，只有你去最合适，不服气，也写个诗歌给我瞅瞅。

先和大水说了。大水挠挠脑袋,事儿是好事儿,小可咋办呢?

再和母亲说了。母亲很是斩钉截铁,去,咋能不去呢。回去和孩子的奶奶商量商量,奶奶愿意带着孩子最好。实在不行,就把小可放我这儿。地里那点活儿不愁,学校不是总放假么。

母亲当然不会让高丽丽放过这个机会。这个机会是高丽丽的,更是母亲的。再说,代课教师对高丽丽也是具有一定诱惑力的。土地那么的拒绝她,她也深刻地不喜欢土地。虽然代课教师不是她的最爱,但比起土地来,总归要亲近许多。这个职业,可以让高丽丽只挂着农民的头衔,远离一个农民日常的粗糙的劳作方式。那就去吧,去学校吧。唯一的痛是要忍受七天之中有五天和小可的分别。

先是给小可断了奶。高丽丽学着村里奶孩子女人的方法,在乳头上涂抹上紫色的药水。这是背着小可做的。小可再掀开衣服时,就看到了和往日不同的一对乳。

小可,它们生病了。高丽丽吸溜着凉气儿,一副痛苦到极致的样子。

盖盖!盖盖!小可赶紧合上高丽丽的衣服,小身子也跟着盖上去,护住妈妈的两只乳。两只小眼睛紧张地四下搜寻着,唯恐有外来的力量伤害妈妈生病的乳。

妈妈就骗你这一次。妈妈就骗你这一次。高丽丽的下颚抵在小可的头上,泪如雨下。

白天很容易就过去了。小可一想吃奶了,就掀开高丽丽的衣服。病病,病病,然后不舍地放弃。晚上,小可太过思念甘甜的乳汁了,久久地不肯睡去。嘴上不说,也没有什么行动,只是让两帘挂着泪珠儿的睫毛轻颤着。

委屈了,你就哭出来吧,我的宝贝。高丽丽在心里呼唤。

还是轻颤着睫毛,泪花儿莹莹烁烁地闪。高丽丽的一颗心便粉碎了。

每晚都会重温这一幕。小可不在的日子里,她在温习中,等待着大水,听大水的摩托车由远而近地响起。一天的工作,一天的思念才告一段落。

上床,大水哎哟了一声。

高丽丽正欲拉住睡眠伸过来的那只手。

又一声哎哟。大水脱衣服。

你咋着了?高丽丽松开睡眠的手,问大水。

你还关心我?大水的责备。

原来,大水也会责备。深更半夜的,大水为什么要责备呢?高丽丽很是迷惑。

你到底咋着了?

挨摔了!

你不说,我咋知道你挨摔了呢?摔坏了么?伸出一只手,高丽丽扭亮了台灯。

大水右腿的一块皮不在了。疼么?高丽丽去摸,却被大水拦了回来。你根本就不关心我。然后,大水躺下,背对着高丽丽。

真是莫名其妙。大水这是怎么了?哪根筋没搭对?

直到看见那双女人的袜子。

咋回事?高丽丽咄咄逼视着大水。

不就是一双袜子么?有啥可大惊小怪的。我把袜子摔破了,就穿了平平的。不行啊?

平平?这个名字第一次从大水的口中说出来,可高丽丽觉得叫平平的那个女人已经在大水的生活中存在了很久。至少,叫平平的女人至少在精神上已经俘获了大水。而且，大水学会了比较。他在把平平和她高丽丽放在一起比较。

老老实实地告诉我，平平是谁？是谁！

22. 我来告诉你平平是谁

平平是一个长发飘飘的女人。确切地说是一个女孩，比高丽丽小两岁的从外地只身来打工的女孩。平平就像一粒蒲公英的种子，有着极强的适应能力。风把她刮到哪里，她就在哪里生根发芽，就会拥有属于自己的一片土地。平平是聪明的，绝顶的聪明。大片的土地是在男人的掌控之下的，因此，要想拥有自己的土地，必须征服男人，叫男人心甘情愿地把土地割让出来。征服男人，首先要懂得如何去操作男人。这个能力，平平有。

平平懂得如何去操作男人，不同的男人使用不同的操作手段。她的操作是隐性的，全部潜伏在平静之下。操作男人们的同时，也操作自己。把她自己操作成一个清水出芙蓉般的人见人爱的小可怜，使得落在她身上的各类男人的目光疲惫不堪了，依然硬撑着不肯离去。平平在这样的目光群中轻松得意地游走的同时，对目光的发源地投去的是最诚挚的蔑视，即便它是厂长又如何。平平是独特的，她会在轻易获取一个清闲的职位后，灵巧地摆动一下身子，成功地从想品尝她味道的刀下逃生。这个游戏是危险的。平平也知道游戏的危险性，可是，越是有难度的游戏越是给人成功后的享受。不动声色地玩着游戏的平平，目光一直在

游戏之外,她在寻找一个非游戏,这才是平平做游戏的初衷。

适时出现的大水,就是平平要找的那个非游戏。无论多么智慧的女人内心都是脆弱的,都需要非游戏给予她的支撑和宁静。寻找非游戏,其实就是寻找女人心灵的家园。

平平开始把心思往大水身上迁移。她知道要想俘获身置游戏规则之外的大水不是轻而易举的事情,越是简单的事物就越是坚定和强势的。但是,简单一旦动摇了,极可能发展成永恒。不怕,慢慢来吧。

一个很好的切入点。是小可。

果然,一提到小可,大水的话多了起来。上次去小可的姥姥家,小可还不会唱歌,只隔了几天,小可真是了不起,会唱歌了呢。

小可那么棒,一定是随了爸爸的。平平不会忘了由衷的赞扬。

平平的话,大水听着很顺耳。听着顺耳的话,多听一些,是有益的,起到一个愉悦精神的作用。平平那么善解人意,那么愿意倾听和分享大水生活的点滴。大水能拒绝这样一个平平的走近么?他也的确需要一个人的倾听和分享。

这一时刻平平和大水的关系,从表面上看除了正常,没有不正常的成分。能正常就好,大水能接受平平的正常走近就好。平平不着急。

大水是一个允许任何人走近的人,从来不拒绝任何人的友谊,男人的和女人的。因为他对任何人都不构成伤害,所以,大水的人气是相当旺盛的。只负责检验成品的平平有时间走近任何人,当然也有时间走近大水。想走近谁,完全取决于她个人的喜好。平平走近别人,或许会很快招来非议,走近大水就另当别论了。尽管大水来这家新厂的时间不长,但他已经像一件合格产品一样快速经过了人们的检验,并且,人们给大水贴上了合格的标签。大水的标签是"无坏心眼"牌的。

这样一个品牌的产品，是不轻易被异化了的。

这种环境下，平平离大水很近了。初为人父的大水，此刻需要释放为人父的快乐，以及为人父的小疲惫、小琐碎。平平及时地与大水分享了。大水为人父的所有情绪如一床被子，在不知不觉中被平平拉过一角盖在自己的身上。于是，这两个人呼吸着同一床被子散发的味道。

当初为人父的喜悦与疲惫等等美好的情绪逐渐被另外一种情绪取代时，大水沉默了。寂寞，这个不太受人欢迎的家伙要和大水结伴而行了。

大水的寂寞来源于高丽丽。当大水试图在高丽丽的心里寻找他的位置时，他发现，他的位置早被女儿占去了。高丽丽的心里已经没有了他的容身之地。女儿把高丽丽的心灵空间占得严丝合缝，大水即使扁着身子也挤不进来。好不容易盼着高丽丽带着小可回家一趟，高丽丽的漫不经心，高丽丽的目中无他，最伤他尊严的是高丽丽的催促。他什么都不说，因为他深深地爱着。他爱是他老婆的高丽丽，这是从看见她第一眼就决定了的。高丽丽无论怎样，他都会宽容她，他都不会停止对她的爱。

大水却制止不了寂寞的侵入。

平平是何等的精明，她看出了大水的寂寞。寂寞的情怀揣在大水的怀里，平平尽量避开它，不去碰触，只装作没有看见，心里却是乐开了花儿。寂寞是男人的软肋，只要有寂寞就好，它将是平平走进大水内心的一个缺口。

平平想走进大水的内心，需要借助一个很现实的道具。没有这个道具，平平也会利用其他的道具。利用它了，是因为它的恰好存在。它是大水新买的摩托车。

平平说,我害怕。

平平说,要你用摩托车送我。

平平软软的眼神,软软的腔调,是大水无法拒绝的。

不就是接送一个女同事上下班么?他大水的摩托车又不是没坐过女同事。她们和男同事一样,只要有什么需求,第一个被想起的人,除了大水还是大水。好像大水就是为了随时被人需要才存在的。

平平不住在厂宿舍,在距离厂子四五里的地方,租了一间平房。

初时,大水的确为了平平说的那个害怕,只在厂里加班时才接送平平的。后来,接送平平竟成了习惯,成了每天必不可少的一个环节。反正,接送平平的路线和自己上下班的路线基本是一致的。大水如是对自己说。

平平坐在大水的身后,两只手臂软藤般缠住大水的腰,两坨酥胸压在大水的后背上。手臂的缠绕和胸的压迫都是大水不可拒绝的,那是一个坐在摩托车上的胆小女孩子的正常反应。一帘长发被风的手掀起来,在大水的身后高高飘扬。

不就是一双袜子么?我都没有进她的屋子,是平平拿出来给我的。

大水不是一个会撒谎的人。这是大水的可爱之处,也是大水的可恨之处。

大水无辜着,为他保持了身体上的清白。大水虚弱着,为他的心里除了高丽丽,有了平平的位置。

高丽丽围着大水转了好几圈儿。眼前的这个男人是她的男人么?是那个无论哪一方面都不太起眼的大水么?他有着那么多吸引女人的地方，自己怎么就没发现呢？莫非自己是有眼不识金镶玉？还是长了一只狗眼？

哈哈……高丽丽突然笑了起来，笑得大水毛骨悚然。

要不我今儿不上班了，在家陪着你？

去吧，人家还等着你送呢。再说了，我不上班，班里的孩子谁管呢？你管？你上过几年级呀？

我知道，你一直都看不起我，一直都不把我放在眼里。

她们把你放在眼里，对不对？把你装进眼里，得多大个的眼珠子呀？哈哈……

你这样，我没法上班了。

大水沮丧而又无奈地看着高丽丽。

高丽丽过来推大水，走吧，走吧，我没事的，就是觉着好笑。

真没事？

真的。

真没事——才怪。大水的摩托车声犹豫着远去了。笑容僵在高丽丽的脸上，想褪去，却又接不到大脑的指令，只好原状待命了。

刚才笑的那个人是谁？是自己么？自己为什么要笑？难道发生了很可笑的事情么？

高丽丽不知道发生了什么，大脑拒绝工作。她只是机械地去了学校。

学校里的学生怎么都变成了小虫子呢。无数条的小虫子蠕动着，往高丽丽的皮肉里钻，往高丽丽的眼睛里钻，往高丽丽的大脑里钻。连骨髓里都钻满了小虫子，胀痛难忍。一只小虫子的袜筒套在校服裤子的外边。不对，是两只小虫子。三只、四只……小虫子在蠕动，袜子在飞舞。

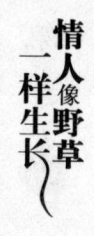

对,袜子,是袜子,可笑的袜子。

她知道自己为什么笑了,因为袜子。

谁让你们这样穿袜子的!

高丽丽一声断喝,小虫子们吓得把袜子藏进裤腿里。

高丽丽也被自己呵斥得清醒过来。眼前的是她的学生,不是小虫子。

抱歉,老师不是故意要批评你们。

学生们嘻嘻地笑了,表示了对高丽丽的谅解。

没有心思讲新课。高丽丽给学生布置了作业,坐在讲桌后边发呆。脑细胞依旧做静止状。时间不长,第一颗脑细胞开始活动了,然后是第二颗、第三颗……它们决定不再受高丽丽的控制,不再假装什么都不知道。

男生A、白袜子、吻、大水、小可、一双女人的袜子……活跃着的脑细胞轮番出现它们的影子,转瞬即逝,哪一个也抓不住。它们在和高丽丽玩着捉迷藏的游戏。

一片混沌、混乱。

混沌和混乱霸占了高丽丽。霸占了白天不算,夜晚还要继续。它们要高丽丽还回原来的清晰。

梳理是一个异常缓慢和艰难的过程。

高丽丽终于支撑不住了,她需要睡眠。在清晰恢复之前,混沌和混乱手牵着手坚守着,高丽丽只好借助安眠药的力量来驱逐坚守者。

村里的老赤脚医生那里只剩下十粒安眠药片。高丽丽说,您都给我吧。

她拿了装着十片药的瓶子回家。饭未吃,衣未脱,吃了两粒药躺下。不小心,推到了小药瓶,余下的几粒药散落在床头的写字台上。不管它，睡吧，睡着了一切烦恼都没有了。

大约八点的样子，大水回来了。

23. 瓶里的安眠药呢

大水先看见了倾倒在写字台上的药瓶子，然后是昏睡的高丽丽。

大水抓起药瓶子，晃了几晃。晃动的结果是惊骇。弃了药瓶儿，去摇高丽丽。高丽丽深深地沉在睡眠里，丝毫感知不到外力的作用。大水急了，掐着高丽丽单薄的小肩膀，更加猛烈地摇动。醒醒，你给我醒醒！

高丽丽用力地将沉甸甸的眼皮撑开一条缝儿，我困，别理我。

我问你，瓶里的药呢？大水的眼角都快瞪裂了。

我——吃——了。高丽丽的眼皮又合上了。

啪！大水的巴掌甩在高丽丽的小脸上。

天啊，我打了她！我怎么可以打她？！一个大水说。

我必须要打她，把她打醒，否则她会睡过去的，永远永远不会醒过来……一个大水说。

啪！啪！啪……

有红艳艳的汁水顺着高丽丽的嘴角淌下来，高丽丽的眼依旧紧紧地闭着。

你给我醒过来呀！醒醒啊！

大水哀求着高丽丽，巴掌一个接着一个地抽过去。

突然，大水的手掌来了个急刹车。高丽丽的一对媚眼，睡意全无，冷漠地注视着大水。

我就知道，会把你打醒的。大水弱着声音，软绵绵地摊在床上。

——还打不？

——不打了。

——打够了？

——打够了。

该我打你了。

说着，高丽丽跃上大水的身子，十根手指柳条般拂上大水的面庞。大水痴痴地笑，不躲不闪，承受着纤细的涤荡。

终于，高丽丽被自己累到了，伏在大水的身上喘息着。

——累了？那就睡觉吧。

——不困了，我想和你说说话。

——你下来，躺着说。

——就在这儿说，这个地方多舒服哇。

你以为我吃了一瓶子的安眠药，是不是？你以为我想自杀，是不是？我想问问你，我凭啥自杀？凭着你背叛了我？你不觉着好笑么？实话告诉你，我是吃了安眠药。不过，不是一瓶，而是两片。让你失望了吧？我就想睡个好觉，一点别的意思都没有。为了你寻死觅活，值得么？你身上哪一点值得呢？

此刻，高丽丽的思维清晰极了。几天来的混沌长了羽翅，化作鸟儿飞走了，留下一片湛蓝。这个男人，是她丈夫的这个男人，她从来没有爱过、从来没有，她是不屑于爱他的。

没骗你，真的。从来就没爱过你。

就是这样的，这是让高丽丽多么欢欣的一个结论。一个不屑于让她爱的男人，再和哪个女人发生了暧昧，还和她有关系么？没有了，没有了。不过是丢弃了一件自己不喜欢的东西罢。如今，和过去不同了。不喜欢的丢弃了，却有喜欢的在，有小可在。有小可在，足够了。

想爱谁爱谁吧，不会拦着你了。你自由了。

高丽丽从始至终微笑着，好像在说着完全和她没有关联的一件事。在高丽丽的微笑中，大水将身子探出去，拎起离床不远的一只玻璃茶几，朝着电视机砸过去。

一声巨响，砸疼了村里人的梦。

奶奶婆院儿里的大白鹅把脖子引向浓墨一样的夜空，哑哑地鸣叫了一声。对意外的惊吓做出了本能的回应。

奶奶婆那具衰老的身子刚被热炕头煲透了，听见器物撞击的响动，骂骂咧咧地爬起来，骂骂咧咧地趿拉上鞋子，骂骂咧咧地从一个院子穿行到另一个院子。最后，骂骂咧咧地拍门。

有事儿？大水从屋子里吼出一嗓子。

臭王八蛋，大半夜的，打啥架！

没打架，睡觉了。您快回去吧，添啥乱！

奶奶婆侧过耳朵，仔细地听了听屋子里的动静。听了一会儿，骂骂咧咧地回自己的屋了。

听着趿趿拉拉地拖着脚步的声音遁去了，大水将依旧骑在他肚皮上的高丽丽挪下来，下了地。捡拾地上的玻璃碎片。

明儿再收拾吧。高丽丽温和着语气。

先收拾了吧，回头你下地扎脚。

大水捡拾得很认真，很仔细。手捡过一遍，又用笤帚扫了一遍，还是不放心，目光来来回回地在地上搜寻。不放过一小片玻璃碴子。捡拾工作在高丽丽安静的观望中完成。

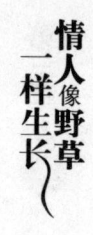

做完了。大水沉重着心情,沉重着脚步,走到床边,扳过高丽丽的小身子,把它抚在自己的胸前。

是我太混了,以后不会了。

他说的"以后不会了"是什么意思?是以后不会再把女人的袜子穿回来,还是以后不会摔东西了?

高丽丽又微笑了。

自己从来没有爱过大水,大水是不屑于自己爱的。

像数学课本上的定理一样,经过高丽丽的一番论证,证明这个定理是非常正确的,这个定理是高丽丽获得轻松心情的理由。她快快乐乐地上班,快快乐乐地下班,连思念小可都是快快乐乐的。大水回来,也会和大水说一些话,说说小可,说说平平。会说,又去送平平了?女孩子家家的,一个人不安全,是得有个人来护着。然后,高丽丽举了个例子,生小可前一个人回娘家的那个例子。

需要回答高丽丽的提问时,大水就老老实实地回答。需要倾听时,大水就老老实实地倾听。他的心是忐忑的。他不知道接下来会发生什么。

就像大水回答高丽丽的那样,他的确还在接送平平。他想停止,可是他已经身不由己了。他的停止会伤了平平,这也是他不情愿的。

他安慰自己,不就是接接和送送么。反正,也没干什么。

大水没有对平平说起和高丽丽最近发生的事情,只是郁郁寡欢了许多,心事重重了许多。大水的变化当然逃不过平平锐利的眼睛。平平做出了一个准确的判断:大水肯定是和高丽丽闹矛盾了,而且还是闹了不浅的矛盾。真是天赐良机,平平决定有所行动了。

平平感冒了，适时地感冒了。大水把平平送进了她的小出租屋。这是大水第一次走进平平的出租屋。每天来接平平时，大水会在出租屋前响一声喇叭，平平就知是大水来接了。大水不进屋子，平平也不勉强。而这一次不同了，平平是病人。一个如平平这样家在外地的女孩子，不生病就够人怜惜的了，何况再生了病呢。大水有充分的理由和责任暂且放下他的矜持，把平平护送进小屋，给她倒好一杯热水，嘱她好好吃药。平平的小手掌摊开着，掌心放着几粒药片，一语不发，只让两朵泪花花在眼睛里含着。泪花花既不怒放，也不凋零，一副委委屈屈的样子。大水的脚步向屋外移也不是，不向屋外移也不是。

我看着你，把药吃了吧。大水求着平平。

平平却不吃药，眼巴巴地看着大水，泪花花化作泪雨，把大水淋成了落汤鸡。

求你点事儿，行么？平平向大水发出无助的求救。

大水等待着求救的内容。

求你——吻我一下，可以么？

一切自然而然地发生了。大水以为他是可以达到什么都不会发生的境界的，他相信他自己。结婚前他能做到，结婚后面对另一个女孩的真情表露，他也做到了。他不想凭借着感情的名义伤害哪一个人。而这次，他伤了平平；更重要的，他伤害了他的家。他无法停下来，在平平这样一个特别的女孩面前。她引诱了他，他心甘情愿被她引诱。平平的引诱，使大水体验到了从未有过的一种经验。它是高丽丽所不具有的，所不能给予大水的。

男人的内心深处，都是多多少少地喜欢坏一点的女人的。尤其是像平平那样坏得不留痕迹的女人。

24. 好大的一场雪

那是怎样的一场雪呀!

高丽丽放下电话,才发觉窗外落雪了。她站在窗前,看着弥漫了整个天空的雪花,又开始微笑了。是谁在天上撼动了那棵挂满了雪花的仙树?是谁?

雪花一层一层错落有致地落下,大地正失去原有的颜色和风貌。高丽丽的心也正失去原有的颜色和风貌,它被雪覆盖了。刚才陌生女人打来的电话,陌生女人的哭泣,统统被雪覆盖住了。她的心和白茫茫的大地一样,看上去平滑而坦荡。真好,这场雪下得真好,一切都还来不及疼痛。一个老人蹒跚着脚步出现在雪地上,破坏了大地的完美。这还不算,老人手里的一把大扫帚竟有力地挥舞起来。一小片土地裸露出来,又一小片土地裸露出来,它们沮丧着,等候重新的覆盖。高丽丽脸上的微笑随着小片土地的裸露凝固了,冻结了,如一朵冰花般垂在嘴角。高丽丽感觉到了裸露之后的疼痛。老人的那把大扫帚,不光是横扫雪地,更是涤荡了她高丽丽的心。覆盖者没有了,她看见了自己心头红红的血。

那个女人,那个陌生的女人,她在电话里居然向自己哭诉。高丽丽是她什么人?是她家人,还是朋友?

她刚叫了高丽丽一句姐,就哭了。

姐,我怀孕了。

姐,我好想要这个孩子……

长时间的哭泣。

她是谁？她怀了谁的孩子？

高丽丽想安慰一下这个无助的女子。她不知道这个女子因何如此伤心，她想说的是，不管什么原因，孩子都是无辜的。

姐，孩子已经没有了，昨天做掉了……

更加揪人心的哭泣声。

——孩子的父亲呢？

……姐，对不起，我们不是故意的……你不要怪大水……

大水！陌生的女子提到了大水。大水和她什么关系，大水是她孩子的父亲么？

高丽丽的视线依旧朝着窗外。雪依旧在固执地坠落，好像在等着谁来劝阻，才肯停下来。高丽丽保持着这个姿态，从下午一直到晚上，一动不敢动。动了，她怕支撑她的骨架会散落开来，她已经听到了它们在体内断裂的声音。

那个不屑于爱的定理呢？那片刚刚还在的轻松无比的心情呢？难道自己错了，它是个伪命题？

肯定不是的！高丽丽做出了无比清醒的判断。既然和爱没有关系，为什么自己会连骨头带肉的一起疼痛？为什么？

炉火对高丽丽丧失了最后一线希望后，驾鹤西去了，留下一堆沉寂的残骸，逐渐地冰冷下来。高丽丽却感受不到寒冷的侵袭，她的感知功能瘫痪了。冷暖、时间，以及饥饿，她都感觉不到。

感知功能瘫痪了，听觉异常地灵敏起来。熟悉的摩托车声在宽阔的宁静中响起来，响得异常滞涩，费力。大水推着摩托车，把车挂到一挡。人跟着低吼的车，在雪地里艰难地跋涉，朝着家的方向，脑子里仍回旋着平平哀哀的眼神儿。

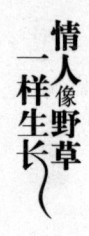

我知道，她一个人在家，你不放心，路上小心点儿。然后，小手掌在大水的胸前掏了一把。嗯，把你的心留下了，有它陪着我，我一点也不害怕。那，亲一下宝宝再走？

大水很感谢平平，她是懂他的。

远远地望见了，家是黑暗的，没有一星儿灯火。太晚了，大概高丽丽睡去了。

大水拍打着身上的雪花进了屋。屋外是寒冷，屋里是冰冷。

还没睡？大水对着坐在窗前的一小团影子说。

屋里这么冷，炉子灭了？大水又对着窗前的一小团影子说，然后去开了灯。灯光很快地弥漫了屋里的角角落落，窗前的一小团影子清晰成高丽丽。

你爱她么？高丽丽保持着旧有的姿势。

爱谁？你在说啥呢？

你爱平平么？

大水彻底听清了高丽丽的问题。

爱。他坚定地回答。

爱我么？

爱。他同样坚定地回答。

爱她多一点还是爱我多一点？

爱你多一点。

我信。高丽丽决定要站起来了，大水，过来扶我一下。

几个简单的"爱"字，像几匹烈马，正牵着他的一颗心朝着不同的方向狂奔。这样的奔跑是绝望式的。他不知道该如何叫这绝望的奔跑停止下来，茫然时，高丽丽一把勒住烈马的缰绳。她说要他扶她一下，这简直是绝处逢生的一句话。

高丽丽仿佛并不满足于单纯的扶。两条手臂向大水软软地缠了过来，大水，真的抱歉，过去我一直忽略你，没有好好地珍惜你。是我的不好，今儿个，给我一个弥补的机会好不好？

大水点头，又拼命地摇头。是我不好，真的，是我对不起你。

我冷，抱抱我，好么？

我抱。我抱。

脱了衣服抱，好不好？

好。好。

高丽丽主动地去迎接大水，用她全部的热情，投入地迎接。似火的热情很快点燃了大水，大水燃烧起来，哔哔剥剥的爆裂声撞击着灵魂壁，快乐而又疼痛。

高丽丽的双眼迷离，口中喃喃着一些句子。

对不起，以前是我不好……我不好……

最后一回……做你的女人……最后一回……

迎接。拥抱。

大水的泪水，口水，洒在高丽丽的胸前。

……

来，乖乖地穿上衣服。高丽丽温柔极了。

大水觉出了不对劲，今天晚上经历了一系列的不对劲。它们一个连着一个，令大水应接不暇，没有时间去进行深入的思考。他只是机械地被所有的不对劲带着走。

你走吧，去找她吧。我不要你了。

大水不动，木桩子般坚硬地戳在地上。如有可能，他愿意真的变成一截木桩，一千年一万年都不离开这个家，以最忠诚的方式守候着它，以最忠诚的方式向它赎罪。

你不走？好，我走！

大水慌忙拦住了高丽丽。你别走，该走的人是我。

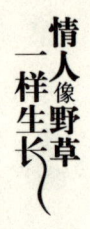

我要咋做，你才不让我走？我要咋做，你才解恨？要不，你咬我两口？我该咬。

我不咬你。你，还是快走吧。

那好，我替你咬！

大水真的"咬"自己了。他抓起窗台上的水果刀，把小腿裸露出来，一刀狠似一刀地"咬"着腿上的肉。鲜红的血流了下来，屋子被血映成了红色，窗外的雪也被血映成了红色。

高丽丽咬紧了牙关，她不去劝阻，横着一条心，决意让大水把苦肉计演完。

背负着高丽丽的不可原谅，大水一头扎进风雪里。他多么希望脚下这条漫长的雪路永无止境地蔓延下去，永远没有尽头，他永远在艰难的跋涉途中。他不要停下来，不要。

雪是残酷的，雪是硬的，雪是带着刺儿的。高丽丽今生都不会再喜欢雪了。

第二天是星期一，高丽丽没有去学校上班。她病了，她不知道自己病了。

她看见自己变成了一个雪孩子，在雪地上行走。不知道自己在哪里，也不知道自己要去哪里，只是不停地行走。一只脚刚从一个雪窝儿里拔出来，另一只脚马上又深深地陷进去。她站在茫茫雪野上呼喊，希望有人能帮帮她。可是，周围的雪很特别，她的声音一发出来，便被迅速地消了声，比闪电还快。没有别的选择，只有不停地行走。否则她会被冻死的。奇怪，自己不是雪孩子么？雪孩子也会冷？而且，行走越来越没有效果，她冻得浑身抖作一团。

冷啊，快给我一杯热水吧，我需要一杯热水。一杯热水的欲望促使高丽丽睁开了眼睛。雪野没有了，雪孩子没有了。

她发现自己原来是躺在家里的床上的，她还发现自己病了。

暖瓶就在写字台上，玻璃杯子静止在暖瓶的身边。她竟然没有力气爬起来，给自己倒一杯热水。她完成不了这个动作，喝一杯热水便成了奢望。

没有人会来这个小屋，没有人知道她病了，没有人会给她倒一杯水喝。

看哪，连玻璃杯都嘲笑她了。

你嘲笑我吧，你们都欺负我吧。反正，我也快死了。高丽丽闭上眼睛。房顶化成一张巨大的饼子朝着她挤压过来，她和床一起向着一个黑洞洞的世界陷落……

中午将近一点时，一只小手来敲高丽丽的门。

高老师，在家么？

高丽丽听到了这一声稚嫩的呼唤。这声呼唤给高丽丽的身体注入了无穷的力量。她嗵的一声从床上跳下来，奔向那扇求生的门。

门打开了。她的一个学生站在厚厚的积雪里。

学生和高丽丽住对门儿。中午回家时，学生说高老师没去学校上课。学生的母亲留意高丽丽家的那扇门有一段时间了。凭着经验，她断定门里发生了变故。小村就像一个熔炉，学生的母亲经过十几年的锻造，一只闻风而动的鼻子早就成形了。思忖了片刻，学生的母亲派出了前哨——高丽丽的学生。很快，学生回来说，高老师病了。学生的母亲二话不说，手脚麻利地点着了火，做了一大碗鸡蛋汤，让学生小心地端着，给高丽丽送过去。

当门第二次被敲响，第二次被打开时，高丽丽看见了学生手里托着的那碗鸡蛋汤。端过那碗汤，高丽丽的眼泪哗哗地淌进汤碗里。

25. 咱们离婚吧

高丽丽提出了离婚。

那时的高丽丽还没有认真地去琢磨平平，对平平的那个电话还是非常信任的。她甚至忽略了对平平话语进行一些最基本的推理。比如，平平怀孕了，大水为什么不知道？就算平平怀孕了，做人流手术时大水会不陪在身边么？还有，平平怀孕了，她会放过这个怀孕的机会么？所有的疑问，都被高丽丽推迟了几年才提出来。平平之所以给自己打这个电话，是由于平平着急了。大水是平平看好的男人，平平成功地诱惑了大水之后，以为大水从此会独属于她。平平想错了，大水对他的家比原来更加忠心耿耿，发了工资一如既往地全数交给老婆。平平不喜欢大水这样。平平看清一个事实，要想通过大水撼动他的家，基本上没有希望的。于是，平平只好给高丽丽打了电话，直接把炸弹投到了总部。如果大水恼了，埋怨起来，平平不需任何言语的解释，只需拿了一双泪眼哀怨地看着大水，大水就责怪不起来了。高丽丽后来的这些推断，和平平当时的心态是十分吻合的。一个女人要是全心全意地研究起另外一个女人来，会比那个女人对自己还要了解。

离婚有时是一个已婚女人维护自己尊严的无奈之举，有时也会是已婚女人以退为进的法宝。高丽丽这个已婚女人应该属于前者。大水从来没有想过要和高丽丽离婚，没有想过的事情，他拒绝让它变成现实。在厂子里申请了一间宿舍，大水住了下来。

第三章

那个雪夜，足足有一个世纪那么漫长。

不回家的日子里，大水每天上班下班，接送平平。出乎所有知情人的意料，大水没有和平平住在一起。他割舍不下他的婚姻，婚姻里的高丽丽、小可，是他身体的一个部分、一个器官。割舍掉，他会痛。那段时间，大水太像一个高空走钢丝的演员，身上的负重太多，必须有所舍弃，才能维系他身体的平衡，才不至于从高空摔下。可是，哪一样该是大水舍弃的呢？家么？不可能。工作么？它关系到家的供给，也不可能。那么就是平平了！她是家以外的产物，是他身体失去平衡的根源。但是，她已经是他的一个负重了，如果舍弃，她会怎么样？再者，平平这个负重的另一方面是愉悦，是他生命的补充。平平也是舍弃不得的，起码现在他狠不下这个心来。这个危险的行走，究竟何时结束，以何种方式结束，是摔下高空，还是有所舍弃，大水不愿意去想。思考是一只魔鬼的手，会撕裂了他。都是他咎由自取，一切的痛苦都是他该承受的。家是无辜的，平平是无辜的。

过一天，算一天吧。

又一个周末。雪还没完全化尽。上午八点多，高丽丽出发了。自行车把上挂着一个兜子，里边装着几件给小可带去的衣服。街上清汤寡水的人们，缩着肩膀，红着鼻头，目光紧紧地追着高丽丽车把上的兜子。他们根据兜子的鼓瘪程度判断着，看看高丽丽是否像一去不复返的样子。高丽丽把注意力全放在脚下的路上，路不好走，的确需要集中精力，所以便有了不去碰触那些目光们的理由。只可怜了那只兜子，被人们的目光啄得左摇右晃。在车把上。

高丽丽颇有几分悲壮地前行。在某一个角落里，婆婆把视线

放得长长的,观察着高丽丽的此次出行,审慎地分析着出行的目的和重大意义。

就在昨天晚上,公公和婆婆找上门来,很严肃地和高丽丽进行了一次谈话。说是谈话,其实是在向高丽丽明确地亮明他们的观点。话头儿是公公起的,老实巴交的公公,干脆利索地直切主题。高丽丽听得出来,话语是公公的,思想是婆婆的。

听说你们要离婚?

高丽丽犯了一个错误,她选择了沉默不语,这就等于默认了。后来,当高丽丽回忆起这段场景时,其时已经具备了几分攻击能力的高丽丽,准备好的答词是——

我跟您说过要离婚么?

您儿子跟您提过要和我离婚么?

哦,都没有。那你们两位是看着我们不离婚心里不舒服,是不是?

三个反问下来,看婆婆的脸色还不憋成紫茄子才怪。一个字:爽。两个字:真爽。

只可惜,故事不能重演,时光不能倒流。

公公还算善良。在高丽丽的危难时刻,没有继续落井下石,没有按照婆婆给的思路说,临时变更了。他说,真要是离婚了,你还可以住在这儿,学校的差事也别丢了。那个差事挺合适你干的。

婆婆轻轻地咳了一下,公公便收住了话头儿。

住在这儿怕是不行吧?

再也没有比这句话更冷酷无情的了。它是撒向高丽丽伤口处的那把盐,它是试图把高丽丽推下悬崖的那只手。

这一次回娘家,高丽丽多想让那只兜子鼓胀起来,把自己对婚姻生活的绝望装进去,永远不再回来,永远。可是,现在还不是时候，母亲什么都不知道。那样会吓到母亲，会让母亲措手不及。就像几年前，她决绝地驮着行李踏出学校的大门。

母亲需要一个接受的过程。

小可见了高丽丽好高兴，还没等高丽丽问起来，主动拍着小胸膛，想，这儿。她在告诉高丽丽，她的心想妈妈呢。然后，期待着高丽丽奖赏她，吻她，抱她，耍她。今天的妈妈怎么了，一点也没有要奖赏的意思。难道是小可表现得不好？妈妈大概是病了，她只象征性地抱了一下小可，就把小可还给了姥姥。

高丽丽疲乏地将身子放倒在母亲的炕上。

说什么呢，该怎么对母亲说呢？找不到话语的头绪，乱麻似的团在一起。

母亲逗着小可玩耍，间或朝着高丽丽瞥过来一眼。她虽然不知道高丽丽发生了什么，但是，母亲知道高丽丽一定发生了什么事，而且是大事。她做好了随时倾听的准备。

泪水的腺体忽然涨起来。高丽丽慌忙用手臂盖住眼睛，盖住表情。

妈，我想离婚。

说完这句话，高丽丽从炕上一跃而起，脊背挺直地出了屋子，将泪腺里的液体倾洒在一处正在融化的残雪上。热热的液体加速了雪的融化。

高丽丽撂在屋子里的那句话，锤子一般，轰然砸向母亲胸腔里的心。那颗质地很脆的心，一下子便碎成了粉末。

母亲哄着小可睡觉。今天晚上的小可，有点兴奋，捉着姥姥的一对干乳头嬉戏着，怎么也不肯入睡。心烦意乱的母亲冲小可瞪了瞪眼，示意小可，再不睡觉，姥姥可生气了。小可才不怕

姥姥瞪眼呢，索性光着小屁股爬出了热被窝儿。露着几颗嫩嫩的小白牙，嘻嘻地笑着，向姥姥挑衅。小可太倚仗了姥姥对她的疼爱，以为怎样的小可，姥姥都是喜欢的。小东西万万没想到，姥姥抬起手臂，照准她光溜溜的小屁股就是一下子。

哭得满脸泪水的小可被母亲拽进被窝儿里，委委屈屈地抽噎着，偶尔，拿了小眼睛去扫一下姥姥。母亲也心疼了，粗糙的手掌在小可的小屁股上摩挲着，安抚着小可受了委屈的小心灵。终于，把小可哄睡着了。母亲揣着烟，悄悄地潜入到无人冰冷的堂屋里，坐在灶前的小马扎上吸烟，一棵接着一棵。另一个屋子里的妹妹，把头从棉门帘后边伸出来，审视的目光在母亲的后背上停留了几秒钟，又把头缩进棉门帘里。

睡你的觉！母亲朝着棉门帘砸过去一句话。棉门帘有些轻微的摆动，然后便静止了。

母亲继续吸烟。母亲脸上的表情，在缥缥缈缈的烟雾里，变得扑朔迷离。一会儿跳跃成哀伤，一会儿跳跃成愤恨，一会儿跳跃成凶狠，一会儿又跳跃成深深的无助。它们在烟雾里舞蹈着。咳咳——母亲一阵儿咳嗽。烟雾被母亲胸腔里喷出来的气浪冲出一个通道，顺着这条通道，她看清了母亲。

其实，母亲脸上没有任何表情。

天快亮时，母亲抽了两包烟的最后一棵。

母亲养的鸡开始啼鸣了。那些鸡本来是给妹妹准备的，准备着妹妹有一天出嫁，用它们办酒席用。鸡就在妹妹一直不出嫁的日子里老去了。所以，衰老的鸡打起鸣来，也带足了一副衰老的腔调。

母亲从灶前站起来，跺了跺几近冻僵了的脚，将最后一支烟的烟蒂扔在地上，用脚狠狠地捻了。随着那个捻的动作，一个决定在母亲的脑子里形成了。

她要先见见大水。

26. 这是怎么了

高丽丽同意了母亲的想法。当面锣对面鼓地把事情谈开了，也好。这一次，大水铁定无处可逃了。母亲执意要去村口迎着大水，高丽丽怕母亲把事情闹大了，让街坊四邻的瞧了笑话。母亲的那个脾气，见了大水的面，非先抽大水两个嘴巴子不可。因此，本着息事宁人，本着不惊扰四邻的原则，高丽丽抱着小可尾随着母亲去了村口。

候在村口，高丽丽故作轻松地给母亲渗话儿。诸如，现在离个婚实在不算个啥，过不到一起就离呗。她甚至大胆地举了母亲和父亲的例子。高丽丽说，您和爸是不合适的，爸根本就配不上您。爸要是还活着，我举双手同意你们离婚。您找您的幸福，爸找爸的幸福。

没有谁比得过你爸爸。母亲噎了一下高丽丽，脸色很难看了。高丽丽便噤了故作轻松的话题。

时间黏黏糊糊的，极不情愿地往前走着，像是在和高丽丽母女赌气。

一辆红色的夏利出租车驶进三个女人的视野。小可扬着小手，车！

母亲和高丽丽不约而同地把视线绕过夏利出租车，去捕捉大水和他驾驶的摩托车。

红色的夏利车却在老少三个女人的身边停了下来。车门一

开,吐出一个男人来。是大水,是消瘦得非常厉害的大水。

三个女人都有些愣怔。母亲最先从愣怔的状态中脱离出来,她从高丽丽的怀里接过小可,往大水的怀里塞。

小可,你爸爸来了,让爸爸抱抱吧。

小可扭着身子,逃避大水的怀抱。他是爸爸么?怎么有点不像呢?

小可,听话,让爸爸抱抱,你不是天天想——母亲的话让泪水哽住了。

高丽丽目瞪且口呆了。母亲这是演的哪出戏?明明是她的女儿受了委屈,怎么弄得像是大水受了委屈?她究竟是哪头儿的?究竟是谁的母亲?

高丽丽使劲地跺了一下脚,抽身走掉了。

随后,母亲和大水进行了一次秘密交谈。屋子里只有他们两个人,门关着。高丽丽像一头困兽般在门外来回踱着步。她有一种不祥的预感,母亲和大水的密谈,将是对她不利的。高丽丽的心犹如吊在烈火上炙烤一般,疼痛滋儿滋儿地狂欢着。好几次,她都要伸手去敲那扇门。

那扇门关上整整两个小时后,开了。母亲先从门里走出来,红着眼睛。紧跟着大水从门里走出来,也红着眼睛。

在这一瞬间,高丽丽孤独极了,一种深刻的被抛弃感侵袭了她。

她被母亲抛弃了。在最关键的时候,母亲抛弃了她。

母亲再一次左右了高丽丽的婚姻。母亲说,他答应我,说准定改。

改不改是他自个儿的事,和我没有关系。

听我的,给他一个机会。

凭啥，谁给我机会了？

凭你是小可亲妈！

母亲激动起来，指着小可，真离了，你让这么点儿的孩子，缺爹少妈的，缺不缺德，啊？

我和姐姐从小就没有爸爸，不是也长大了么？下了中午班的妹妹及时地参与进来。

你懂个屁，一边待着去，你那点破儿事，别以为我老糊涂了，有空再和你算账！母亲咆哮起来。一缕头发散落下来，遮住母亲半张脸，只剩下另外半张脸在愤怒着。

妹妹剜了一眼母亲裸露的半张脸，一甩胳膊，进了自己的屋子。

母亲的半边脸兀自愤怒了一小会儿。母亲大概觉得此时和妹妹愤怒有点不合时宜，便换上了另外一种情绪。

唉，母亲长叹了。在叹息声中，之前的愤怒开始了成功的转换。

一个女人带着孩子的日子难哪。多少人劝我再走一家，我都没答应，表面上是和你奶奶说的那些话置气，实际上是怕你和妹妹受委屈呀。不是自个儿生养的，谁会拿着当回事呢。当妈的知道这回委屈你了，可有啥法子呀，看小可的分儿上，把委屈咽了吧。看他这一回的，要是狗改不了吃屎，从我这儿就不答应。啊？

母亲声音喑哑衰弱地求着高丽丽。

母亲这是在干什么？是在向她和妹妹邀功？为了她们姊妹两个的幸福，放弃了自己的幸福。还是在嘲笑她高丽丽？认为她绝对承受不了一个人带着孩子过日子的寂寞。

妈，您放心，小可受不了委屈。不是所有的女人离了男人都活不下去的，您，不也过了大半辈子了么？

你过不了那份日子。母亲拾起那缕散落的头发，夹在耳朵后边，露出整张脸的肯定来。

您过得了，我就过得了。

我不让你再走我的路，不让你再过那种苦日子！母亲的语气强硬极了。

高丽丽不再说话。一颗心也强硬着，和母亲的强硬对峙着。她决心，这一次，不再服从母亲。

27. 掐灭一个小生命生长的愿望

高丽丽的离婚协议书还没有写完，就发现身体发生了变化。有了一次生育的经验，高丽丽太知道她身体的变化意味着什么。在这种时候，命运不会和她开这样残酷的玩笑吧？那个雪夜，会么？每个月准时光临的"老朋友"，爽了约，迟迟不肯现身。它尽管是一个常常给人带来麻烦的"老朋友"，是一个不怎么受欢迎的"老朋友"。高丽丽从未像现在这样，对这个老朋友充满了渴望。希望它能够露一下脸，给她传递一个一切正常的信息。

但是很失望，没有任何要来的迹象，仿佛它去了远古时代，根本无法听见高丽丽焦虑的召唤。或许，"老朋友"已经在赴约的路上了？说不定，一觉醒来，"老朋友"正坐在屋子里喝茶呢。高丽丽如此安慰着自己那颗惶恐不安的心。眼看"老朋友"爽约的日子过去快半个月了，高丽丽的幻想再也不能骗得片刻的安宁。咬咬牙，还是让医生来宣判吧。

第三章

好在，学校刚刚放了寒假。所以，高丽丽不用跟谁请假，不用担心她的请假会招来一片问询的目光。高丽丽一个人去了县城的医院。那是一家妇幼医院，不是原来的那家医院。原来的那家医院有着太多不愉快的回忆，高丽丽不想再去触碰它，就让它封存在记忆里吧。

圣洁的医生，一只细致的开化验单子的手，塑料尿杯，淡黄色的尿液，一刻钟的等待。

一个小玻璃窗口将高丽丽的化验单子吐出来。尿样呈阳性。高丽丽在第一时间解读了化验单的含义。她以为她会被这个信息打倒，事实证明，她没有。高丽丽就像去赴死的勇士，挺胸抬头，穿过医院狭长的走廊。

刮宫？还是吃药？医生给高丽丽出了一道选择题。

吃药，也可以么？高丽丽头一回听说。或许吃药比器械更先进一些，给小生命带来的痛苦更少一些。如果是，就选择吃药吧。

吃药吧。

医生给高丽丽开了药，耐心地告诉高丽丽药是怎样的一个吃法，叮嘱高丽丽，吃药的第三天，一定到医院来。说，千万来，最后一片药要在医院里吃。

我可不可以把这片药也带回去吃？

不行，必须在医院吃，万一有危险咋办？

有危险和您没有关系，不怪您的。

别侥幸了，没商量。下一个！

高丽丽的手轻轻地抚在小腹上，想落几颗泪下来，来祭奠一下这个成长欲望刚刚露个尖尖就遭到了无情的扼杀的小生命。可眼睛干涩极了，没有丝毫流泪的征兆。因为，泪腺瘪瘪的，无力给眼睛提供泪水。看来，你是诚心不想让我送你的，是诚心不想来这个世界的。那就一个人走吧。听老人说，过奈何桥要喝下一碗孟婆汤，喝了，就会忘了尘世的一切。那，你就多喝一些，好么？忘了狠心杀害你的这个女人……一仰脖儿，高丽丽吞下了第一天的两粒药。

很快，药效发挥了作用。

胃口对任何食物都满怀着嫌恶感，甚至一口水。进去多少，如数退还多少。晚饭时，奶奶婆说涮羊肉，叫高丽丽过去吃。稀泥巴一样糊在床上的高丽丽摆摆手，说困了，想睡觉了。奶奶婆一双苍老的眼睛在高丽丽身上游走，多少吃点儿，今儿吃饱了，赶明儿好有劲儿把小可接回来，都老长时间没见小可了。

一双枯树枝般的老手颤颤地朝着高丽丽伸过来。在那双老手触到自己之前，高丽丽爬了起来，拖着飘忽忽的步子，随在奶奶婆身后，去吃奶奶婆的涮羊肉。

一只小铝盆蹲在炉火上，欢快地沸腾着。一股花椒大料的味道驾着蒸腾的雾气，霸占了屋子里的任何一片空间。高丽丽张了张嘴，一个干呕的动作。奶奶婆搬来两只小马扎，散在火炉身边，再拿了碗筷递到高丽丽手里。接着把放在柜子上的一盘子羊肉片端过来，哧溜一下子，盘子一个大幅度的倾斜后，羊肉片集体滑进沸腾的作料水里。高丽丽明白了，这就是奶奶婆说的涮羊肉了。如此的方法涮羊肉，高丽丽倒是头一次见。

奶奶婆开始往高丽丽的碗里夹肉了，愣着干啥，趁热吃。

然后把筷子头儿送进自己干瘪的嘴里，滋儿地吮了一下，再次伸进翻滚的汤里，去捞粉色尽失的羊肉片。高丽丽勉强地将一片羊肉送进嘴里，哇——羊肉片还没等到送到胃囊里，就喷了出来。喷洒在靠在火炉边的一盆儿大葱上。大葱正生长得郁郁葱葱，全然感觉不到屋外的萧瑟。一盆生机勃勃的大葱，溅上了污物，高丽丽有了几分歉意。

这几天，胃口有点不舒服，您自己吃吧。

没准儿着凉了，去炕头煲煲，热乎着呢。

不用了，奶奶，我去睡觉了。

高丽丽便离开了那只小马扎，离开了奶奶婆和她充斥着花椒大料味道的屋子。

睡吧。躲到睡眠里，或许会好受一些的吧。高丽丽正在昏昏沉沉之时，婆婆又一次意外地光临了。

更加让高丽丽意外的是，婆婆手里托着一个包裹得严严实实的东西。去除包裹，竟是一碗热气腾腾的饺子。

趁热吃吧。婆婆说，脸上带着三分的关切。她的眼神依旧是审慎的，从头到脚，把高丽丽又捋了一遍。最后，视线落在高丽丽的肚子上。

我吃饭了。高丽丽躲闪着婆婆的眼神。

以为婆婆该转身走掉了。没想到婆婆左手端着饺子，右手掸了掸床沿，一屁股坐了上去。看样子，婆婆要发表重要讲话。

要是真有病了，咱就上医院去看看。嗯？

没事儿，我好好的。高丽丽心说，屁股撅得这么高，不定要拉什么屎呢。

嗯——是一个拉了长音儿的"嗯"，从婆婆的鼻孔里挤出来。

不是我这个当婆婆的说你，跟自个儿的老爷儿们说几句软话不是丢人的事儿，他一高兴，满天的云彩都散了。你总跟他来硬的，外边有软乎的，那他还不叼两口？老爷们儿，就得哄着点儿。服个软儿，让大水回来吧。

婆婆的话是多么推心置腹啊。她完全地站在高丽丽的立场上，完全站在一个女人的立场上。高丽丽真要感激涕零了。

你要是拉不下这个脸来，让你公公到城里把大水叫回来，嗯？婆婆太仁慈了。

您先回去,我想想。高丽丽故意说了这句话。

婆婆左手托着饺子站起来,右手顺过烟囱上的铁钩子,勾开炉子,看看火封得是否严实。又盖上炉盖儿,把左手的那碗饺子放在温热的炉盖上。

啥时吃,都是热乎的。撂下这句和炉盖儿一样温热的话,婆婆走了。

高丽丽痴痴地盯着炉盖儿上的那碗饺子发呆,如果它不是一个被利用的道具该有多好!高丽丽忽然想起一件事情来,便麻利地下了床,出了屋子。

奶奶婆屋里那盏昏黄的灯,亮着。以往的这个时候,它是熄着的。看来,自己的推断是正确的,一定是奶奶婆给婆婆通风报信了。她们两个虽是打了一辈子的仇敌,但在某一时刻,她们是站在同一条战线上的。尤其是奶奶婆,她那么衰老了,需要做一些力所能及的事情来取悦婆婆,给自己的衰老留条后路。

高丽丽冷笑了,我会让你们失望的。怀孕是真的,可是你们看到的不是妊娠反应,而是药物反应。你们的孙子、重孙子已经驾鹤西去了。

28. 你是我初恋的那个男人

第三天早上,村子里的鸡鸭们还在睡着时,高丽丽就起了床。艰难地拖着一具几近虚脱的躯体,观察着奶奶婆那院儿的动静。她在等着奶奶婆拎着绳子出家门的那一刻。越是盼着某种时刻的到来,某种时刻越是躲得远远的,幸灾乐祸地享受着人着急的样子。实在支撑不住了，高丽丽只得搬来一只小凳子，坐在冷飕飕的门口。没有任何食物的胃囊，翻腾出可怜兮兮的一点酸涩的液体，高丽丽用手肘抵住干瘪的胃囊，恨恨地使用着一些谩骂的词汇。这个死老婆子，还不快起来，再不起来，该尿炕了。

莫名地笑了笑，原来自己也是很会骂人的。

鸡鸭都醒了，奶奶婆那边才见了动静。顶着一颗雪白头颅的奶奶婆，动作迟缓地关了门，动作迟缓地朝着村外旷野的方向走。旷野里的柴火，是已经衰老得不成样子的奶奶婆的一个信念。忽然在这一瞬间，奶奶婆用她的衰老，用她的坚定的信念，取得了高丽丽的谅解。对着奶奶婆蹒跚而去的身影，高丽丽表示了一下歉意，为自己刚才使用的那些带有谩骂性质的语言。

好了，没有了盯梢的眼睛，高丽丽安心地踏上了去县城的路。

在妇幼医院，高丽丽吞下了最后一粒白色的小药片。

护士指给高丽丽一只塑料盆，告诉高丽丽小便在这里，不要去厕所。她们要查看排出的物体。高丽丽看了看墙上挂着一个表，吃药的时间和护士说话的时间刚好是八点半。下面是等待的时间。等待最后这片药化成一个魔鬼，夺去濒临死亡的小生命的最后一口气息。

是里外间。里间做刮宫引产用，高丽丽坐在外间的椅子上。坐上去，才发现，椅子上已经洒落着几个女人，都是吃药打胎的女人们。年龄虽不同，目标却一致。渐渐地，女人们的面部表情发生了变化。原有的安详状态打破了。女人们一致地把痛苦的表情对着门外的走廊，拿痛苦哀怨的眼神搜寻着各自的男人。其中一个看上去四十岁左右的女人，不满足于哀怨的眼神，更不满足

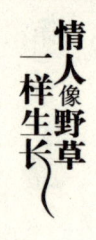

于仇恨的眼神。她拎着一根手指,点着门外的一个男人,你这个不要脸的,净你妈图自个儿快乐了,这个罪让我受!

表情痛苦的女人们轰地大笑,笑得前仰后合。门外的男人们却没有一个敢把笑容露在脸上的,只好在心里偷偷地乐。他们很聪明,只要他们敢笑出来,肯定会招来女人更恶毒的骂。这个时候,骂什么都得忍着。

高丽丽也没有笑。每一个女人都有自己的男人陪着,只有她没有。女人骂自己的男人,简直是在炫耀女人的幸福。

最后一片药化成利剑之前,先化成了一团火,在高丽丽的肚子里燃烧。火势越烧越旺,由微火逐渐燃成熊熊大火。四十岁的女人,疼痛加剧,骂声也更激烈了。终于有一个年轻些的女人受不了女人的骂声了,搂着肚子,绵里藏针地说,这么大岁数了,还天天有那种事啊?

高丽丽忽然想起来,怀着小可做检查时,女医生对她说的那句话。

女人真是天生的恶毒,她们永远是同类的冷面杀手。

这期间,医生给一个女人在里间屋里做了整刮手术。据说是女人过了最佳的无论是人流还是药流的时期,引产又尚早些。又据说女人坚决让医生立即有所行动,一分钟一秒钟都不再等待。医生征求是女人丈夫的那个男人的意见,男人耷拉着脑袋,拿眼角儿的一点视线瞄了瞄女人,又瞄了瞄医生,蔫儿蔫儿地顺过一只圆珠笔,在医生递过来的一张单子上签了字。随后,女人被医生引着,经过了高丽丽她们,进了里间屋子。脱了裤子,上了那张特殊的,只有女人才有资格躺上去的床。女人只要一躺在这张床上,女人就不再是女人,而是一头牲畜,任医生宰割。

一会儿,杀猪般的号叫声从里间屋里传出来。外间屋子的几个女人,受了里屋女人的感染,疼痛仿佛更加深重了。四十岁

第三章

的女人眼里汪出了两泡泪水，妈的，下辈子说啥也不托生成女人了，忒受罪了。

里屋女人的男人蹲在走廊的地上，头垂在裆间，掩藏起他的表情，只留下两只皴裂的手深深地插进蓬乱的头发里。高丽丽有些同情这个男人，也有些同情里屋的女人，同情男人的无助，同情女人嫁了一个无助的男人。

里屋的门打开，医生走出来，女人却没能走出来。

上午将近十一点，燃烧达到了顶峰。高丽丽冲进里屋，奔向护士指定的那只塑料盆儿蹲上去。她长长地憋了一口气，让这口气顶下去，推着肚子里的那团火焰往下走。走哇，往下走哇。呼呼噜噜，有块状的红色物质出来了。走哇，往下走哇。呼呼噜噜，一个白色物体夹杂在红色的液体中冲了出来。它漂浮在血污之中，样子很奇怪。随着白色物体的现出，肚子里那团燃着的火灭了，疼痛也消失了。高丽丽虚汗淋漓地攀着一个可攀缘之物，想把身子站直。晃晃悠悠地站起来，才发现攀缘的是铁床的架子，床上躺着做整刮的女人。大概医生帮女人穿上了裤子，致使她的样子看上去不至于太难堪。女人太倦了，倦得没有力气下这张床，没有力气行走，没有力气跟着她的男人回家；她需要借助这张床休息一会儿。就一会儿。尽管高丽丽也倦怠到了极点，可她还是提着脚步，唯恐惊扰了床上的女人。

经过护士的检验，那枚奇怪的白色物体，是还没来得及成形的小婴儿。

真是奇怪，小婴儿成形前竟然是这个样子的！它要经过怎样的复杂演变，才能成为一个小男孩，或者小女孩呢？她深深地看了一眼她的儿子，也可能是女儿的白色物体，拖着空荡荡的身子往外走。走过几个临时的难友，走过等候在外边的男人们，走过把头垂在裆间的那个人。那个值得高丽丽同情的男人。

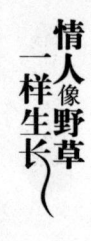

庞大的饥饿感迅速地控制了高丽丽。假如一头牛此刻出现在眼前，高丽丽准定会一口吞掉它。一头牛的幻想撑着高丽丽晃出了医院的大门。

门口还真的就有一头牛。一个胖嘟嘟的老太太和她的手推车安详地守在医院的门口。推车上的东西就是高丽丽幻想的那头牛。

盒饭，有盒饭啊。

高丽丽感觉有两道绿光从自己的眼睛里直往外蹿，不顾一切地扑向老太太和她的手推车。

然后，无视了冷冷的北风，无视了街上过往的行人，在马路边上蹲下来，开始吃着捧在手里的盒饭。

只两口，胃口就对盒饭充满了厌恶感，拒绝再接受它。高丽丽软着腔调求它，它依然一副铁面孔，一点松动的意思都没有。无奈，高丽丽只得寻了一只垃圾桶，将盒饭恋恋不舍地丢弃了。

回家吧。起码家里会有一张床，总不能躺在马路上吧，于是便朝着车站的方向走。如果回转身，朝着相反的反向走，会离大水的厂子越来越近。可是，高丽丽知道，她不会转过身子的。她已经用刀子把大水从自己的生活里剔除得干干净净了。

内心的寒冷胜过了天气的寒冷，冷风自知不是对手，都在绕着高丽丽行走了。街上往来的车辆，往来的行人，谁会在意高丽丽呢？谁会给高丽丽一个温暖的注视呢？高丽丽也不奢望。这个小城和她有任何关系么？没有了，从此没有了。

一辆半旧的红色大发车就要从高丽丽的身边开过去了，迟疑了一下，车速便慢了。

是你么？惊诧的男声从摇下的车窗里传过来。

这个声音一定和自己没关系的，高丽丽继续着她近乎艰辛的行走。

高丽丽，是你么？

看来是和自己有关系的，高丽丽将疑惑的目光弱弱地投掷过去。

是他，高丽丽惊愕住了。

没错，是他，是男生A。

是她初恋的情人男生A。

——没想到会在这里碰见你。

——嗯，是没想到。

——你咋会在这里呢？

——我为啥不能在这里呢？

男生A笑笑，高丽丽也笑笑。

——气色不太好，没事吧？

——没事儿。

——打算上哪？

——去车站坐车。

——嗨，你看我，光顾着说话了，外边冷，上车来，我送你。

高丽丽原本是想拒绝的，可是两条腿已经不受大脑的支配了。它们自作主张地迈上了男生A的车。

你送我到车站就可以了。高丽丽说。

男生A瞅了一眼高丽丽，见高丽丽面色坚决着，便顺了高丽丽的意思，朝车站的方向开去。

一共有十来分钟的车程。在这十来分钟里，他们进行了如下的谈话。

男生A：听说你结婚了？

高丽丽：嗯。

小片刻的停顿。

男生A哧地笑了一下：听说过我的事儿么？

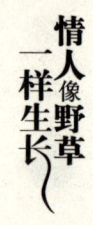

高丽丽：没有。

男生A：我考上了大学，结果因为在学校里受过处分，被拿下了。

高丽丽：……

男生A：又补了一年，这回是分数没上线。

高丽丽：……

又是一个小片段的停顿。

男生A：跟人打听你，说你结婚了。得，希望全泡汤了。

高丽丽：你，结婚了么？

男生A：结了，今年春天结的，人，你认识。

然后，男生A说了一个名字。口臭女生的名字。

最后一个小片段的停顿。

高丽丽：看上去过得挺好的。

男生A：做了点小生意，刚起步，凑合着活吧。

车站就到了。

等一下。男生A叫住准备下车的高丽丽，在一张纸上写下一个电话号码。

我刚才去买手机了，你是第一个知道号码的人。记着，这个号码永远都不会变，它随时都在等待你拨通它。

男生A和他的车绝尘而去。站在风中的高丽丽，手掌心里牢牢地攥着那张写有号码的纸条。

在回家的班车上，高丽丽睡着了。她做了个梦，梦见男生A变成了一面镜子。镜子挂在墙上，一只长手臂从人的夹缝中探过来，摘走了镜子。

长手臂的人当然是口臭女生，只有她才会把摘镜子的动作操练的那般熟练。

29. 妹妹出事了

真是"好事"多磨。高丽丽刚从医院回来，妹妹就出事了。

其实，高丽丽早有预感，妹妹出事，不过是早一天晚一天的事情。早也好，晚也好，怎么也不该在这个节骨眼儿上。它和那个未成形的小婴儿一样，无意中把高丽丽离婚这条路拉长了。

那天，娘家村里来了一个中年女人，一个很臃肿的中年女人。进了村，中年女人唱唱悠悠地喊了第一嗓子：

老高家的二丫头要占我的窝啦——

然后，臃肿女人向小村的深处走。走几步，喊一声，老高家的二丫头要占我的窝啦！

女人的嗓音条件极好，喊了一条街下来，便已经收到了良好的效果。冬天是沉寂和落寞的一个季节，充满了枯燥和无味。尽管已是将近腊月二十了，越过越寡淡的年再也无法让村里人兴奋起来。效果远远不及臃肿女人的那一嗓子的吆喝，枯燥和无味在瞬间长了翅膀，飞走了。人们太期待着一些事情的发生了。

一村人的目光隐蔽地追踪着臃肿女人。这种事情尽量不要跳出去观赏，总是要顾及一下乡里乡亲的面子的。自然，不懂事的小孩子除外。既然小孩子的行为可以得到宽恕和原谅，暗地里是被家里的大人派出去，把事情看个明白的，也未曾可知。

臃肿的女人也是非常了解村里人的习性的，但凡懂得点事理的人们越是回避着自己的吆喝，越说明自己没白白吆喝。吆喝起

到了良好的效果，达到了预期的引人注意的目的。计划的第一步成功了，下面该进行计划的第二步了。

女人把自己臃肿的身子固定在母亲的门前，把那句"老高家的二丫头要占我的窝啦"吆喝得抑扬顿挫。

事情很明了了。老高家的二丫头就是高丽丽的妹妹。其实，女人不用对着母亲的门口吆喝，村里人也会知道老高家的二丫头是何许人的。村子里有几户姓高的呢，姓高的又有几个二丫头呢。好事不出门，坏事传千里。关于妹妹的事情，村里早就有风言风语了。

人们最想看的，是母亲如何收拾眼前这个局面。

一个要了一辈子好，守了半辈子贞洁的女人，家里咋就出了这等颜面扫地的事情呢？

此刻的母亲正带着小可在菊花老女人的家里串门子。再寂寞，大人也是守得住的，小孩子就不同了。她需要玩具，需要热闹，需要顽皮，需要淘气。

最尴尬的是菊花老女人。假如事情不关系到母亲，她该和母亲围绕着臃肿女人有一些话题才正常。话题里会有同情，会有奚落，说不定还会有幸灾乐祸，都说不定。可是，事情关系到了母亲。装作听不见外边的吆喝吧，就显得不正常了。装作的本身就证明了你是知情的，是在有意回避。菊花老女人脸上的菊花再也灿烂不起来了。

母亲颤抖着，嘴唇的颜色开始由惨白演变成青灰。

菊花老女人做了一个姿势，她在随时准备抱住母亲，以防母亲冲出门去。

此刻整个村子都屏住了呼吸。

在这千钧一发之际，一个男人出现了。

第三章

男人是顺着女人抑扬顿挫的吆喝声赶过来的,屁股和自行车一起,快要颠散了的感觉。他到了女人跟前,吱的一声捏住了车闸,人和车子一个微微的前倾,男人从自行车上跨下来。这是一个气质非常不错的中年男人。一副白净的面皮,身子有一点点发胖,但胖得恰到好处,没有丝毫的臃肿之嫌。

他会和女人有什么关系么?

臃肿的女人见了男人,打了会子愣,像是有了几分的胆怯。但是,看男人并不做声,她不知道该如何下这级用谩骂砌成的台阶,只好给自己鼓了鼓劲,把这台戏唱下去。很明显,在男人面前发出的吆喝声少了刚才韵律的美感。

你再喊一句!男人的脸阴沉沉的,说话的声音不大,话语的分量很重。

臃肿女人立即像夏天树上的蝉一样,停止了鸣叫。面部表情呈现出婴儿式的委屈状,鼻翼如两片薄薄的蝉翼,做着起飞前的扇动。

家去吧。男人语气和面部都温暖了许多。

女人的泪水就哗啦啦地淌了下来,你答应我,往后跟小狐狸精断了,我就跟你回去!

男人垂着眼,四下扫了扫,压低了嗓门儿:别跟我讲条件,否则你会知道后果的,赶紧回去!

这句狠话起了作用,臃肿的女人哈巴狗似的,乖乖地跟在男人屁股后边走了。隔一会儿,就会捉起袖管抹一下糊住眼睛的泪水。

菊花老女人把视线从门的缝隙上撤下来,回头对母亲说,要不,您出去抽他两个大嘴巴子,消消气?我帮着您。缺了八辈子的德了,祸害谁不行,非得祸害咱家的闺女。

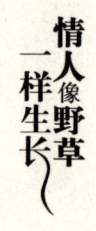

很是出乎菊花老女人的意料,母亲摇了摇头,大嫂子,苍蝇不叮无缝的蛋,全赖咱家的闺女没出息。母亲异常艰难地说完了这句话。

隐在自己家里看热闹的四邻,尤其是高姓的几户人家,眼看着一对男女就要走出村子了。他们突然觉得自己该做些什么,让一对男女如此容易地出了村,实在是有失小村的尊严。人们只等着母亲破门而出,哪怕对男人有一个小小的动作,他们就会拎着棍子杀出来,把这个不知天高地厚敢闯小村的男人,揎个腿折胳膊烂。

可是,母亲连面都不曾照一下,还有谁会牵这个头儿呢?

前后不到一个小时的时间,彻底地摧残了母亲。母亲带着小可从菊花老女人的家里出来,完全是一副风烛残年的老人的样子了。她勾着身子,像老鼠般贴着墙根儿走,逃避着村里人的目光。过去的强悍荡然无存了。看着母亲比冬天还要衰败的形象,许多的人也动了恻隐之心。一个女人撑着一个家,一撑就撑了这么多年,村里的哪个女人也比不了的。盼着妹妹先别回家来,暂时先躲一躲。在这个节骨眼儿上回来,不是母亲要了妹妹的命,就是母亲会要了自己的命。

大家的担心多余了。妹妹没有回家来,那天没有回来,那天以后,也没有回来。

高丽丽虚弱着身子赶来时,隐在一片暮色中的村子,已经有了薄薄的睡意。高丽丽的进入,惊扰了小村一天积攒下来的倦怠。小村又打起精神,将一袭沉静的注视向着高丽丽蔓延过来。或者,小村本来就是假寐着,在等候着高丽丽。走过半条街,高丽丽的背渐渐沉重。小村将它的注视附着在她的后背上,使她负重而行。暗暗地挺了挺脊背，便有一层注视从后背上滚落下去。来不及轻松，新鲜的一层注视即刻粘了上来。小村不怕，它有的是注视。如此深度的注视，愈发让高丽丽惶恐不安。她的家，她的母亲，她的妹妹，它和她们究竟承受了什么？

小可睡去了，小脸上挂着一副委屈相。母亲驼着脊背，僵硬地呆坐在炕沿上，像是一具历经了千年的木乃伊。

妈——

高丽丽的呼唤奈何不了母亲的僵硬。

高丽丽赶紧寻了母亲不离手的卷烟，叼了一棵在自己的唇上，点燃，然后将燃着的烟往母亲的唇间插。

——抽一口，就好了。

——抽一口吧，啊？

突然，母亲僵硬的身子顺着炕沿滑下来。高丽丽慌着两只手去拉母亲，母亲抗拒了高丽丽的拉扯，直溜溜地跪在了高丽丽的膝下。

小丽，你还认我这个妈不？

高丽丽惊骇地点头。

认，就听我一回话，好不？

妈——高丽丽哀哀地怨怨地叫了一声，她猜到了母亲要说的话。

别闹离婚，别再让人家看咱家的笑话，行不？

母亲那张衰老得干干净净的脸，凝结了厚厚的天真无邪的等待。

30. 母亲又一次左右了高丽丽的婚姻

妹妹给高丽丽来过一个电话,只说了一句"姐,把咱妈照顾好了,不混出个样子来,我不会回来。"便挂了电话。没有来电显示,所以高丽丽不知道妹妹是从哪里打来的这个电话。她特意去网通公司问了,网通的员工表示无能为力,说只能查往外打的号码,还得是长途的。虽然不知道妹妹人在哪里,但总是心里有了底了。起码知道妹妹没有自寻短见,或者被那个道貌岸然的家伙害死。于是,高丽丽在第一时间,将这个信息传递给了母亲。

最好死在外边!这几个字被母亲咬疼了,挣扎着从母亲的齿间逃了出来。

高丽丽清楚,母亲是非常需要这个信息的。她看见说完狠话的母亲长长地吐了一口浊气。

这个信息暂时防止了妹妹事件的进一步恶化,让妹妹事件暂时告一段落。

是的,母亲又一次左右了高丽丽的婚姻生活。

自己欠了母亲的,老天让她用一生的幸福来偿还母亲。一定是这样的。

高丽丽没有第二个选择,面对母亲的那一跪。

此时的大水也从左右为难的情感中退了出来。他没有因为负重而摔下悬崖绝壁。把他解救出来的不是他自己,他是个没有解救自己能力的人。

是平平。有一天平平突然不辞而别了。对大水失去耐心的平平，从大水的生活中消失得干干净净，没留下一丝痕迹。早上，大水像往常一样去接平平，老远就发现平平住的出租屋的门是敞着的。大水的心一抽，将车提了速，到了门前。平平不见了踪影，却有一个面如干橘皮样的老婆子，在抡着一把笤帚打扫屋子。

在这里住的人呢？

走了！

老婆子没好气地回了大水。大水打愣的工夫，老婆子转动着一对涩巴巴的眼珠子，问大水，你是她啥人？

大水没有作答。

老婆子朝着大水的方向挥舞着手里的笤帚，故意把尘土刨起来；干瘪的嘴巴也没闲着，气囊囊地发着牢骚。说什么小姑娘家家的，手脚不是一般的懒，把房子住成了猪圈之类的话吧。

以这样一种方式解脱，大水既感到轻松，又有挥之不去的怅然若失。平平就像他身上多生出来的一块肋骨，没有存在的合理性，一旦失去了，却是连骨头带肉都跟着疼痛。

此情留作宝贵的追忆吧。

有了一个适合的机会，大水就结束了在外边漂着的日子。

一直，在这一带的农村，都遵循着一个说法——大年正月是不能嫁娶的。但没有人能够说得出正月嫁娶的害处，反正这个乡俗一辈儿一辈儿的传了下来，大伙都在遵守着。公公婆婆只好把给小叔子的婚事选在了年前的腊月二十八。没办法，小叔子本事超大，把人家女方的肚子提前给鼓捣大了。过了正月再迎娶，说不定女方要抱着孩子出嫁了。

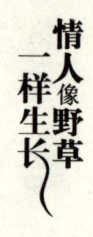

工厂腊月二十九放假,大水腊月二十五就回家了。当哥哥的要帮着操办弟弟的婚事。

大水先回了他和高丽丽的家。他怯着手脚,怯着眼神,出现在高丽丽跟前。高丽丽更憔悴了,好像生了一场大病的样子,面目苍白着。大水的两只手慌慌张张地伸向口袋里,摸出一把纸币,连零带整地塞到高丽丽手上。

我这个月的工资,全在这儿了。

高丽丽完全有资格将有整有零的纸币,摔在地上,或是摔在他的脸上,他做好了这个心理准备。如果那样,他绝对没有脾气,他一定忍着,承受着。只要高丽丽不和他离婚。高丽丽淡然地拉开写字台的抽屉,把纸币散落进去,再关上抽屉。这个动作高丽丽做得很寻常,但对大水来说,它就变得意义非凡了。这个平淡的动作说明什么,说明高丽丽离婚的态度不那么坚决了,说明高丽丽正在接受他,正在原谅他了。进家门时的胆怯像乌云一样被一阵突然而至的狂风吹散了。

有了将高丽丽环在双臂里的勇气。高丽丽也没有反对,依旧淡然的表情,停在大水的臂弯里。

都怪你,过去对我不好!大水嗔怪着高丽丽,和着滚热的泪水。

高丽丽将她的淡然进行到底。她推了一把大水,去那院儿一趟吧,你妈事儿多。

嗯。那你等着我,我一会儿就回来。

大水抹了一把泪水,笑了。

那个晚上,高丽丽主动和大水说起了妹妹的事儿。大水气得眼眶子都快裂开了,妈的,非把老小子阉了不行!

你就别再跟着添乱了,听点话儿吧。高丽丽使用了数落孩子

152

的语气，心里对大水表现出来的义愤填膺，还是稍稍满意的。

是吧，既然决定了和躺在身边的这个男人过下去，自己的事情，和自己有关联的事情，还是要看看他的态度的。再说了，妹妹的事情想瞒也是瞒不住的。

婆婆算是放过了高丽丽一马。新娶进门的小婶子分散了婆婆的注意力。小婶子已经显山显水的肚子，正渐渐成为婆婆的新宠。高丽丽将堕胎之事封得死死的。婆婆从高丽丽比马路还要平坦的小肚子上得出的结论是，奶奶婆传递的信息有误。高丽丽的厌食以及呕吐，不过是胃口病的正常反应，和怀孕没有毫厘的关系，白白地欢喜了一场。更让婆婆郁闷的是，大水和高丽丽悄没声儿地和好了。婆婆只得把一整腔子的怨气，寻着机会零散着排放了。比如，婆婆站在街上和人聊天，恰巧高丽丽经过，婆婆便临时改了话题。

家里那几只小鸡子，天天贼吃海喝的，惯得不像样了，连个蛋都懒得下了。不下就不下吧，有时候还下个泡蛋骗你。多欠饿呀！

高丽丽就是那只下泡蛋的鸡。

魔鬼一样的女人。高丽丽暗暗地骂，小心肝儿气得发颤。

——魔鬼下凡了，天使派我给魔鬼戴上一顶桂冠，好让善良的人把魔鬼很容易地识别出来。你知道那个魔鬼是谁么？

大水的眼神闪了闪，等着高丽丽的下文。

——是你妈，魔鬼是你妈呀。

大水的眼神就暗了下去。

然后，各自睡了。一会儿，大水的鼾声起。高丽丽却无睡意，想着母亲的一些事情。

她明显感觉到，母亲近来变了。刚过了年，母亲就对高丽丽说，天眼看要暖和了，小可是关不住了。洋车子我骑得不稳，给我买辆三轮车吧，把小可装在车里拉着，省得到处疯跑。她腿儿快，我可追不上。

不就是一辆三轮车么？买了。

没想到，一辆三轮车竟使得母亲意气风发起来。母亲蹬着三轮车，拉着小可，到处溜达。不再如鼠儿般逃避着左邻右舍们，人前，也不再颓废着一副表情，脊背也仿若挺直了许多。整个人看上去，衰败的迹象减弱了不少。这样的变化，也是高丽丽希望看到的。但它出现在母亲的身上，高丽丽有一种不安的感觉。并且，这不安在日渐加剧。母亲拉着小可，把三轮车蹬得越来越远。高丽丽周六去看小可，几次都碰了锁头。等了许久，才见了母亲和小可的踪影。原来，母亲拉着小可去了镇上。母亲怕小可路上渴了饿了，三轮车上带足了吃的喝的。母亲说，镇上人多，花样多，小可瞧不够。

可是，看上去，母亲比小可兴奋多了。

难道，母亲是在用这种方式来逃避生活的种种么？

31. 我想看看心爱的麦子

小村，小村的男女老少，经过几个月的适应，它和他们在逐渐地接受着一个崭新的母亲形象。和高丽丽比较起来，它和他们少了担忧，多了失望、嘲笑，甚至鄙视。它和他们更愿意看到母亲是一副被生活打败了的样子，沧桑和衰老。然后，它和他们会把永不枯竭的同情施给母亲。现在的母亲，太张扬了，活得太滋润了，太没有廉耻心了。

几个月的时间，足以让小村和小村人失去耐心。失望也好，嘲笑和鄙视也好，它和他们通通失去了耐心。母亲只是作为一个符号在出现。

麦香又开始弥漫了。母亲的麦和村里其他人家的麦一起黄灿灿着，做好了分娩的准备。

这个麦收季节，人们显得格外兴奋。一个话题被热烈地谈论来谈论去。过不了几天，联合收割机就要进村了。据说，那些隆隆的机器是从南方一路开过来的，一路走，一路割。人见了面，头一句就是，咋样，今年用镰刀还是用机器？

只有母亲对这个话题热心不起来。拉着小可从镇上回来，被人兜头问了那句用镰刀还是机器的话。母亲想都没想，就回了。

用机器割，人闲着干啥去？

小可，被高丽丽接走了。学校里的老师多是单职工，多是家里有地的。和往年一样，学校又给老师们放了几天假。高丽丽准备在母亲家住下来，为母亲做些力所能及的活计；也提前和大水打好了招呼，母亲这里一有动静，让大水即刻赶过来。

熟料，母亲却不买高丽丽的账，说，我的麦子我来割，不用你们管。带着小可回去吧，让我轻省几天。

带着小可比割麦还累？您成天价不是挺高兴的么？蹬着三轮车东一趟西一趟的。高丽丽抢了母亲的话。

母亲生气了，气呼呼地推出高丽丽那辆绑着儿童座椅的自行车，冲着高丽丽一摆手，做了一个走人的动作。母亲的行为到底激怒了高丽丽，一哈腰，拾起小可，将小可塞进座椅里。真的走

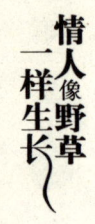

了人。

母亲用手在前额搭起凉棚,看了看天气。多云。离着下雨还要有一段距离的。她放心地进了屋,开始在磨刀石上打磨她心爱的镰刀。

母亲今年的镰刀磨得有点早,往年都是割麦的前一天才开始磨的;也比往年磨得细致,磨得用心。母亲将全部的精力贯注在镰刀的打磨上,不吃不喝,不眠不休。镰刀刃在磨刀石上沙沙地行走,身轻如燕。偶尔,母亲会停下来,用手里的镰做一个割麦的动作。只稍稍一用力,一大片麦便齐刷刷地躺倒在母亲的脚下。不够快,还不够快。麦闻风而倒,那才是妙。等不及镰刀的刃切割到腹部,自己先断了腰身,才说明镰刀刃锋利到了极致。于是,母亲再接着磨。

晚上,村里的广播通知,后天收割机就要进村了,让每家都留一个主事的人。可也就在这个晚上,镇上出了一件惊天怪事。

在镇上医院里值班的一个医生,丢了一样东西。和丢东西的医生一起值班的还有一个男医生,那个男医生因为要替年迈的父母操持割麦的事宜,所以,这个晚上,医院里只剩下一个医生值班。值班的医生睡在值班室里,睡着睡着,冷不丁地被一阵钻心的疼痛疼醒了。开灯一看,天,自己的下身一片血淋淋。上手抓了一把,抓了个空。自己的那根阳具不翼而飞了。医生惊愕得往门外蹿,边蹿边号叫,救命啊,救命啊……

小镇睁开睡意蒙眬的眼睛,惊恐而又茫然,不知道出了什么大事。

值班医生丢了阳具的事儿,旋风般打了几个旋,在一个不大不小的范围内,就尽人皆知了。

这条消息当然比谈论收割机更有趣味。人们相互转告,相互探听，知道那个丢了阳具的医生是谁么？

是谁？是谁？

知道了，知道了，听说是那个人。

哪个人？

咱们找他瞅过病，对，年前到咱们村来的那个，和老高家二丫头有一腿的那个！

这巧呢？

那东西丢了，往后省得发坏了。

谁干的，活做得真够漂亮的！

——我干的！

母亲的手里托着那只阳具出现在人们的眼前。

我的闺女不是谁想欺负就欺负的，大家伙都瞅见了，这就是欺负我闺女的后果！有人想报警么？报吧，最好再上个电视，让全世界的人都知道这事是我干的。让全世界的人都知道，坏事没有白干的！去打电话啊，报警啊！没人报？你们怕我出名吧！那好，没人报，我自个报，这个名我出定了！

哈哈……该死了，还出出名……哈哈……

忽然，仰天长笑的母亲不动了，定格成了一尊塑像。嘴巴张到极限，做狂笑状。手里托着那截阳具。

救人，赶紧救人！惊愕之中的人们终于反应过来，快速地做了分工。将母亲往屋子里抬的，打电话叫救护车的，到村口等着给救护车引路的。家里有车的人家，纷纷把车开到母亲的门前……

别等救护车了，早一秒钟是一秒钟！谁喊到。

七手八脚，母亲被抬上了其中的一辆大发车。其他的车，大部分是敞篷的农用车，一辆跟着一辆地尾随在大发车的后边。车

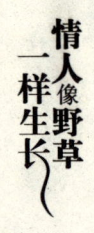

上挤满了村里的男男女女……朝着医院的方向进发。

娘家村里的车来接高丽丽,高丽丽就知道大事不好了。尽管来接的人怕高丽丽急火攻心,连着说了几个没事儿,没事儿。高丽丽说等一下啊,一提小可的两扇小肩膀,小可便在高丽丽的腋下了。夹着小可往婆婆那头儿跑,把小可丢在婆婆脚下,说了句"我妈出事了,您看着点小可!"抹头就跑。

结果比高丽丽想象得还要严重。刚一进病房,一个美丽娇小的护士就拿了一张单子让高丽丽签字。

做手术么?

不是,病危通知书,要家属签一下字。

谁病危了,你才病危了呢?

推开护士,高丽丽扑到母亲的病床前。妈,您咋躺在这儿呢?

身上插满管子的母亲已经处在昏迷状态了,她无法回答高丽丽。

妈,我是小丽!您睁眼瞅瞅我!

回头。问询从病房里一直排满走廊的村里人,我妈咋着了?

噢,我知道了,我妈是在跟我怄气,不想理我,是不?

妈,我错了,往后不惹您生气了,您说啥就是啥,行不行?

求您了,睁眼瞅瞅我,我是小丽呀……

周围的女人们已是呜咽一片。

突然,监视器上的心跳显示,在迅猛攀升。母亲张开了嘴巴,开始急促地呼吸。

小丽,你妈听见你说话了,快问问你妈,她想要干啥?一张又一张淳朴的脸凑过来。

妈，我知道您想要干啥。您想去找妹妹，对不对？

母亲的手指动了一下。

我猜对了吧。您别惦记妹妹了，我今儿来就是想告诉您，妹妹来电话了，她在深圳呢。深圳您知道是啥地方不，那可是全国最富的地方呢。妹妹说，把钱挣够了就回来，她说要开着高级轿车回来。

母亲呼吸的频率减慢了。只是几秒钟，心跳又开始加速。

我还知道，您想回家，不想在这里躺着。家里，有您的麦子，您想去看看您的麦子，是不是？

母亲的手指又动了一下。

一小片金黄的麦晃了几晃，倒下。又一小片金黄的麦晃了几晃，倒下。不断地有麦晃动，不断地有麦倒下。有人在割麦。在母亲的麦田里，割着母亲的麦。麦有些欺负割麦人，倒下得不够麻利。割麦人的意志力显然大过割麦的力气，于是，割麦人用意志力来和麦抗衡，来征服麦。麦尽管有许多的不服气，但还是一截一截地拜倒在割麦人的脚下。阳光升起来了。麦看清了割麦人一双苍老的手。

车带着母亲直接去了母亲的麦田。在地头停下，打开车门，母亲面朝着金黄的麦，偎在高丽丽的身上。

高丽丽轻轻地拍了拍母亲的面颊，妈，有人早就来给您割麦了。您知道他会来的对不对？

太阳从身上撕下两片红霞，一抖，两片红霞变成了一只蝶儿，朝着母亲飞翔。晕染了母亲无色的苍白。

我说对了呢。妈，那个人太老了，快割不动麦了。您看，咱村里人都来了，都给您割麦来了。您呀，就坐在这儿监督，谁割

得不好就骂谁。

高丽丽和母亲说话时,每人手里都捉了一把镰刀的村里人,各自占了一段麦。人太多,所以每人只能占很短的一段麦。

刷刷声霎时连接成了一片……

母亲很快对刷刷声有了感应。握在高丽丽掌心里的手开始有节奏地颤抖,抖着抖着,母亲也化成了刷刷声。母亲将自己孤单的刷刷声加入到集体的刷刷声里,与它们融成一个整体,响成一片。

刷刷、刷刷。

美妙而又动听。虫儿都停了脚步,静心倾听人间最曼妙的乐声。

刷刷、刷刷。

母亲麦田里最后一束麦,由那只苍老的手掠起。他像一名最优秀的指挥家一样,把手里的镰当做指挥棒。一个漂亮的空中动作,震撼生命的最后一个音符,轰然迸发而出。

刷刷——

一切归于静止。

联合收割机的隆隆声由远及近地响了过来。母亲麦田里的人们才真切地意识到,给母亲割的这次麦,或许是他们今生割的最后一次麦了。

32. 谁弄伤了小可

你说,昨晚上的雷咋那么响呢?高丽丽把头靠在大水的后背上,嘶哑着嗓音。

大水按了一下摩托车的喇叭。村里人不是说了么,连老天爷都发了脾气,替小可姥姥的一辈子鸣不平呢。

噢——这样啊。

大水把开车的左手腾出来,摸了高丽丽一把,没事吧?

大水,咱走小路吧,大路上咋这么多的人?他们不在家里好好待着,在路上瞎晃荡啥。

大水刹住车,指着马路边上排列着的收割机说,知道它们为啥在这里歇着不?昨夜里不是下雨了么,雷阵雨呀,机子下不了地,割不了麦。咱为啥走大道,和这些机子一个道理,小路上全是泥,咋走呢?

我就想走小路!你不走,我自己走。高丽丽的腿从摩托车上跨下来。

大水只得推着摩托车跟在高丽丽的后边,下了小路。推着走一段,停下来,用树枝子清理一下车轮上糊住的泥巴,再往前走。

经过几个回合的走走停停后,高丽丽寻了路边一丛旺盛的草,坐上去。大水淌着一身的热汗,问高丽丽,累了吧?

高丽丽不作答。

看着神情恍惚的高丽丽，大水从心里起急。他把车停好，面对着高丽丽，蹲下身子，牵过高丽丽的手。

你这样，我咋办，小可咋办？

高丽丽抬起手，去抚摸大水湿漉漉的面庞。

大水，你会不会也不要我了？

你傻呀，我咋会不要你呢！

那，你抱抱我，好么？

大水在草丛上坐下来，把高丽丽拥到他潮湿的怀抱里。

高丽丽深深地吸了一口大水身上散发出来的潮乎乎的气息，你说话算数？

恩，算数！

还是你对我好，妈不好，妹妹也不好。

是，她们都不好。

你不许说妈不好，她给我下跪，让我和你好好过日子呢。

妈好、妈好，是我不好，是我不好……

……

大水推着摩托车继续行走在泥泞的小路上。车轱辘捡着青草旺盛的边缘走，这样，就不容易被泥糊住了。速度提高了许多。高丽丽趴在车座上睡着了。锁着眉头的小脸侧向一边，一串口水欢实地流淌着。偶尔，高丽丽会发出一两句的梦语，诸如她要去找妹妹，呼喊妈妈之类的话。然后，从梦中惊醒，眼角眉梢，沾着莹莹的珠泪。

大水心疼得直抽筋。高丽丽第一次让他感觉到他存在的重要性，她对他的需要，她对他的依赖。此刻的高丽丽太孤独了，太无助了，像一个小婴儿一样，丧失了保护自己的能力。大水充满了神圣的使命感，他会以山的姿态护住她，为她遮风挡雨。他听到了自己骨骼的断裂声。那是成长的声音。

到家里，天几乎黑透了，大水的体力也像灯油一样耗光了。小可，去接小可吧，到婆婆那院儿。

小可？从来没有和婆婆相处过的小可，这几天是咋过的呢？她受委屈了么？婆婆对她不好了么？

唉，你都把我妈想成豺狼虎豹了。大水叹息了一声。

人和车到了婆婆的门口，隐隐地，门口戳了一截黑影儿。细看，才知是个人。再细看，那人是婆婆。婆婆在朝黑暗的深处张望着什么。看清大水和高丽丽时，婆婆急急地怨着，咋回来这晚呢？下葬晚了？

小可呢？

在屋里呢。

婆婆说话的语气怪怪的。高丽丽忽然有了某种不好的预感，小可没事吧？

……

铁嘴钢牙的婆婆竟然有不发声的时候。说明什么？说明小可出事了，而且出了大事。高丽丽扑向屋子里的小可，踉跄的脚被外间屋子的门槛儿绊了一下，高丽丽的双膝即将跪地时，大水一把抄起了她的小身子。

小可缩在墙角里，面部表情呈现着极度的惊恐状。

小可，你妈来了！婆婆指着高丽丽和小可说话。

啊———一声凄厉的尖叫，小可挥舞起两只小手臂，快速地舞动成旋转的车轮，来抵挡外来的侵扰。同时，小身子极力向墙角的深处缩，仿佛墙角会保护她。

高丽丽一把撕住婆婆的衣襟，你怎么小可了，啊？！

我多冤枉啊，小可是我孙女，你不在家，我还打她两巴掌

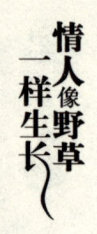

不成?

你还有脸说小可是你孙女?你给我说实话,怎么小可了!

高丽丽的眼珠子迅速地冲了血,红彤彤地瞪视着婆婆。小可是她精神的最后底线,谁伤了小可,谁就得死。

婆婆惊慌了一下,稳住自己——夜里头小可婶子犯病了,走前儿小可正睡觉。我想着先跟着去医院,等把人家娘家妈接来我再回来,就先把小可锁家里了。谁也没想,刚到医院就下雨了,又是雷又是闪的。天亮,刚一把亲家母接来,我就回来了。我一回来,小可就变成这个样子了。

有大孙子馋着,你还知道回来!你记着,小可要是有个三长两短,我肯定不会放过你!

被撕住的婆婆拿了眼神去盯大水,向大水求救。大水将目光移向小可,避开了求救的眼神。

小可,我是爸爸,是爸爸呀。大水柔声唤着小可,无果,甚至引起小可更强烈的反应。身边可抓取之物,统统朝着唤她的声音飞了过来。

高丽丽松了撕住婆婆的手。

——宝宝,我是妈妈,过来,到妈妈这儿来,好么?

——到妈妈这来,妈妈给你唱歌听,唱你最喜欢听的《小燕子》,好不好?

——小燕子,穿花衣,年年春天到这里,这里的春天真美丽……

轻轻的吟唱中,小可逐渐地安静下来。高丽丽边吟唱,边用两膝在炕上向着小可移动,一点一点地接近小可。

捉了小可在怀里,继续吟唱。小可偎在高丽丽的怀里,黑白分明的一对眼珠儿漾着天使的纯真,天使的圣洁。

小可的麻烦才刚刚开始。除了高丽丽，小可拒绝任何人的接近。任何的接近，都会引起她的躁动、紧张和惊恐。比这个还要可怕的是，小可犹如一个聋哑孩子，感觉不到外界的声音。狗的吠声、人的语言都是另一个星球上发出的声音，无法传递到小可的耳朵里。拒绝接收的同时，也拒绝发出，仿佛丧失了语言功能。

去医院吧。

婆婆却抢先了一步，一大早，便带来一个陌生的蓄着胡子的老头儿。婆婆很诚恳地说，说不定是姥姥把孩子的魂儿给带走了，让先生给瞧瞧吧。

在我发脾气之前，带着这个老头儿赶紧从我的视线里消失掉。高丽丽用舌根子按住怒火。

您真是的，净整点子邪的歪的。大水也发出了斥责的声音。

一家医院一家医院地走过，检查的结果均是这个孩子没病。没病的孩子会这样么？面对高丽丽的质问，医生阴沉了脸，你们到别的医院看看吧，我们治不了。

绝望给高丽丽系了一个捉贼的扣儿，越是挣扎，套得越紧。高丽丽感觉到了呼吸的艰难。

停止吧，就这样停止吧。我没劲儿了，没有力量挣扎了。我认输了还不行么？

一条河流穿过收割过的旷野，寂寞地流淌着。

师傅，停车！

你们不是还没到么？

让您停您就停。

司机停下车，瞟过来一个困惑的眼神。按了一个钮，车门自动地张开嘴巴，把高丽丽和小可吐出来。然后合拢嘴巴，走了。

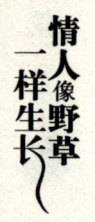

小可，天真热，妈妈带你去游泳，好不好？

高丽丽牵着小可的手，走向流淌的小河。

妈妈抱着你好不好？

其实，高丽丽不需要和小可商量，想做什么，只管做好了。小可不会反抗，不会不同意。

这条河比起十九岁的那条河，更阔，更深。十九岁的畏惧感，经过岁月的漂洗，已经寻觅不到踪影了。

水很快没过了脚踝，没过了小腿，没过了膝盖，没过了大腿，胸腔明显感到了来自水的压力。

在小可天使般的宁静中，寻觅不到丝毫的恐惧。水更加有力量地挤压着胸腔。

忽然，高丽丽怀里的小天使面部表情出现了微妙的变化，由宁静向着陶醉转化，轻微的陶醉又向着深度的陶醉转化；并且，小脸像向日葵那样旋转着，追踪着令她陶醉的源。那个源是她的太阳。

高丽丽迅疾地收住两只脚，追踪着小可的追踪。

悠悠扬扬，婉婉转转的乐声是源，却没有头儿。空无一人的收割过的旷野，哪里是它家？

它只管动听着，飘散着，陶醉着小可。

妈，是您在天显灵了么？您才是最了解小可的。这拯救的音乐，是您派来的么？

妈，是么？

第四章 平平

　　拱进怀里的小尤物，就是一颗火种，迅速地让大水燃烧起来。那样的燃烧，没有任何力量能够阻止。高丽丽不能，他的家不能。这一瞬间，燃烧就是生命的全部。平平知道怎样操纵单纯的大水，知道怎样让大水奋不顾身地把自己燃成灰烬。

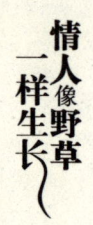

33. 一个叫做Q的已婚女人

小婶子如了婆婆的愿,产下一名男婴。按理说,婆婆该高兴得手舞足蹈才对。可是,因为小可的事情,婆婆只得把巨大的快乐像葫芦一样按在内心的深处。葫芦是不能漂起来的,村里的人都在注视着她的这只葫芦,一旦漂起来,飞溅的唾液会很快淹没它。

婆婆要做出无辜状,做出忏悔状,只有这两副面孔才会让人们的视觉稍稍舒服一点。

奶奶婆也在这个时候站到了真理和正义的一边,看着小可,爱怜地叫一声,太太的宝哇!然后,一口有浓度的唾沫啐到地上,淹死了好几只蚂蚁。

这个狠心的娘儿们!天打雷劈呀!说着,两串老泪蜿蜒而出,从干瘪的眼眶里。

舆论的同情更加凸显出一个事实。那就是,小可的非正常。

高丽丽说,咱们离开吧,离开这里,到一个陌生的地方去。

嗯,听你的。说不定小可的病会慢慢好起来呢。大水说,用跟学校告个别么?

不用了。老师们会理解的,学生们也会理解的。

去看了母亲和父亲。今天是母亲去世的三期,是个烧纸的日子。母亲的坟前有一堆新鲜的灰烬,已经有人赶在高丽丽一家三口之前,给母亲烧过纸了。一定是他,那个割麦人。有他照料着母亲,高丽丽是放心的。只是父亲显得更加孤单了。或许,让母亲来守着父亲，根本是一个错误。母亲还爱着父亲么，她的爱像她的恨一样长么？真的希望在以后的相守中，父亲少一些逃避，多一些担当，让母亲有机会做一个柔情似水的女人。

去看了娘家的房子，把房前屋后的杂草拔了一遍，然后，在门上落了一把大锁。将钥匙交给菊花老女人保管，万一哪天妹妹回来了呢。

出租屋是在一个叫做城中村的地方。离着大水上班的地方三四里的样子。选在这个地方，只有一个原因，这里的房子便宜。城里人很会算计，把一所房子分成几个部分来出租。正房算一个大部分，倒房算一个大部分。正房和倒房又被切割成东屋和西屋。高丽丽一家三口住在倒房的东屋，每个月的房租是一百块钱。

就像房东说的那样，你们住便宜房吧。在这座小城里，还会找到如此便宜的房子么？应该不会了。城中村，是最底层人聚集的地方。卖凉皮的山西人，卖特色小吃的陕西人。他们晚上进入到这里，白天从这里出发，棋子一样分布在小城的各个角落里。高丽丽他们住的出租屋，是城中村里条件最简陋的一个。因为简陋，所以整个房子是闲置的。即使是在城中村，人们对出租屋的要求也在逐渐提高了。租房子之前，要考虑屋里是否会有几件家具，最起码也要有张床的。高丽丽选中它，忽略了它的简陋，看重的是它的闲置。倒房东屋的玻璃还算是齐全的，就是这间了。一张大床，一套灶具，锅碗瓢盆。对，还要有一只电视柜，安放那台从家里带来的电视机。特意给小可买了一台放碟机。小屋子就满当当的了。狭小的缝隙，可供几个人勉强插脚。一通花销下来，两三千快钱就不见了踪影。

大水一个人不算丰厚的薪水支撑一个家，日子虽然清贫、简陋，但是，清贫简陋也是土壤。是土壤，就会给人以期待。有一天，它会长出庄稼，会丰收，会飘出收获的香味。这一天尽管是

遥不可及的，但它给了土壤孕育的梦。

在这个没有伤害的环境里，小可会好起来的。高丽丽坚信。

在土壤孕育收获梦的过程中，一份固执的等待悄悄地植入高丽丽体内。从开始的无知觉，到后来的雄浑强大。

每天晚上，不管有多晚，高丽丽的那个等待都会守候在门口。没有眼睛的守候，听觉非常灵敏，它会准确无误地把大水的脚步从其他人的脚步里分辨出来。大水一分钟不回来，它就一分钟也不会离开。等待是高丽丽的牵挂幻化而成。门口的等待不回归，高丽丽就不能安心，就不能进入到夜晚的睡眠。高丽丽骗自己说，咋又失眠了呢？起来吞了两粒安定片，在床上静静地等着睡眠的造访。睡眠却犹如隔了千山万水，一副几十年才能赶到的样子。然而，只要那熟悉的摩托车声在城中村响起，睡眠冷不丁便在眼前了。

不管高丽丽承认也好，不承认也罢，大水、小可、高丽丽三个人已经成了一杯水乳交融的液体。想要把某一个人从这杯液体里分离出去，几乎是不可能的事情。在平平走后四五年的时间里，她和大水构成了越来越紧密的亲情关系，亲情或许才是世上最牢靠的一种关系吧。

四五年的时间走过，妹妹没有回来。小可除了音乐，依旧感知不到眼前的世界。高丽丽曾想，把小可送到学校，或者会有些改变？她不说话，但她是有听觉的，有视觉的。老师讲的东西，能听能看，一天下来，多多少少该有些收获的。说不准哪天，小可突然开了金口，念一首学过的唐诗呢。于是，去年暑假时，高丽丽在附近一所小学的学前班，给小可报名。交了一笔所谓的借读费后，小可成了学前班的学生。开学的那天，高丽丽带着小可去了学校。陌生的环境、陌生的老师、陌生的孩子们，小可紧张地牵着高丽丽的衣襟，小屁股挺挺的，死活不在老师安排好的座位上坐下去。没辙了，高丽丽哄小可，妈妈去趟厕所就来找小可，小可要不乖，妈妈就生气了，妈妈要是生气了呢，就不要小可了。

小可最怕妈妈说不要她的话。小可也最信妈妈的话，妈妈说去厕所，肯定是去厕所，说一会儿来找小可，那一会儿也肯定会来找小可。于是，小可轻轻地放开妈妈的衣襟，听话地坐在椅子上等妈妈回来。两只小手捏成小拳头，放在膝盖上。每一个细胞都投入到备战状态，随时准备和外来的侵入搏击。

高丽丽透过教室的玻璃，盯视了一会儿小可。见小可一直是安静的，心里渗出浅浅的喜悦。这是个好的开始。老师朝着高丽丽摆了摆手，意思是您放心走吧，孩子没事的。高丽丽就一步三回头地走了。刚一进家门，学校的电话就在屁股后头追了过来。高丽丽以一秒钟都不敢耽误的精神，十万火急地折回了学校。

老师像抱窝的老母鸡一样，将孩子们护在身后，一副如临大敌的姿态。显然，老母鸡和小鸡们共同的敌人是小可，他们的防御工事是专门为小可建的。此刻的小可，又在重复着几年前的那个动作——两只小手臂舞成旋转的轮子，嘴里发出惊恐的长啸；地上散乱着书本、书包。

见了高丽丽，老师急吼吼地嚷，您快把孩子领走吧，这么点儿的孩子就想杀人！

小可？小可，妈妈来了！高丽丽柔着声音唤着。

捕捉到高丽丽声音的小可，小手臂停止了飞舞，飞奔到高丽丽的怀里，环住高丽丽的两条小手臂突突地抖着。

天哪，你们把我的孩子吓坏了，还说我的孩子想杀人，你们讲不讲理！

高丽丽愤怒了。

一个孩子推了她一下，她就拿出刀子来要和人拼命，这个孩

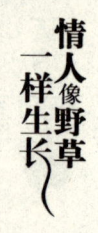

子暴力倾向太严重，您还是回家教育好了再来吧。

老师依旧保持了老母鸡的角色。

高丽丽从小可的掌心里剥出凶器，一只削铅笔的小刀，扔在老母鸡的面前。

这学咱不上了，跟妈妈回家，妈妈天天守着小可。

四五年的时间走过，平平正渐渐成为高丽丽和大水的一个遗忘。和大水有关的第三个女人就出现在这个遗忘的季节里。

高丽丽把这个女人称作Q。她没有见过Q，Q亦没有出现在大水的言词里，也没有出现在大水的神情里。高丽丽从大水的身上闻到了Q的味道，但又不是肌肤相亲后的那种味道。它是带着某种距离的味道。这个距离显然不是女人要的，是大水制造的。正是因为这个距离，高丽丽才保持了沉默。也是由于这个距离，大水才是坦荡的，坦然的。她不揭穿大水，看大水如何走下去。她给大水一个机会，就是给自己，给这个家一个机会。从每个晚上的等待里，从每个晚上大水带回家的味道里，高丽丽仔细地辨认着Q的模样，Q的举动，Q的动机。

哦，Q是一个已婚的女人，是一个对婚姻现状怀着深刻抱怨的女人。男人挣钱不够多，不够体贴，不够浪漫；孩子不够聪明，不够让她省心等等。总之，她的生活不该如此，命运不该如此。枯燥乏味的婚姻干涸了她的心灵，她快要渴死了。暴风雨，快些降临吧。不，哪怕是一场毛毛雨，润一下地皮也好。

大水就是Q的暴风雨，就是Q的毛毛雨。

从邀请已是维修组组长的大水倾听她的抱怨开始。反正就是走完共同的一段路，共同的路走完，他奔他家，她奔她家。大水低估了这段路的作用。他是信任这段路的，也是信任Q的。反过来，他以为Q也是信任他的，因为信任，才会有倾诉，他不忍心破坏了这份信任。他感激Q给予他的信任。于是，他和她在信任的小路上越走越长。

已是晚上十点多了。深秋的风很硬，很凉。

回家吧，不早啦。

家里就是坟墓。

你不冷么？回家吧。

冷。不回。

经大水一提醒，Q真的感觉到了寒冷，抱着双肩，靠在自行车上瑟缩着——你抱抱我就不冷了。

大水脱下外套，披在Q身上。Q拒绝大水的外套——你就那么讨厌我？

不是。太晚了，我不回去，老婆就睡不着觉。

——我问你是不是讨厌我？

不是。我不想伤害老婆。

——那，平平呢？平平算怎么回事？

正在沉下去的记忆犹如一条鱼一样，被人摸出来拎到你的面前。大水错愕，惊讶，继而愤怒，准备拔身而去。

Q冲上前，两只手臂从后面环住大水的腰——别不理我，我不能没有你……

大水回到家，已是夜里十二点了。

他摸黑躺在床上，一点睡意都没有。他知道高丽丽也没有睡着，伸手去摸她的手。他握着她的手，使劲捏了捏，然后是长长的一声叹息。

他等着她来问他，问他为什么这么晚回家，问他为什么叹息。然而，她是那么沉静，什么也不说，什么也不问。只要她问他，他会告诉她全部。

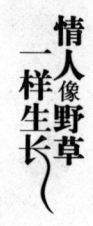

又一声叹息。

有什么需要我帮忙的么？她终于说话了。

他握住她的那只手有点抖。她是理解他的，她知道他遇到了麻烦。

他再一次捏了捏她的手，向她传递一个讯息，让她放心。他会很好地解决他遇到的麻烦的，她的理解给了他莫大的勇气。

一会儿，他睡着了。他的手依旧和她的手握在一起。掌心里的温暖是这个家的温暖。

34. 凌晨两点一个男人打来电话

大水不是一个善于处理麻烦的人。他不够决绝，不够狠心。很耐心地去劝一个准备和自己纠缠的人，说你也有家，我也有家，咱们是没可能的。这等于是在挑逗Q。吃不到的葡萄永远是甜的，永远是充满了诱惑力的。它就悬挂在女人的头顶，说不定再踮一踮脚，再蹿一蹿，就吃到了呢。咬破了皮儿，尝尝汁水的味道，也行。

Q是属于死缠烂打型的。大水错误地以为，他耐心的劝说，早晚有一天会打动Q。Q受了感动，会收了心。然后，他们各自过安稳的日子。大水的耐心，更加让Q有恃无恐，死缠烂打更加的凶猛。

在这场无休止的纠缠中，高丽丽表现出了对大水的高度信任。大水不想负了高丽丽的信任，太想从这场纠缠中拔出脚来。晚上下班，Q又说，陪我走走？

第四章

如果大水说不早了，回家吧，并做出准备绝尘而去的动作。Q自有她的办法。

走吧，我出啥事和你无关。

大水最怕的就是这句话。他是一个永远保持单纯的人，Q的话让他不安，让他无法狠心绝尘而去。他不想Q因为他真的有个三长两短。那样，他的良心会一辈子受到谴责的。他宁愿选择安全系数和难度系数都较大的劝说。

大水说，最后一次了。

Q回，最后一次。

Q说，喝点酒吧，纪念咱们的最后一次。

两辆车停在一个小酒馆的门前。两个人开始喝酒，不说话，话全在酒里。Q喝得很猛，一杯啤酒只需一个仰脖儿。大水夺Q手里的酒瓶子，到主动给Q倒酒，再到和Q一起频频干杯。大水被Q的情绪带领着，走进了伤感的境界。

我不是当地人，你没听出来，是不？和平平一样，我也是河北承德人。哦，对了，你不会连平平是哪里人都不知道吧？我们那里很穷，很多像我一样的女孩子都跑出来打工，然后寻找机会把自己嫁了。我没有平平漂亮，也没有平平聪明，所以，不是我选择男人，而是男人选择我。知道么？是男人选择我。他虽然是个死茬子，可不管咋说，也算是个城里人。有了家，有了孩子，唯独没有爱情。来，干了！你不会认为我谈爱情太奢侈吧？爱情是每个女孩子，每个女人的梦想。说句不好听的话，我觉得他就像一条公狗。需要了，直接奔主题；不需要了，就把你丢在一边。我不过想得到男人的一点温情，我的要求过分么，啊？大水，你表面上看重情重义的，实际上你更残忍。我都这么下贱地求着你，哪怕你能爱我一点点，就一点点！服务员，拿酒！

和黄色的液体一起下肚的是Q一颗颗摔在杯子里的咸泪。

眼泪是女人伤心时的产物,也可以是女人的武器和道具。和平平比较起来,Q的道行还是欠缺了的。所以,此刻,这个醉酒的女人流下的是货真价实的伤心的泪水。它虽然少了几分楚楚动人,却也能揪一下男人的心,软化男人的坚持。

所以,大水无法再决绝地说,回家吧,老婆在等我。

柔软的那个部分决定了他对Q的迁就。在迁就中,任这个女人发泄,任这个女人将呕吐物喷了他一身,任这个女人在酒馆外的小路上,抱着他又哭又喊。

任时间慢慢地滑过,滑到凌晨两点。

被暂时忽略的事物,更加顽强地存在着。高丽丽今晚的等待,如一把铁杵,在时间的磨刀石上,已经被打磨成一根绣花针,成为搁置在她心头上的一个尖锐的痛。

高丽丽开始焦躁,心跳,很狂乱地跳。两只手掌叠加着按上去,无效果。

电话铃声就在这个时候响起了。

是大水打来的?高丽丽仿佛一直在为那个电话做着准备,一只手豁开黑暗,准确无误地抓起话筒。

电话里却是另外一个男人的声音。很陌生。

是大水师傅的家么?

是。

大水师傅回来了么?

没有。

我媳妇打电话说厂里有结婚的,晚上喝喜酒去了,还说是和大水师傅一块儿去的。哦,大水师傅要是也没回来,我就放心了,他们肯定是在一块呢。

您咋会有我家里的电话?

我媳妇本子上记着呢。您歇着吧,打搅了。

第四章

嘟——

将近凌晨两点半，大水回家了，身上带着一股味道有点复杂的酒精气味。

喝酒去了？

高丽丽决定先发制人了。她不再委以信任，假以时间。从陌生男人打进电话之后的半个小时里，高丽丽调整了作战方案。没错，就是作战方案。对男人的信任从来都不是无极限的。大水过于单纯和简单，永远都辨识不了女人们的狡猾，以及女人的计谋，一不小心就会中了她们的圈套。她要亲自出马，和大水身后那个看不见的女人决战，将对手留在大水身上的气味提取出来，识别，分析。高丽丽得出一个结论，对手并不是特别的难对付，往家里打的那个伎俩并不高明的电话，说明女人还是在乎她的家的。几招之内斩下马，是很有可能的。

喝喜酒去了？

高丽丽掌握了主动权。

大水的身子在黑暗里一个轻微的颤抖，酒醒了大半。不知道该说是，还是该说不是。脱衣服的动作给了他很好的掩饰和拖延。掩饰和拖延到一半，大水觉出了不对劲，凭啥呢，自个儿又没做贼，不就是和一个女人喝了酒，回来晚了么？动作便又理直气壮起来。

一个叫Q的同事的男人来电话了，说你们一块和喜酒去了，这么晚没回来，不放心了。

高丽丽乘胜追击，不给大水喘息的机会。

我——

大水刚说了一个"我"字，就被高丽丽抢了话茬子。

你也真是的，人家Q都知道提前给家里打个电话，你也跟人家

学着点！都这么大岁数了，还让人劳神！

　　大水不再解释什么了。他本想说出事实的全部，看眼前的形式，好像没有多大的必要了。高丽丽的话就是一颗糖衣炮弹。外表是甜的，是绵软的，内核却是极具杀伤力的。打出这枚炮弹，是在婉转地给大水一个警告。

　　也就是说，高丽丽其实什么都知道。她没有正面揭露大水，是在给大水一个面子，给大水传递到高丽丽掌心里的那个信任一个延长期。

　　大水很是感激高丽丽。他顺着高丽丽给他的杆子往上爬，对，喝喜酒去了，回来晚了。下次不会了，真的不会了，不会再让老婆大人着急了。然后，倒在枕头上，鼾声起。

　　高丽丽抬起脚，朝着大水的屁股蹬了过去。大水蠕动了一下。

　　一个适合的时间，高丽丽往Q的家里拨了一个电话。

　　你是谁？

　　我是大水的老婆。

　　哦，我在忙着，有事回头再说吧。

　　Q想挂了电话。这个女人害怕了，高丽丽嘴角的微笑更深了，好一个有色心没色胆的无耻女人。

　　你确定要挂一个想要感谢你的人的电话？

　　感谢我？

　　对呀，感谢你。我们家大水回家总是提起你，说你是个好心人，平时没少帮我们家大水的忙。我这个做老婆的，还不该谢谢你么？哪天你们一家三口过来吃个饭吧？要是嫌我们家地儿窄，咱就下馆子去。

　　应该的，其实我也没做啥，一客气就远了。

　　我们在这儿也没个亲戚，往后咱们两家就是近人，少不了常来常往的。

嗯，可不是么。

……

高丽丽只用了两招，就将Q斩下马来。Q主动放弃了对大水的纠缠，还了大水一个轻轻松松。这样的女人太小菜一碟了，高丽丽很是有点意犹未尽的样子。和这样的女人过招，真是没意思，显不出自己的高明来。权当是练练手吧。高丽丽没有想到，她竟然一语成谶，Q并没有把高丽丽完全地变成高厉厉，只是起了一个过渡的作用。

没过多长时间，大水回家说Q和厂里的谁谁好上了。

你是不是挺失落的？高丽丽把充好了电的MP3递给小可。

瞎说啥呢，你。

我明明在睁着眼说呀。

高丽丽拿了挑衅的眼神直逼大水。

35. 第二次搬家

倒房的西屋新搬来一个做凉皮的侉女人。侉女人三十多岁，脸上和身上的姿色还有几分没有褪尽。头一眼，高丽丽看着侉女人就不舒服。女人长了一对蚂蟥样的眼珠子，看人时往人的肉里盯。尤其看男人的时候。

凉皮车明明可以自己推进过道里，见了大水下班回来，就一副无辜的模样，大兄弟，帮着推一把？

大水放好车，果真去帮侉女人。这时，高丽丽牵着小可从东屋出来，大水，做饭没盐了，开车去趟商店。这个车，我帮大姐推。

179

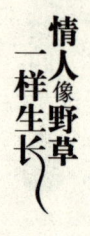

大水听话地将两只手缩了回去。开车去买盐了。

侉女人饱满度欠缺的小屁股颤颤着,手腕上一用力,凉皮车就顺毛驴般进了过道。一回头,侉女人冲高丽丽吐了一下舌头,做了一个鬼脸。

高丽丽回报了一个鄙夷的目光。

很快,有形形色色的男人奔了侉女人而来。原来,侉女人卖凉皮是假,卖屁股才是真。一坨屁股重复地使用,大钱小钱滚滚而来,可谓一本万利。观察那些来找侉女人的男人,倒也没几个有大钱的,多是中老年男性,里边甚至夹杂着蹬三轮车的车夫。人究竟图的什么呢?苦呵呵累了一天,举着可怜见的辛苦钱,就为了片刻的欢愉?

如果一天能带回来两三个中老年男人,侉女人一天的收获就会丰厚一些,黄溜溜的小尖脸上也有了八九成的喜色。连着两天没人光顾,侉女人就躁的不行。实在没生意可做,就在城中村里溜达,拿了一对蚂蟥眼做诱饵,去钓馋嘴巴的鱼儿。知道内情的女人便呸呸地朝她啐唾沫,那个地方又痒痒了,我这儿有一个铁挠子,拿回去解痒痒!镚子儿不要,白送!

高丽丽吓得白天都要把门反锁上,唯恐男人走错了屋子,把脏腿迈到东屋来。

大水说,哪天打110,把她抓起来!

高丽丽说,弄不好再惹一身的麻烦,要不,我们换个地方住吧。

大水说,这回咱们要换,就换一个条件好一点的。

高丽丽拿话儿磕打大水,楼房条件好,冬天不用自己生炉子。

咱哪儿租得起楼房,我一个月还不到二千,租金一个月往少说也得四五百吧?你当初要是找一个有钱的,现在早住上别墅了。

第四章

大水嘴上和高丽丽开起了玩笑。看着眼前这间三个人同时在屋里转身都困难的小屋子，心里酸涩得不行。这回搬家，一定要让老婆孩子住得好一点。先不说，到时候给她们一个惊喜。他愿意说成给"她们"一个惊喜。他多么希望他的努力，会让小可也有一个惊喜的反应。

家说搬还就真的要搬了。高丽丽越是追问新家在哪，大水越是笑而不答。说提前收拾东西吧，明儿就知道是哪儿了，今儿要是告诉你了，怕你睡不着觉。高丽丽说，穷家破业的，也没啥可收拾的，东西和人全在这儿摆着呢，车一拉就走了。

唉——高丽丽叹息了一声。

舍不得走了？

一股莫名的感伤甲虫般慢慢爬上高丽丽的心头。一眨眼，竟是几个年头流逝了。这间不足二十平方米的小屋子，承载了她的孤独，她的希望，她的坚持，她的等待。希望和坚持就像一对双胞胎姐妹，手拉着手，挡在通向绝望的那条路上。她们微笑着告诉她，小可会好起来的，妹妹会有消息的，苦难很快就会过去的。这间落寞的小屋子和她一起经历了这些，她的痛成为它的痛，她的坚持也成为它的坚持。她就要离开了，留下的是一段她和它共同的记忆。

有潮润的液体濡湿了睫毛。

真舍不得走了？那你留下，我和小可搬走。

正说着话儿，门砰的一声地被外力撞开了。靠在门边的小可的小尿盆，突然地弹起来，玩了一把飞翔的体验。

一个只穿了三点式内裤，晃着两只奶子的女人从门口跌进来，救命噢，大兄弟！

是西屋的侉女人。

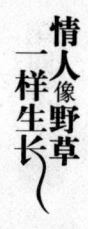

另一个也近乎赤身裸体的人紧跟着侉女人撞进来。一个胡子拉碴的男人，手里举着那把侉女人切凉皮的刀。

大水本能地朝着胡子拉碴的男人扑过去，夺下他手里的刀。高丽丽骇得穿着鞋子就上了床，拉过一床被子，将自己和小可捂在里边。

这个死婊子，敢偷我的钱，那是我给老婆子买药的救命钱，把刀给我，非宰了她不行！

听响动，胡子男人在和大水夺刀。

把刀给你可以，你们俩到外边，谁把谁宰了，和我无关，弄脏了我的屋子，我可不干！

大兄弟，你可得救我噢，我真没偷他的钱，做婊子也有做婊子的规矩。再说了，谁他妈的愿意干这个噢，要不是自个儿爷们儿得了尿毒症，一个礼拜得做两次透析才能保住命，我何至于让这帮猪狗不如的臭男人欺负哇！

侉女人哭了。哭了半截，侉女人一梗脖子，大兄弟，把刀给我，我们俩到外边去，你说得对，别弄脏了你的屋子。今儿，我就让他砍死我。砍死了，一了百了，省得活着受罪。丁点儿盼头都没有的日子，我也过够了。

胡子拉碴的男人见侉女人一副不要命的模样，强悍的势头如同耗尽了蜡油的烛火，自动地萎缩了，弱了。到西屋穿好衣服，嘴里嘟囔着，那钱，就当给你爷们儿透析了，算我倒霉。到底还是有人报了警。第二天，高丽丽和大水搬家时，来了一辆警车，带走了西屋的侉女人。侉女人仿佛早就有所准备的样子，从门后拎出一只包袱，默默地跟着警察出了屋子。

侉女人上车时，回头看了一眼小可，对高丽丽说，这孩子会好起来的。

第四章

那是一处五层的偏单。高丽丽仰起头，朝着大水的手指方向望过去。楼真高呢，高丽丽的视线在三楼的防盗窗上停了一下，补充了一下能量，才摇晃着爬上五楼的那扇窗。

像火柴盒，又像鸽子笼。高丽丽在记忆里翻检出形容楼房的两个比喻。她觉得这两个比喻的原创作者了不起的原因在于，他们的作品一经问世，被千千万万的人复制和转载了，形容得实在太恰当了。第一眼，高丽丽就喜欢上了它。装在火柴盒或者鸽子笼里的人，是封闭的，是独立的，是不被外界侵扰的。

今儿个你只负责享受。大水竟然说出了一句很诗意的话。然后，一挥手，他手下的几个徒弟嗷嗷叫着开始往楼上搬东西。破家值万贯，高丽丽很是惊讶，几年的时间，他们竟有了这么多零零碎碎的东西。平时不显山不露水，一旦移动起来，它们便引人注意了。即使是几个棒小伙子，手负重物跑上五楼，再跑下来，循环往复，对体力也绝对是一个挑战。高丽丽忙着拿矿泉水，一瓶一瓶地递给热汗淋漓的小伙子们。

等所有的东西都搬完了，高丽丽牵着小可往楼上走。屋子一定是满当当的了，他们的零零碎碎先进入了它。屋子里弥散着他们零零碎碎的味道。他们零零碎碎的味道，就是他们家的味道。她执意最后填充进去，为的是给家的味道多一些时间，让家的味道更从容地渗透进一个陌生的环境里。

一个台阶又一个台阶被踩在脚下，慢慢地接近她的新家，大水的新家，小可的新家，他们三个人的新家。

高丽丽忽然觉得维持这样一个家，除了看护好小可之外，她还应该承担一些什么。因为这样一个家的背后，是经济的支撑。虽然在这个日新月异的小城中，它是非常陈旧的，但是和城中村的出租屋比较起来，已经是天上地下了。不行，也做手工活吧。

刚才高丽丽在另一个楼道口,看到两个中年妇女做着粘花的手工活。这个活在家里就可以做了,她倒是蛮适合的。或者一个月会有四五百块钱的收入?那样,每个月的房租就有了着落了。在日子上再精打细算一些,大水挣的钱就会多存下一些。钱噢,是个好东西。小可治病需要钱,等小可好了,出去找妹妹也需要钱。

家是崭新的,多么希望崭新的家孕育出来的是崭新的希望。

为了他们崭新的希望,自己甘心变成另外一个高丽丽。那个清纯的带着几分叛逆的高丽丽,那个在圣洁的白布条上写诗歌的高丽丽,被岁月的尘垢封存了。她已经完全相信了环境可以把一个人更改得面目全非。她也彻底地理解了母亲。唯一不变的是阅读的习惯。这个习惯像她血管里的血液一般,抽取它,她的生命会彻底枯竭。所以,她特意让大水给她买了一只小床头柜。床头柜上,随时都有一本她喜爱的书。安顿好了小可,靠在床上,读几页。在阅读中休息,在阅读中遗忘,在阅读中等待。

哦,怎么像走了一个世纪?终于站在新家的门前了。抹了一把鼻尖儿沁出来的细密的汗珠儿,稳了稳游荡的思绪,打开它。

果然,闻到了一股熟悉的家的味道。

他们一家三口很早就住在这里了,对不对?刚才,她只是带着小可出去遛弯了。是的,就是这样。

和往日不同的是,今天家里稍稍乱了一些,衣服和杂物等着高丽丽这个家庭主妇去收拾。怎么会这么大意呢?小床头柜上居然少了一本心爱的书。高丽丽奔过去,从打包的纸箱里抽出一本书,打开来,扣着放在小床头柜上。嗯,没错,就是刚好看到那一页。

小可,快看哪,这里是咱们家的厨房。以后你睡觉,再也不用担心被油烟子呛到了。

第四章

这是什么？是传说中的阳台吧。来，过来。天哪，朝下望一眼，腿都发软呢。

贴着阳台玻璃，高丽丽看见大水和搬东西的小伙子们或是站着，或是蹲着，在喝矿泉水，抽烟，聊天。喝着，抽着，聊着，偶尔抬头朝着高丽丽这里望一眼。看样子，他们在谈论房子的问题。

一个小小的阳台，将楼下的风景尽收眼底。瞭望台？高丽丽忽然想起了这个词。站在这里，她老远就可以看见大水回家的身影。

事实证明，这方小小的阳台，很快发挥了瞭望台的作用。或许，它该叫做望夫台。

捏了几碗饺子，厨房里烧着水。把水烧到九成开时，灭了火。水的温度降得低一些了，再打着火，小火煨着。煨到水将沸腾时，复又关火。站在阳台上追寻大水归家的踪影。大水出现在高丽丽押得发直的视线里时，高丽丽便急急地打着了火，将火开到最大。一锅水很快翻滚起来。模样不是特别漂亮的饺子噼里啪啦地下到翻滚的水里。

闻听锁孔转动的声音，高丽丽从厨房喊一句，放桌子吧，饺子就好了！

36. 大水出差了

高丽丽真的做起粘花的手工活来。眼花缭乱的布质小花片，经过黏合，成为一朵，成为一枝，最后成为一束。程序不太繁杂，但过程是枯燥的。眼酸脖子疼地粘了一天，高丽丽一算计，连两块钱都合不上。高丽丽以为自己会很懊丧，可是高丽丽没有。她鼓励着自己，刚开始干，手儿生呢，干熟了就好了。今天挣两块，明天挣三块，后天就能挣四块了。凡事总有一个熟能生巧的过程不是？高丽丽相信，过不了多久，一个月就能粘出房租钱来。对她和她的这个家来说，每个月多出来的房租钱，等于是发了一小笔意外之财。粘花是枯燥的，不粘花的日子更枯燥。有一种说法叫以毒攻毒，两件性质不同的枯燥相守，也会厮磨出些许的乐趣来。而且，还算是一举三得呢。挣钱，乐趣是两得；小可一直都在视线之内，乃三得。

怀揣着这份乐趣，给小可讲那些烂熟于心的格林童话、安徒生童话。

尽管小可对她的讲述无动于衷，但是高丽丽坚信，小可一定能听得到的。小可不过是把妈妈的精彩讲述用她独特的方式存储了起来。

高丽丽的粘花事业还没发展到预期目标时，大水提出要出一趟差。

在正式提出来前几天，高丽丽已经察觉了大水的满腹心事。一副欲说还休的模样，自然不会被高丽丽的眼睛忽略掉。高丽丽不说，不问，不捅破，是想让大水自己来说。打个比方，高丽丽如同一名靠医术精湛而闻名的老中医，根本不用搭脉，甚至连眼皮都不用抬一下，病人一进来，从病人的气息中就能判断出病人的病灶。当然，高丽丽的病人只有大水一个人。她诊断出大水的欲说还休的期限不会太长的。高丽丽所做的，就是静静的等待。

不就是出差么？咋整得跟出征似的呢？

我不是担心你和小可么！

大水对高丽丽的解释是，他们厂里新引进了设备，新设备的维修连他这个维修组长都是陌生的。厂里准备安排他出去学几天。就几天。假如高丽丽不同意，他就跟厂里说，让厂里另外派人。

说完了，大水一脸期待地看着高丽丽。他的期待里包含着志在必行，包含着热切，还包含着隐隐的忧伤。

我咋觉得你不像是去学习呢。

像啥？

像是去赴约会。

你说对了，就是去约会。不放心了吧！

想和谁约会是你的自由，姑奶奶不拦着。

大水叹息了一声，小气样儿，你不乐意，我去了也没劲。

去吧，我是拦着你发展的人么？啥时走？

后天。

高丽丽忽然觉得心里一点着落都没有，忽然觉得身边的这个位置空荡荡的。大水像一只长了翅膀的鸟儿，飞走了，就不再回来了。高丽丽的手摸向大水的腋下，看看那对翅膀是否已经打开，是否做好了飞翔的准备。

还好，翅膀是合拢的。

不让大水变成鸟！要让他成为一只风筝，一只她手里放着的风筝。飞到哪里，都会有一根线在她的手里牵引着。不管大水飞多高，飞多远，只要她一收手里的线，大水就会乖乖地回来。

风筝、引线、手机？嗯，就是这样。给大水买一部手机。大水拿着她买的手机，只要她一发出指令，会随时听到大水的声音，会随时知道大水的情况，会随时知道大水是安全的。它就是风筝的引线。

出发前的晚上。大水热烈地拥抱高丽丽，热烈地亲吻，热烈地进入。和热烈一起进入到高丽丽体内的，还有隐晦的歉疚与

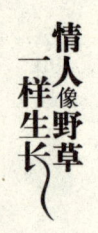

不安，高丽丽感觉到了它。剥开热烈的外衣，歉疚与不安才是核心。它们会发芽，会生长。至于长成什么样子，高丽丽不知道。或许，那个歉疚根本就是不存在的，是自己的想象罢了。

大水走后的每一天，高丽丽都要打几遍大水的手机。她想证实他是平安的，更想证实进入到她身体里的歉疚不过是她的一个幻觉。可手机却是关机。除了刚到学习的地方时，来过一通电话，之后便一而再再而三地关着机。是什么让大水义无反顾地关着机？他发生了意外，被人害了，被人绑架了，还是……哪一种猜测都足以让高丽丽惊骇，窒息。手机号码的每一个数字都是引爆炸弹的密码单位。她几乎听见了炸弹引信燃烧时发出的欢乐的噼啪声，她还听见了自己的肉身和灵魂做好了碎裂准备的号令声。

好几次，高丽丽都走到了大水的厂门口。她想进去问问大水去学习的具体地址，想带着小可去找大水。高丽丽终于没有去问。她怕厂里的人嘲笑她，不就是关机么，干吗这么大惊小怪的！是啊，不就是关机么，有啥可大惊小怪的呢？也许手机的电用完了呢。再说了，人家刚到时，不是报过一路平安的么。

关机了，等于她手里的风筝断线了。风筝断了线，就没有了方向，没有了目标。它还会顺着原路飞回来么？

假如断了线的风筝飘走了，她和小可该怎么办？这是一个高丽丽不愿意面对的问题。因为她惊恐地意识到，没有了大水，她和小可根本没办法生存下去。小可让她失去了工作的可能性，失去了最基本的物质保障。粘花，就算是她长了仙女的巧手，也粘不出她和小可的生活来源，更别说给小可治病，找妹妹。

高丽丽陷在这个问题带来的惊恐里，顾不上粘花，顾不上给小可讲故事。她守在电话机旁，一遍一遍地拨打大水的手机，执意要把断了线的风筝寻回来。

第四章

三天后，大水回来了。一踏进家门，大水就把自己面团一样拽在椅子里。看上去，他疲惫极了，仿佛从远古时代赶来，身上落满多少个世纪的征尘。不看小可一眼，不看高丽丽一眼。

妈的，累死了。

高丽丽说了他的手机。

不是想省点话费么。

一句谎话，一个不会说谎的人说了谎话。那句谎话就像秃子头上的虱子，任谁都看得见，任谁都看得清楚。

技术学来了？

差不多。然后，大水又不说话了。

没有学习的细节。这不是大水的风格。他的坦诚让高丽丽掌握他的生活细节成了习惯。没有细节，说明大水对学习的细节是生疏的。他又编造不出来，所以回避。

第二天，大水去上班了，小可的午觉一直睡到了黄昏。高丽丽把耳机从女儿的耳朵里摘下来，听了听，已经没有了一点声音。MP3早没电了。女儿的耳朵是离不开它的。高丽丽想给女儿的MP3充上电，这时，却听见一串铃声响起来——我爱你，爱着你，就像老鼠爱大米……原来是大水的手机留在家里充着电。高丽丽低头看了看手机的屏幕，来电前边的区号是010。010？从没听说过大水有北京的朋友，那个人会是谁？他还是她，出现在大水出差之后，也就是说，那个人是和大水不在家的三天有着紧密的联系的。高丽丽按了按胸口，给自己鼓了鼓劲。她不会贸然地去接那个电话，它的未知性太大，她要给自己一个迂回的余地。

她决定打开大水的包。那个黑色的人造革手包还是高丽丽买给大水的，她从未打开过。大水是一个藏不住秘密的人，所以他成了一个没有秘密的人，打开他的包也便失去了任何意义。当然，不打开大水的包，还因为尊重。也许，包里真的会有一把钥匙，能开启几天来的所有疑惑。高丽丽的手和心一样在颤抖，她太不希望那个疑惑不是她的一个假想。

一只印着红字的白色塑料袋，袋里是一只剃须刀。表面看没有什么异常。拎起塑料袋，看袋上的红字：北京某某街某某超市。很明白了，大水去了北京，而不是他说的另外一个城市；并且在北京的某某街某某超市，买了这把剃须刀。一定有一个特别重要的理由让大水撒谎，那个理由呢？黑色人造革手包的每一个拉链被拉开，每一个夹层被翻检，直到一张合影照片被翻了出来。一个长发女子亲密地依偎着她的丈夫大水。她知道女子是谁了。平平。她没有见过平平，但她的感觉不会错，只有平平的力量才可以和她的这个家抗衡。

睡醒了的女儿发现她的MP3不见了，左右找寻后，又把耳机塞进耳朵里。没有了声音，她知道是没电了，便把机子拿给高丽丽，让高丽丽给她充电。女儿怎知道此刻的高丽丽已是最不可触摸的，可怜手里的小机器被高丽丽一把摔在地上，还不清楚究竟发生了什么。那是她永远都无法弄清楚的，这个世界好复杂，好在，它离她很远很远。这也是高丽丽愤怒的。

高丽丽摔了女儿的宝贝机器，依旧不解气，指着女儿一脸的委屈，一脸的茫然，喷发出一长串最恶毒的谩骂。

——你这个废物，你真的以为可以成为舟舟那样的人么？你照照镜子看看你自己的模样，最次的幼儿园都不要你。谁会要一个连一句话都不说的孩子，啊？

——要不是你，我何至于连个工作都没有！要不是你，我何至于让人这么欺负！

第四章

——要不是你，我何至于活得一丁点儿的指望都没有……
……

哈哈……

高丽丽发出凄厉的狞笑声。

高丽丽伸手拦住一辆出租车。

司机摇下窗子，大姐，您去哪儿？

我想让你抱抱我，我想和你睡觉。

神经病！

车开走了。我有钱，我付你钱！高丽丽对着车屁股喊。

夜色里怀着各自的目的在街上行走的人，朝高丽丽投来异样的目光。在他们看来，她是一个精神不太正常的人。精神病。家人没有看牢，自己跑到街上来的精神病患者。

所以，没人会完成高丽丽的心愿，抱抱她，给她以温暖。和精神不正常的人上床是犯法的，没有人愿意付出这个代价。

一个别着一条腿的智障人在街上走着。这个看不出实际年龄的男人，脖子上吊着一个塑料膜压好的小牌牌。高丽丽曾经见过他几次。

你，站住。高丽丽迎着男人走了过去，并命令他。

他听话地站住了，残腿晃了几晃。

掂起他脖子上的小牌牌，借着路灯的光，高丽丽看清了，牌上写着他的名字，及某某老人院的字样。他至多三十岁，或是四十岁，远远不到老人的年龄，可他竟是在老人院的。他不光是残疾的，是智障的，更是一个无家可归的人。他在行走，他是回老人院么？

你回家么？

嗯，我回家。

你回家，家里有妈妈么？

没有。妈妈死了。

那，你想妈妈么？

想。

男人的眼里忽然就噙满了泪水。那是想念亲人的泪水，是思念妈妈的泪水。

你哭了么？乖，不哭啊，妈妈在天堂上看着你，你一哭，妈妈就不高兴了。

高丽丽轻轻地拍了拍男人肮脏的面颊，泪水成串成串地滚落下来。热辣辣的泪烫着她冰冷的知觉。

37. 我想做个坏女人

大水没有想到平平会再次出现在他的生活里。几年的时间，他也以为平平成了他的一个遗忘。平平给他带来的快乐，给他带来的痛正渐渐地走远了，模糊了，遥不可及了。忽然有一天，他得到了平平的消息。一个电话，一个打到厂里的电话。

是我。之后便是轻轻的啜泣声。

平平的形象立刻就清晰起来。哀怨的眼神，楚楚动人的哭泣，像刀片一样锋利，大水的心被割得嘶嘶地疼。

来看看我，好么？说不定是最后一面了。

过些天，我就要嫁人了……

越来越紧凑的啜泣声。

这是一个让大水无法回绝的请求。可是，该怎样和高丽丽解释呢。大水不想伤害高丽丽，不想伤害他们这个历经磨难的小家。撒谎吧，只有撒谎。

到了北京，大水才知道，平平所说的是一个谎言。

我不这样说，你会来么？只一声含泪的嗔怨，大水便无话了。

拱进怀里的小尤物，就是一颗火种，迅速地让大水燃烧起来。那样的燃烧，没有任何力量能够阻止。高丽丽不能，他的家不能。这一瞬间，燃烧就是生命的全部。

平平知道怎样操纵单纯的大水，知道怎样让大水奋不顾身地把自己燃成灰烬。她是一颗火种，更是一个拨火者。

大水忘我和真诚地燃烧，唤醒了她深度的麻木。多么难得的唤醒啊。

激情的燃烧掏空了大水。他倦了，昏昏欲睡了，恍惚之中，感觉平平跑到了狭仄的晾台上坐下去，两条腿垂到晾台下边。

危险！大水一激灵，吓了一跳，昏昏欲睡逃得远远的。

不是梦境，是真的。

除非你答应我一个条件，不答应，我就跳下去。平平甩了甩一头长发。借着一缕寡淡的风，长发飘逸地荡起来。

我应，你上来说！

不，就在这里说。我不破坏你的家，但是，你得保证一年来看我几次。我有时间，也会去看你。你保证么？你可以做不到，如果你想我死的话。

好，我答应你、答应你。

平平张开两条臂膀，做了一个飞翔的姿势，朝着大水撒娇，抱抱——

关于平平在这个陌生大都市的故事，她的生活历程，打拼的历程，大水一无所知。平平似水的柔情玉带般缠住大水，左一步是柔情，右一步是浪漫。在平平的精心设计里，大水无暇顾及其他。她不给大水喘息的机会，只轻轻地一带，她就帮大水跳过了各种疑问的小洼坑。

三天的期限一到，大水必须打道回府了。

真个是相见时难别亦难。分别时，平平抱着大水几乎哭断了气。一咬牙，一跺脚，大水掰开平平箍在他身上的藤条般的手臂，上了长途车。

两泡男儿的泪水，在转过身的刹那，倾洒在北京坚硬的土地上。

和家的距离在一点一点地缩短。家，永远走不到尽头该有多好啊，永远在途中多好啊，那样他就不会去面对高丽丽和小可。他不知道该怎样去面对她们，她们是他最大的痛。

一个整天过去了。从表面上看，一切都是正常的。

把车推进小储藏室里，往楼上走。一些剩余的没有完全散尽的饭菜的香味，从各家的门缝里钻出来。大水辨别着，这个味道是炒蒜薹，那个味道是炒辣椒；这么蹿的味道，一定是韭菜。今天，大水没有心情，被冷落了的饭菜的余香，只好失望地魂飞魄散了。

冷落了其他，是因为过于关注自家那扇门飘散出来的味道。它不过是很寻常的一个生活细节，但在此刻，它对于大水的意义却是非凡的，是重大的。它超出了饭菜香味的本身含义，它传递的是一个信号。然而，此刻，大水没有接收到这个信号。大水在门前停留了几秒钟，几秒钟里，他快速地把回家来的言行捋了一遍，看看究竟是哪里出现了破绽。没有。肯定没有之后，掏钥匙捅开门。

把桌子支上，饭好了！这句吆喝也没有随着门的打开响起来。

第四章

锅碗瓢盆安静地蹲在各自的位置上，屋子里的空气都是安静的。

高丽丽呢？小可呢？

在床上，大水发现了小可。高丽丽的枕头被小可紧紧地拥在怀里，一张小脸几乎都埋了进去。

小可，是爸爸，妈妈呢？

小可的脸依旧埋在枕头里，不出来。

大水去拉小可怀里的枕头，惊恐和不安撞了一下大水。小可拼命地夺回枕头，把裸露着的惊恐和不安复又掩埋起来，仿佛那只枕头是妈妈的怀抱。

到底发生了什么？大水的头轰轰隆隆地鸣响着，恰似装了一辆迷失方向的大马力拖拉机，不知道该开往哪个方向。

开门的声音和关门的声音。

两次声音响过，高丽丽出现了，手里拎着几只塑料袋。

你丢下小可，一个人去哪儿了？

随便去街上转了转，买了点熟食。出去学习了好几天，挺累的，给你补补身子。

高丽丽脸上挂着浅浅的笑，然后从一只塑料袋里掏出一张歌盘。

小可，快看，妈妈给你买啥好东西了？

小可无动于衷。她在用无动于衷向高丽丽发出抗议。

高丽丽将手里的塑料袋递给大水，把小可拥入怀中，喃喃着，是妈妈不好，原谅妈妈……

吃饭时，高丽丽劝大水喝点酒，自己也喝了点，喝了酒的高丽丽面色很快红润了。她闪着一双天生的魅眼，问大水：

我是不是老了？

瞎说啥！

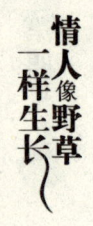

那,你说实话,我漂亮么?

漂亮,我媳妇永远都漂亮。

不是拍马屁吧?高丽丽说着,离开了饭桌,取了一面镜子来,凝神地看着镜子里的自己。

徐娘半老,风韵犹存,明白是啥意思么?

不明白。

我还没老,应该是风韵尚存。高丽丽对着镜子,咯咯地笑出了声。

今天的高丽丽早已不是过去的高丽丽,除了把屈辱活生生地吞下肚子,没有其他的办法。掌握她婚姻方向的母亲不在了,没想到,命运接替了母亲。吞下屈辱的同时,高丽丽决定掀起一场波澜壮阔的保卫婚姻的战争。这是她和平平两个女人之间的战争。作为战争的发起人,高丽丽只能胜,不能败。

但是。是的,但是,在战争发起之前,她要先做一件事情。

是那个晚上自己的无意识行为提醒了自己,她这枝风韵尚存的红杏要出一次墙。只有这样,高丽丽才不至于憋屈死;只有这种决绝的方式,才能够平衡自己。否则,她会杀了大水,杀了平平,杀了小可,最后杀了自己。

随便哪个男人都可以。只要他说爱她,要她,她立刻会顺从了他。

高丽丽仔细地搜索着她记忆里的"随便的哪个男人"。结果,她悲哀地发现,这么多年来,她几乎过着和外界没有任何瓜葛的日子,生活里除了大水和小可,没有一个"随便的哪个男人"在她的生活中留下印痕。

没有。

总不能再像那个晚上一样,在大街上吆喝着出售自己吧。那个晚上呵。高丽丽对那个晚上的自己充满着怜悯，充满着宽容。她想，原来，一个人真的可以被生活逼疯的。

没有谁可以挽救一个快要被生活逼疯的人，只有你自己。

只有你自己！

在笔记本上，高丽丽反反复复地临摹着这几个字。这几个字变得分外的醒目，分外的坚强，它们给了高丽丽无限的勇气和力量。

合上笔记本。忽然，一张小纸条露出了尾巴。高丽丽把它抻出来，想重新夹好。

是一个手机号码。谁的呢？

远景渐渐地拉近——

衰弱无助地行走，喊高丽丽的声音，半旧的大发车，车站。

记着，这个号码永远都不会变，它随时都在等待你拨通它。

男生A。

在这个时候，男生A出现了，预示着什么？是谁做了如此的安排？又是命运么？

38. 你不是我的初恋情人

高丽丽用上牙紧紧地扣住下牙，心抽搐了一下。她将半片安眠药融在小可的奶里，看着杯子里的奶被小可喝得一滴不剩。

小可开始午睡了。这个午睡注定比往日的要长，要深。这段时间足以让高丽丽放心地离开。

临出门，高丽丽照了照镜子。镜子里是一张化了淡妆的脸，几分妩媚半掩着几分憔悴。

一辆崭新的黑色别克滑到高丽丽的身边。

车门打开。男生A意味深长地看着高丽丽。

我以为这辈子不会等到你的电话了。

高丽丽一弯腰,坐到了副驾驶座上。打了一个开车的手势。

去哪儿?

高丽丽歪过头来,认真地也是放肆地打量着身体有些发胖的男生A。

你的酒窝儿呢?

在。男生A扭过脸来,让高丽丽看他的左腮。

你的白袜子呢?

也在。男生A腾出一只手提了提裤腿儿。

酒窝儿依旧,白袜子依旧。

那颗清纯的心还依旧么?

男生A的电话响了。接听。货物、钱款等等生意上的词汇频繁地出现。男生A一脸夸张的笑。他的笑如此熟悉,像一个人。高丽丽想起来,像菊花老女人。

妈的,这帮鸟人!关了手机,男生A脸上夸张的笑潮水般褪去了。

你刚说啥来着?他问高丽丽。

带我去外边转转吧。高丽丽绕开了男生A的话。

只要你一句话,上天入地,哪儿都行。

高丽丽皱了一下眉头。他这样一副油滑的样子,她不喜欢。看来,岁月把人改变了不少。

去看看咱们的学校好么?

其实,高丽丽想看的是学校外边的那片小树林。不知道,它还在不在?她最美好的回忆发生在那里,她最疼痛的回忆也发生在那里。今天，她特别想看看它，和她初恋的情人一起去看看它。

车子朝着城外驶去。

男生A用一只手驾着方向盘，另一只手过来捉高丽丽的手。高丽丽那只依然纤细的手，听话地候在膝盖上，仿佛一直在等待当中。

十根手指绞在一起，两个人都陷入沉默。车内的气氛霎时紧张起来，让高丽丽有些无所适从。好像有什么事情要发生了，她的心狂乱地跳着，她必须扭转眼前的局面。

她好么？

嗯，挺好的。不上班，在家里带带孩子，做做饭。现在孩子一上幼儿园，更轻省了。吃饱了，在家里蹲膘，比原来胖了一圈了。哪像你，还那么苗条。

你们两人咋到一起了呢？

她说我捡了个大便宜，要我说，女人都是阴谋家。

男生A嘿嘿地笑了。

你爱她么？

啥爱不爱的，一块搭帮过日子呗。我没啥可说的，你呢，过得好么？

我过得好么？高丽丽重复了一遍男生A的问题。

有需要帮忙的地方，吱个声。他的手加了力，使劲地捏了捏掌心的小手。

有一股财大气粗的味道。又是高丽丽不喜欢的，她的自尊心有一点点的损伤。

我，挺好的。

想抽出那只手。这只手，让他握得太容易了一些。没等高丽

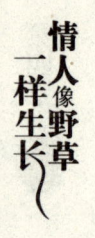

丽有所行动,男生A的手机又响了。是一条短信息,他的手放开高丽丽的手,去翻看短信息。尽管是很快捷的一个动作,没有妨碍高丽丽看清楚屏幕上的几个字。

亲爱的,你在哪儿?

这么肉麻,谁的短信?高丽丽决定顽皮了。

除了老婆子,还有谁?

你撒谎,肯定不是老婆发来的。高丽丽不客气地揭露男生A。

男生A自嘲地笑了笑,按了一下喇叭。马路上的一只脏得看不出颜色的狗,吓得夹起尾巴仓皇地逃窜,口中发出嗷嗷的号叫。那尖锐的叫声不知是向开车人发出的抗议,还是受了惊吓。

余下的十多分钟车程,两个人没有对话。男生A适时响起的手机,很有拯救的作用。男生A像舞台上耍的变脸儿一样,及时换上了一副与对话内容相符的面孔。这一通电话,男生A打得很是拖泥带水,一直打完了余下的车程。

电话的内容,不是高丽丽关心的。

她的精力都移到了车窗外的风景上。随着距离的拉近,眼睛里的期盼越来越热切。她多么希望它还是在的,没有消失,没有被砍伐。然而,将近十年的时间,会游刃有余地把一切都变得面目全非的。内心蒸腾着的期盼如一只水瓢,一次一次被这个想法按下去。无奈,水瓢从这个地方按下去,瞬间又从那个地方冒出来。

一个转弯后,一片灰蒙蒙即刻攫住了高丽丽。高丽丽抑制不住内心的激动,天,它还在!它还在!!

……

它呈现出了衰老的迹象,像一个耄耋老人,拄着拐杖,手搭在额头上,眯着两只混沌的眼,朝他们来的方向望着。

他牵着她的手,走向它,走进它。十年前的那铺干草不在了。他脱下外套，铺展在地上，坐下去。打开怀抱，说，这个位置永远是你的。过去是，现在是，将来还是。

这个位置永远是你的。

永远是多远呢？你真傻，永远就是永远，就是生命的终结。是么？来吧，亲爱的。你听到生命的花朵在打开么，你听到开放的声音了么？它只为你打开呵。

听到了、听到了。

来吧，亲爱的，快变成小蜜蜂吧，来采蜜吧。

嗯，亲爱的，我来了，你的小蜜蜂来了。

十年前藏起的那一抹粉红，主动地迎接。粉红的芳香，经过十年的发酵期，由淡雅而浓郁，小蜜蜂热烈而忘我地吸吮着。

一个残缺的吻逐渐丰盈成满月。

吻是男人的序曲。他开始掌握主动权，手滑进她的衣服里，蛇一样游走，肆虐。

她任他游走，她任他肆虐，让肆虐来得更猛烈些吧。

突然，他的手机响了。

妈的。他从花朵里飞出来，骂了一句娘，停止游走和肆虐，接听电话。

我在外边谈生意呢，一天到晚总追着打电话，烦不烦？我还能有别的事儿不成，不放心就把我天天拴你裤带上！

男生A呢？她初恋的情人呢？把她拥在怀里打电话的这个男人是谁？他不是男生A。不是。

高丽丽惊骇地从男人的怀里抽出身子，和他保持了一定的距离。

他收起电话，做了一个拥她入怀的姿势。

你真卑鄙，竟然冒充我的初恋情人！

我就是你的初恋情人,我是男生A呀,你怎么了?

不,你不是。我要的是十年前的男生A。

高丽丽转身,往苍老的树林外奔跑,奔跑。

男生A把高丽丽放在楼下。在人和车遁去之前,撂下那句很经典的话:

需要我的时候,给我打电话,我的电话随时为你开着。

走了。他调转完方向,腾出右手捋了一把脸。

家,很真切地就在眼前了。高丽丽打了一个冷战,忽然想起来,今天,她约男生A的目的是什么?不是要做一枝出墙的红杏么?不是要报复大水,不是要平衡自己么?

怎么就全忘记了呢!

高丽丽自己不知道,从她下楼赴约开始,已经进入了另一个维度空间,骨髓里的绝望和疼痛被暂时遗忘在现实里。本来想用放纵的方法来治疗自己,抚慰自己,释放自己。不想,初衷的愿望没有实现,又背负上了崭新的失落。初恋是刻骨难忘的,却也注定是残缺的,无法修补的残缺。人世间的事物,难道真的因为残缺才永恒的么?高丽丽艰难地攀住楼梯扶手,一小步一小步地往楼上挪。她感觉自己瘦弱的身子有千钧的分量,手臂的力量过于微弱,无法负荷这千钧之重。她多么希望,身后出现一只温暖的手臂,母亲的手臂,或者妹妹的手臂。这只手臂托给她向上的力量,给她生存的力量,给她走出疼痛沼泽的力量。她回了一下头,身后空空如也。母亲不在,妹妹也不在。哦,知道了。她们是想让她独立行走。母亲,妹妹,她们都是这样走过来的……

挪到家里,高丽丽的身上已是热汗蒸腾了。关上门的一瞬间,疲弱之极的高丽丽多想倒下去。倒在门边,睡过去,永远都不要醒来。可是，她没有倒下去的权利。小可，她的小可，让她丧失了这个资格。

听到门响，小可睁了一下眼睛，看了一眼贴近她的那张满是汗水的脸，又睡去了。放心地睡去了。有妈妈在身边的睡眠，是安全的，是香甜的。

泪水，突然袭击了高丽丽，来势汹汹。

哭吧。哭过这一次，以后就不哭了。

高丽丽告诉自己。

39. 你的心事我怀着

适当的哭泣，对人的身体是有好处的。高丽丽深刻地体会了这句话的内涵。仿佛有一部分深入到脊髓的疼痛，随着泪水排出了体外，高丽丽有了些许轻松的感觉。做饭吧，该做晚饭了。睡了大半天觉的小可饿了，大水也该下班回家了。

简单地焖了点米饭，准备炒一道小可和大水都爱吃的菜——西红柿炒鸡蛋。米饭熟了，电源没拔，在电饭锅里保着温。切好了西红柿、葱花、姜末，几枚鸡蛋靠在一只白碗身边。等着大水的身影一出现，就开炒。今晚的等待显得格外漫长。高丽丽给小可冲了一杯奶，打开放碟机，暂时转移了小可想吃饭的注意力。自己则坐在地上那只四条腿的小板凳上，像往常一样粘花。这样一个场景，实在看不出有什么异常。高丽丽心不在焉地粘几片花，就起身到阳台上去瞭望大水的影子。

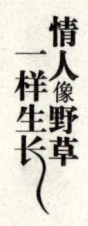

不知道瞭望到第几次，大水的身影终于出现了。高丽丽想伸手去抓那几只靠在白碗身边的鸡蛋，觉出了大水哪里不对劲。果然，把车放进储藏间的大水并没有上楼来，而是将手机盖住耳朵，和谁通电话。天气渐寒的原因，大水尽力地缩着脖子，在储藏间和楼道的空暇之间，踱来踱去。不用问，肯定是在和平平通电话。高丽丽的脸贴在阳台的玻璃上，如同一件静物，眼睛里闪着畏人的寒光。大约五分钟过去了，十分钟过去了，十五分钟过去了，迎来了二十分钟。整整二十分钟。

二十分钟后，大水收了电话，往楼上走。

高丽丽费了很大力气，才把脸从阳台的玻璃上揭下来，魂魄都跟着火辣辣的疼。她忍着疼，麻利地点火，打鸡蛋，炒那道小可和大水都爱吃的菜。

随着锁孔转动声音的响起，高丽丽喊了一声，放桌子，吃饭了！

最难挨的是夜晚。

小可，粘花，看书都不是长久的借口。无论是高丽丽，还是大水，他们都想尽量表现得正常一些，做出一副什么都没发生的姿态。那件事，夫妻之间偶尔就要温习一下的功课，是正常的一部分，不可缺少。今天晚上，她和他都决定要做一做。

然而，她和他都是心不在焉的，尽管他们都在努力。尤其是大水。他再次走进了一片泥沼中，不知道泥沼的面积有多大，还要走多久；不知道自己会不会突然被泥沼淹没，连头发丝都不剩，就在这个世界上消失得踪迹皆无了。上楼前的电话里，平平一直在哭泣，怎么都哄不好。家不能放弃，平平又让他无可奈何。真恨不得拿把刀将自己劈成两半，用死亡来向他深爱的两个女人谢罪，向小可谢罪。高丽丽感觉到了大水的重重心事，感觉到了大水的坚硬在她的体内一点点地变得柔软。

上岁数了，不行了。大水不得不停止。

但他还是拿了自己的唇去捉高丽丽的唇。看得出，大水不想放弃。他想做完它，想证明他和以往是没有区别的。

亲吻没有发挥好的效果，它依旧是软塌塌的。

大水开始急躁了，用手去抽打它，好像它是一个顽皮的孩子，作为家长的他，要教训它，让它乖乖地听话。

高丽丽并不阻止他。她在看大水的笑话，看他给自己导演的这出戏，安排一个什么样的结局。

大水又连续努力了几个晚上，都遭遇了同一个结果。

再到晚上，高丽丽揶揄大水，让我睡个踏实的觉吧，就算你真不行了，我保证第一不抛弃你，第二不背着你偷汉子。

高丽丽的话够狠，刀子一样捅到了大水的要害。

哼，比这狠的还在后边呢。看着大水一副有苦说不出的颓然相，高丽丽在心里打着狠儿。

高丽丽把红杏出墙计划没有成功的沮丧，转化成另一种动力。在打响家庭保卫战，或曰婚姻保卫战之前，她要积蓄力量，备足弹药，研究好作战方案。她所面对的敌人是狡猾的，所以她一定要准备充分。敌人使用这个招法，她有一套相对应的计谋；敌人使用那个招法，她有另一套相对应的计谋。高丽丽记起那句著名的古训，磨刀不误砍柴工。为了把她的刀磨得更锋利，高丽丽买来孙子兵法，买来心理学的书籍，从书籍里汲取智慧，汲取必胜的信心。

正在高丽丽磨刀霍霍准备向虎豹冲击之时，在某个早晨，公公打来电话，语速急促地说赶紧让大水请个假，赶快回来，你们三口一个不落，赶快回来，你奶奶不行了。

那时,大水还没来得及上班。

公公打电话说奶奶婆不行了,其时,奶奶婆已经咽气了。

奶奶婆是坐着死的。早上,公公来给奶奶婆送饭,发现奶奶婆的头颅像成熟的向日葵花盘一样垂着,一动不动。往日来送饭,奶奶婆的头颅多半也是垂在胸前的。可是,今天显然散发着一种别样的气息,一种死亡和腐朽的气息。公公试探地喊了两声,妈,妈。向日葵的花盘依旧低垂着。公公慌忙放下手掌里托着的那只盛了多半下稀饭的碗,伸手去扒拉奶奶婆。公公的手触及到的是奶奶婆的僵硬,最后一丝温热的气息正渐渐地从死亡的躯体内游离出来,袅娜地飘散开去……

奶奶婆以这样一种方式离开人世间,是没有任何悬念的。

奶奶婆肯定是世界上连续保持坐姿时间最久的人。两个多月的时间,坐着休息,坐着睡觉,坐着吃饭,坐着小便,坐着大便。当然了,还坐着喊。

在晚上,奶奶婆的喊声是令人毛骨悚然的。

妈——呀——

只有这两个字。从这两个字可以听出来,奶奶婆的音质很好。一个妈字悠悠扬扬地灌进人们的耳朵,后边的呀字不紧不慢地跟上来,迈着婉婉转转的步子。一个妈呀落下去,下一个妈呀升起来。几个回合,十几个回合,也不定是几十个回合之后,沉寂了。奶奶婆喊累了,坐着睡去了。

"妈呀"被奶奶婆以婉转且悠扬的调子喊出来,进入到人们的耳朵里,就完全丧失了它的原汁原味,带给人听觉和身心的冲击力,只有两个字——惊悚。天一黑,小孩子们便收了淘气的心,乖乖地窝在大人的怀里,让大人哄着拍打着,早早地进入到睡眠里。偶尔，小身子一抽动，家里的大人便更紧地拥了那条光溜溜的小身子，怨一句，真是作孽呀。原来，小东西们梦里还在惊骇着。原本，小东西们不听话，家里大人拿了奶奶婆来吓他们，外边马猴子喊呢，不听话看它把你背了去。小东西们果然中了招。在他们的小心眼儿里，奶奶婆等同于马猴子了。马猴子可是厉害着呢，它会挖了人的眼睛来吃，割了人的肉来吃。等到大人们想要矫正，已经来不及了。恐惧已经渗透到小东西们的骨髓里了。

　　大人们是高明的，他们不能自欺欺人地也把奶奶婆当成马猴子；他们的毛骨悚然来自对自己命运的一种假想。没想到，一向硬朗，每天去拾柴，每天去给大白鹅采草的奶奶婆，说病就病了。不知道是哪里出了毛病，病把老太太当成了一只吹起的气囊，拼命地往里灌气。一副多皱的皮囊被胀得溜光水滑，皮儿薄得让人不忍再看第二眼，唯恐给看破了，唯恐里边包裹的东西流出来。奶奶婆成了一个巨大的球体，一个丧失了行动能力的球体，一个丧失了自理能力的球体，一个丧失了躺下睡眠权利的球体。除了坐着，除了难受时发出的呼喊，一切都变成了遥不可及的梦。梦里有挚爱的柴草，梦里有舒服的热炕头。

　　给奶奶婆送饭的任务落在了公公的头上。婆婆的拒绝是振振有词的，年轻时的婆婆曾经百般地受到奶奶婆的虐待，她实在找不到一个给奶奶婆送饭，照顾奶奶婆的理由。婆婆不惜把那些她重复了很多年的奶奶婆的罪状，再一遍遍地列举出来。照顾奶奶婆是婆婆的事情，轮不到孙媳妇的头上。所以，从道理上讲，从风俗上讲，小婶子不照顾奶奶婆是占了理的；照顾，则是情分。责任责无旁贷地落到公公的头上，谁让他是儿子呢！

　　十有八九，奶奶婆的大便是上了墙的。它像涂料一样，被奶

奶婆抓着,没有规则地涂抹在墙上。然后,成为一条婆婆控诉她的新罪状。成心的啊,成心恶心人啊。公公则一边用小铲子往下铲凝固在墙上的大便,一边拧着眉毛,妈呀,我的亲妈呀,您真疼我!

奶奶婆的视线绕过散乱的白发,投在公公的身上,嘴里唤着公公的小名,交代后事:

等我死了,我就站在门后头,你那个娘儿们一进来,我就掐她。

说着,奶奶婆嘿嘿地笑了,很快乐地笑了,仿佛她的一双手已经掐住了那只仇恨的脖子。

还有奶奶婆的那几只大白鹅。上一茬的几只大白鹅因为衰老,无疾而终了。这几只大白鹅是今年春天奶奶婆新买的小白鹅长成的,它们还没有长成名副其实的大白鹅,只是在朝着大白鹅的方向发展。婆婆拒绝接收这几只大白鹅。首先,它们是奶奶婆的;然后,它们是能吃能拉的东西,院子里会因为它们的存在而变得臭烘烘的。婆婆说,送别人吧。

街坊四邻们更不敢要这几只大白鹅。没人想把自己陷入大白鹅引发的复杂之中。奶奶婆惦记着她的大白鹅,每次公公过来,都要逼迫着公公去喂几只大白鹅。公公说,哪天打死炜肉吃了。

公公只是说说,他并没有把大白鹅打死炜肉吃。他知道,大白鹅是老太太的命根子。大白鹅死了,说不定下次的大便就不仅仅是抹在墙上了,抹进他的嘴里也未曾可知。

总之,几只大白鹅艰难地活了下来。

奶奶婆每发出一声悠扬婉转的呼喊,它们就引颈应和一声。

在村里人听来,这是世上最苍凉的应和声。许多个夜晚,不成眠的人们都会设想自己的未来。每一次设想,人生的残酷以及生命的脆弱都让他们战战兢兢，唯恐在奶奶婆的身上寻到自己将来的影子。

40. 我站在门后看着你

高丽丽夹杂在跪倒的人群里。奶奶婆的尸体停在一扇门板上，正对着跪倒的人群。跪倒的人们深深地埋着头，噤着声音，耳朵却全部张开着。

公公手里拿着一只葫芦瓢，站在前门口，用手里的瓢敲打门框。瓢和门框撞击出砰砰的空洞的声响。

公公肃穆着表情朗朗而诵——

妈呀，您要走西天大路，别惦记家，别回头……公公继续肃穆着表情，把刚才的话重复了一遍。他大概怕奶奶婆不肯上西天大路，固执地站在门口不出来，便多送了奶奶婆一程。

估计奶奶婆已经上了西天路，过了奈何桥，喝了孟婆汤，他把手里的葫芦瓢重重地一挥——哭！

跪在地上，噤着声音的人们，这才齐刷刷地放开喉咙，哭声一片。原来，之所以噤着声音，是怕把奶奶婆的魂招回来。

女人的哭是动听的。她们的哭，不只是简单地流一流泪，而是一边说唱，一边哭，身子也跟着有节奏地俯仰。哭嫂子的，哭婶子的，哭奶奶的，这些女人们，把思念逝者的唱词巧妙地融进哭的韵律里。哭，便成了一门艺术。男人的哭和女人相比，艺术的含量明显弱了许多。他们往往上肢伏在地上，两只手撑住，头触在摊开的手掌上，一堆或肥硕或尖削的屁股高高地翘起来。他们的哭是低沉的，雄浑的，单调的。没有唱词，归纳起来，发出的基本类似"赫赫"、"哈哈"、"啊啊"等几种类型的哭声。堵在门前门后瞧热闹的人们，基本上都是来看女人们哭的。人们对男人的哭是包容的。男人可以哭得简单，哭得不成体统，可以把对逝者的怀念哭成令人啼笑皆非的哈哈声。男人们的哭声沉甸甸地在低处徘徊，女人们的哭声朝着高处走，咿咿呀呀地直冲云霄。

不同腔调的哭声如同杂和面一样掺杂在一起，分不出所有权该归属哪条嗓子。婆婆跪在高丽丽左手边，所以，在一片混沌的嗡嗡嘤嘤之中，婆婆的哭声是清晰可辨的。婆婆也在哭，哭得像模像样。起码，任何人看上去，她是在真实地哭着的，从外表看，很像哭泣该有的样子。至于，是否伤心难过，那就只有哭泣的人心知肚明了。家里死了老人，总是要哭一哭的。那么多的人围着观看，不哭两声，怎么也说不过去。婆婆哭泣的唱词大意是这样的：妈呀——我那受了罪的妈呀——这回您可不疼我们了——这帮业障（音译，大概是无依靠的意思）可怎么活呀——

高丽丽还听见从看热闹的人群里发出的嗤笑声，很弱，却很刺耳。高丽丽没有哭，她只是低低地垂下头。她很想为奶奶婆流几颗眼泪，很想。一个衰老的生命如此艰难地逝去，是非常悲哀的事情；可也正是因了悲哀，她才哭不出来。走吧，不要回头，如果真有西天大路的话。不要忘了喝孟婆汤，忘了尘世的一切吧。尘世的牵挂太多，痛苦也太多。忘了吧。

有人暗中捏了一下高丽丽的手，是小婶子，小婶子跪在高丽丽的右侧。高丽丽侧了一下头，小婶子快速地朝着婆婆递过去一个的眼神——不屑和鄙夷。

第四章

　　一个动作，一个眼神。高丽丽当然心领神会，小婶子在向高丽丽表达她对婆婆的看法。高丽丽也暗中捏了一下小婶子那只丰腴的小手，算是回应，也代表赞同。回来得太匆忙，高丽丽还没来得及认真地看一眼小婶子，但是，从这只小手的丰腴程度来看，小婶子应该又长了不少的分量。小婶子是一个什么样的人呢？高丽丽和她在一起的时间非常有限，有限的时间使她们既没有发展成朋友，也没有发展成仇人。当然，妯娌发展成朋友的几率是非常小的。小婶子是一个很有特点的人，除了说话高门大嗓，另一个著名的特点就是走路快。生育后逐渐发福的身子，并没怎么影响走路的速度。因为矮，因为胖，从远处看，俨然街上滚动着一只肉球。

　　高丽丽想，在这个时刻，肉球小婶子向她传递这个信息，无非是想和自己达成一致性。对于婆婆，她们两个应该是一个战壕里的，婆婆是她们共同对付或共同蔑视的一个敌人。婆婆是高丽丽仇视的对象不假，但是并不代表她就要和小婶子站在一个战壕里。小婶子是和她高丽丽完全不一样的，婆婆一直待小婶子不薄的。给她高丽丽用过的伎俩，在小婶子面前，一样都没拿出来过，那不仅仅是小婶子生了一个男孩。婆婆是多么聪明，她早就看出来了，小婶子和自己不是一样的人。原来，人都是欺软怕硬的。

　　估计奶奶婆已经在西天大路上不见了踪影，跪在地上的人们逐渐止住了哭泣。先停止哭泣的反过来劝慰还在哭泣的人，说，哭两声得了，人都没了，别死乞白赖的，哭坏了身子倒是事大。听劝的人就止了哭泣；想证明自己对逝者情感笃深的人，就非常地不听劝，直到人去拉，去拽，屁股仿佛一只千斤坠儿，一个劲地往下沉。不听劝的肯定是女人居多，真想也好，假想也罢，都

211

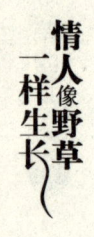

不乏做戏的份儿。

大水很听劝,用手背斩了斩眼泪从地上爬起来。这时,手机响了,大水的手机响了。它刚响了一下,高丽丽就听见了。

这是一个让大水很为难的电话。接吧,怕是平平打来的;不接吧,没有道理。

手机的铃声继续响着,响得很固执。

大水不能不有所动作了,再不接听,会把所有的目光都引过来。说不定,高丽丽已经在看着他了,他不敢去验证这个猜想。他的手朝着手机摸过去,在不是很麻利的摸的过程中,脑子飞速地旋转,如果真是平平,自己该怎么说。

手机已经在手里了,还没有想出办法来。忽忽悠悠,一层冷汗顺着浑身的汗毛孔争先恐后地往外钻,唯恐把谁落下,错过了一场好戏。

看了一眼屏幕。怕谁是谁,果然是平平打来的。先是一个小眩晕,小眩晕过后,奇迹出现了。一个解燃眉之急的办法横空出世了。

真是山重水复疑无路,柳暗花明又一村。还有一个词儿,叫绝处逢生。

他手指按下一个键,接听电话。

喂,谁呀?

……

噢,主任啊!

……

不行,我现在回不去,我奶奶没了,在老家呢。

……

嗯,好,好。主任,那就这样,挂了!

第四章

挂了手机，大水紧张得快要抽筋的神经刚要稍稍舒展一下，一眼瞧见高丽丽正站在不远处，眼含着浅浅的微笑看着他。忙碌逝者后世的人们，鱼一样在高丽丽的眼前游过。因而，高丽丽眼睛里的微笑不断地被遮挡住，又不断地在人的缝隙中展露出来。大水疯狂地安慰自己，她一定不知道他在演戏的，一定不知道的。她在笑着，不是么？可是，这是一个不适宜笑的场合，她为啥会笑呢？

来的时候不是和主任请过假了么？高丽丽朝着大水走了过来。

从大水摁下拒绝接听键的瞬间，高丽丽就清楚，从来不会把谎撒圆满的大水，已经在朝着撒谎的行家里手的方向发展了。她决意吓一吓他。

她达到了预期的目的。大水果然受惊了，几根粗大的手指插进头发里，来回地抓挠着。

不是才洗过的头发么？

厂里的主任忒多，好几个呢，这个不是那个。

再一次挽救了自己。

你热么，这冷的天，咋出了一脑袋汗呢？

刚哭奶奶忒卖力气了，累的。

竟然还有一点点的幽默味道。高丽丽从鼻孔里哼了一声，平常没看出你有多想啊，敢情包子有肉不在褶上。

努力不去揭露大水。不，是必须不揭露。一旦把事情摆在明面上，自己就没有余地了。高丽丽暗暗地把十根手指蜷进掌心里，收回，是为了出击时更有力量。

接下来，大水以去厕所的名义，暂时在众人眼前消失一段时间。这在高丽丽预料之中。

打给平平的电话，只有在厕所里才能完成。厕所在非常时期

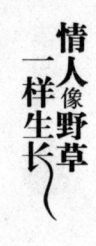

不光是排泄的场所,还可以派做其他用处。

大水就显得特别忙,特别紧张。因为忙和紧张,就影响到了一个孝子贤孙该有的悲伤的纯度,悲伤得心不在焉。

村里有一帮忙活人,专门负责婚丧嫁娶。主人家只需要把钱票子点足了,一切的事宜都由忙活人操办。赶上丧事,从给死者穿衣服,到火化,到守灵,到出殡,到下葬,等等,忙活人都给安排得妥妥的。忙活人里有一个总头子,村里人人叫"把头"。整个丧事都在"把头"的运筹帷幄当中,他掌握着事情的进展,以及进展之中的每一个细节。所以,"把头"在村里的名望和地位是颇高的。公公送奶奶婆上西天大路的那一段,也是进展的细节之一。因为细节全在"把头"的掌控之中,权力过于集中了,有时候,不免会有一些很个人化的东西在里边。说明白点,就是以权谋私。当然,不是所有的以权谋私都是令人愤恨的,相反,有的以权谋私会让人拍手称快的。第一天,是村里村外奶奶婆的生前友好和奶奶婆的遗体告别的一天。遗体告别是电视报纸里的词儿,适用于重要人物,村里人叫吊纸儿。第二天是火化的时间,至于上午还是下午,要看火葬场的脸色了。重头戏在第三天,村里人叫出殡。以权谋私的细节出在第二天晚上,也就是出殡的前一个晚上。这个晚上,躺在骨灰盒里的奶奶婆已经在院子里搭建的灵棚里了。骨灰盒从火葬场抱回来是不能直接进院子的灵棚的,它需要一个仪式。这个仪式叫"棺炼"。没有谁说得清楚棺炼的仪式始于何时,要赶在太阳落下去之前,将死者的尸体放进停在灵棚的棺材里。尸体是不能见阳光的,几个人拿席子遮了,为死者搭建一条"阴道"。到最后一颗钉子钉进棺材,还要经历很多繁杂的细节。不知道村里人是否曾经有人疑问过,诸多的繁杂程序,是哪个高智商的先人研究出来的？骨灰盒替代了尸体，棺炼的程序并没有随之取消。

高丽丽牵着小可漠然地看着，那些莫名其妙的繁杂程序，在"把头"的指挥下有条不紊地进行。她很像一个观察家，以旁观者的心态，把眼前的喧嚣看得清清楚楚，将"把头"暗中的以权谋私尽收眼底。

棺炼完了的晚上，孝子贤孙们要给逝者磕"岁头"。其实，这是一个不平等的条约。说是孝子贤孙，却都是女眷。何谓岁头？岁，指的是死者的年龄，就是说要磕和死者年龄相等的头。磕头是非常讲究的。不是跪在地上，扑通一声就了事了。动作急了不行，缓了也不行，胳膊腿要舒展得恰到好处；一招一式，都要展现出女性的柔美。或许你是不美的，但是要磕出美好的感觉来，要让人赏心悦目。少有将美态坚持到最后的，体力是一个挑战。磕头的也多是有了一些年纪的人，如今的年轻人是不要指望的。一般情况下，"把头"是睁一只眼闭一只眼的。行了，只要心意到了就可以了。

轮到婆婆磕岁头时，"把头"将两只眼都睁开了。

紧挨着骨灰盒的是一只供桌，摆放着各种干鲜果品。在供桌一角的一小片空余的空间，堆着一撮儿橙黄色的玉米粒。玉米粒数和奶奶婆的年龄相等。婆婆磕完一个头，"把头"就把玉米粒移出来一颗。"把头"的年纪比奶奶婆小不了几岁，一嘴的牙已经掉光了，但眼不花，耳不聋，腰板一点也不塌。连着几天的操持，竟看不出疲惫的迹象。磕岁头最是耗费时间的，"把头"直溜溜地站在供桌边上，极度认真地拨拉着那一撮玉米粒，一站便是几个小时。以他的身份和年龄，完全可以坐下来，但他不。

这个不算！"把头"的声音若洪钟。

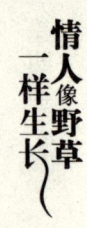

果然,玉米粒没有移出去。

婆婆只好重新磕。再大的怨气儿今天也得忍下来,惹恼了"把头",不会有好果子吃。他老人家一句话,把丧事给撂了台,可是说不准的事儿。婆婆乖顺地把动作尽量做到完美,尽量地没有瑕疵。就算"把头"是一只苍蝇,面对一只没有缝隙的鸡蛋,也是无可奈何的。

婆婆显然不是一只没有缝隙的蛋。"把头"总有下嘴的地方。

于是,婆婆的头就磕得千辛万苦。

"把头"要的就是千辛万苦的效果。千辛万苦产生的是一种带有惩罚性质的快意。坚持把热闹看到最后的人们,共同享用了这种快意。

小可倚在高丽丽的怀里睡着了。高丽丽完全可以拿了小可当借口,不用等到一天的程序全部结束,带着小可去歇息。众所周知,小可是一个病孩子。人们从婆婆那里得到的享受和快感,说不定就包含了为一个可怜的孩子复仇的成分。高丽丽并没有离去。用衣物将小可裹了,让她睡在怀里。这样,她可以目睹婆婆被戏弄被整治的整个过程。这个难得的机会,她怎么会轻易地错过呢?心里,对"把头"油然生出一种敬意。

有几次,婆婆几乎都被自己绊倒了。一起来,踩到了白孝袍子的下摆。周围没有一只手伸出去。高丽丽忽然觉得,婆婆是那么可怜,可怜到不被人同情的地步,就连她百般讨好的小婶子都不同情她。小婶子把她看热闹的心态无遮拦地挂在脸上,表情是一层浅浅的幸灾乐祸。

中间,大水过来一次,嘴伏在高丽丽的耳根子上说,抱着小可回屋睡觉去吧,别感冒了。

好戏才刚刚开始,我咋会舍得睡觉呢。高丽丽压着嗓音嘀咕。

你说啥？

没啥，忙你的去吧。别照顾我和小可了，回头误了你的事。

又是一句一语双关的话。

玉米粒一颗一颗地移动。一堆渐渐地少起来，换成另一堆的渐渐多起来。终于可以倒计时了。五，四，三……

婆婆是有着坚强毅力的人。咬紧了牙关，在隐忍中，凸显了一股不服输的精神。终于磕完了最后一个头，桌上的玉米粒又变成了完整的一堆。

婆婆颤着两条疲惫打晃的腿儿，在摸着一只凳子准备坐下去之时，还没忘了在她大孙子的头上摸一把。这儿风硬，别把我大孙子冻着了。

抚摸大孙子的是一只慈爱的奶奶的手，脸上的表情却是在讨好小婶子。

您大孙女也睡着了！

小婶子的声音很洪亮，在场的人都听到了。

41. 一场战役即将打响

过去喂鸡的那只盆子早已不在了，平板车也早已不在了。如今，奶奶婆也不在了。她和它们一起消逝了，成为了记忆长河中的点缀。

只剩下几只大白鹅，把脖颈引向暗夜，等着应和一个老人宛转悠扬的呼喊声，却迟迟等不来。

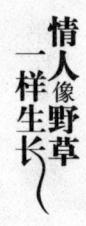

它们集体忧伤着。

不要等了，等不来了。

它们似乎听懂了高丽丽的话，发出一声长长的哀鸣。

如果放在过去，仅这一声哀鸣，足以让高丽丽潸然泪下了。现在的高丽丽不再是过去那个多愁善感的高丽丽，不再是那个写诗歌的高丽丽。高丽丽名字，以及高丽丽的性格，就像落日的余晖一般，只剩下一点点的影子。马上就要消逝了。办丧事的几天里，她没掉下过一颗泪水。她怕泪水一旦落下来，会瓦解她的坚强，她坚决不能哭。

马上就要回去了，一场只能胜不能败的攻坚战就要打响了。为了这场战争，她要保存实力。

啊——

一声惊恐从奶奶婆居住的屋子里传了出来。

一定是婆婆又在做噩梦了。

奶奶婆一入土，公公和婆婆把奶奶婆住的屋子进行了简单的清扫后，便搬了过来。婆婆自然是不愿意搬得这么快的，但是刚死了老人的房子是不能空着的，婆婆到底还是服从了老规矩。婆婆不具备破坏老规矩的勇气。她和村里众多的不再年轻的人一样，是老规矩的追随者，相信老规矩是有灵验的。

躺在奶奶婆的炕上，婆婆不敢入睡，总是觉得奶奶婆没有走，就站在门口看着她，便差遣公公去看个明白。公公为了让婆婆安心睡觉，果真去了门口，然后对婆婆说，塌塌的吧，啥也没有。婆婆试着放心地睡去。刚睡着一会儿，就看见奶奶婆从门后朝着她飘过来，到了近前，便伸出两只手环住她的脖颈，使得她呼吸逐渐地艰难。眼看性命不保，婆婆拼了所有的气力，一边呼救，一边手脚并用，对奶奶婆施以拳脚。

第四章

险些被踹到地上的公公，赶忙寻着灯绳儿，让屋子明亮起来。

死老太太掐我来了！婆婆惊恐地喘息着。就在门后站着呢，快拿棍子打走喽，快点啊！

公公取了一根棍子来，转到门口，将棍子抡起来，做抽打动作。嘴巴里还说着，妈，我的好妈，您疼疼我吧，快走吧！

婆婆还是不放心，就开着灯，公公守在一边。等婆婆睡沉了，公公再去睡。往往，公公的头刚一沾枕头，婆婆那里新一轮的噩梦就开始了。

因而，当高丽丽一家三口准备回城，婆婆挽留说再住几天吧时，高丽丽口下留了情。她原本想说，在这里住得久了，保不准又会有人来害小可了，我们还是走吧。她没有那样说，高丽丽已经开始相信因果报应。从小婶子身上，从婆婆每夜的噩梦，高丽丽看到了因果报应正在进行着。

回到城里，大水去厂里上班，高丽丽也投入到她紧张的倒计时准备工作中。

平平没有再像几年前那样，把电话直接打给高丽丽。虽然准备好了一套相应的方案和措施，但高丽丽还是不希望平平真的打过来。这个方案和其他的比较起来，打击力明显地弱了许多。也就是说，决胜的把握不是特别大。因为平平一旦把电话打过来，大水肯定会知道。大水知道了，高丽丽就没有办法再假装一副被蒙在鼓里的样子。如此，问题会更加复杂化。幸好，平平没有给她打电话。从这点上，高丽丽很是感激平平。

平平的电话频频地打到大水的手机上。对大水来说，手机一定比定时炸弹还要恐怖，不知道它什么时候就会突然地响起来。进了家门，又不敢关掉手机，唯恐平平将电话打到家里的座机上。因此，每天进家门之前，他都要给平平打一通电话，说你乖乖的，明天见，明天见。大水学会了低声下气，就是为了强调明天见。累呀，大水觉得自己真他妈的累呀。新交了二百块钱的电话费，没几天就打进去了，妈的，爱情不便宜呀。为了这笔电话费，大水不得不再一次撒谎，说厂里有俩结婚的，要凑份子。心知肚明的高丽丽，二话没说，就把钱给了大水。这样的消费是大水无法承受的。这么多年来，大水习惯了把每一分钱都用在高丽丽和小可的身上。她们吃好了，就等于他吃好了，她们穿好了，就等于他穿好了。钱用在自己的身上，反倒是一种奢侈和浪费。即便如此，面对高丽丽和小可，他还是有着亏欠的感觉。小可的生病，继而高丽丽为了小可牺牲自己做了全职母亲。从表面上看，这一切好像和大水没有直接关系，是他的家人对小可的轻视和忽略直接造成的；但那是和他血脉相通的家人呵，他有义务替家人承担起这份亏欠。

比平平和电话费还要让大水焦虑的是，他丧失了作为一个男人的功能。和高丽丽一起经历了几个晚上的失败后，就彻底不行了。原来还多少有点想挺拔起来的意思，现在呢，男性的坚硬变成了一根刚擀出来的软面条。他对比着电视广告上说的性功能障碍的特征——挺而不坚，晨起不勃，等等。每天早上一醒来，大水就把手伸向自己的下身，触摸到一个软塌塌的失望。看来，自己真的是有障碍了。可是，怎么向高丽丽交代呀？自己不光是一个男人，还是为人夫者。奶奶的去世，给了大水一个小缓冲，但毕竟只是一个小缓冲。缓冲过后，脚下的荆棘路，还得咬着牙走下去。每走一步，都是钻心的疼。

活该！路上的荆棘全是自己亲手种下的，就算疼死了，也是咎由自取。

有几次，大水在电话里都想跟平平说，他今生注定欠了平平的，来世再偿还吧。每一回，张开的嘴巴都被平平的柔情堵住。只一声娇滴滴的嗔怪，便融化了大水费尽心力筑起来的城墙。大水颓丧地想，平平的性命说不定就在自己的一念之间呢。

转而，他又劝解自己，平平是在吓他的。想当初，平平不辞而别，没有他的日子里，不也是活得好好的么？高丽丽和小可就不同了，没有他，她们的日子会寸步难行的。

几经挣扎，几经权衡，大水抬头看了一眼给他温暖给他勇气的小阳台，决定向平平摊牌。

电话拨通了，在听到平平的软语之前，大水先说话了。

平平，你听着，我只说一句话，咱们到此结束吧。我，已经快要崩溃了。

没有声音发出，安静，揪人心的安静。

平平，恨我吧，我不是人。说句话，好么？

安静在持续、延伸。

求你了，说句话！

安静像一条毒蛇，让人心生胆怯。

啊——

一声尖啸的嘶鸣刺破大水的耳鼓，顺着他的血脉，贯通到身体的每一颗细胞，锐利的剧痛。

我不是故意的……不想你死的……不要啊！

高丽丽刚进入很浅的睡眠，大水一有动静，便醒了。大水又做噩梦了。

她把身子往大水那边靠了靠，伸出手臂，拥了大水汗淋淋的头。

我是不是说梦话了？大水虚弱地问高丽丽。

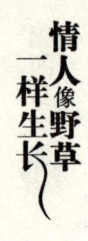

嗯。最近你总是做噩梦，可能是太累了。

没事，过一段时间就会好的。相信我。

嗯。相信你。

大水把头更紧地偎在高丽丽的臂弯里，再把高丽丽的小手捏在自己的大手掌里。

高丽丽不会忘记，陷在和Q的麻烦里时，大水也是这样握着她。那时，她从大手掌里感受到的是坚定，此刻却是无法自拔的无奈。它是疲弱的，想从她这里获得一些支撑。

他失去了解救自己的能力，又变成了一个无助的孩子。

她把手从他的大手掌里抽出来，用自己的小手掌去握他的大手掌，用她全部的力量握着。

大水在高丽丽的怀里睡去，睡相如婴儿般恬静。噩梦不忍侵扰一个婴儿纯净的睡眠，躲得远远的。

高丽丽无眠。透过窗子，看着满眼浓郁的夜色正和它背后的光明展开一场殊死搏斗。黑夜的最后一丝颜色马上就被光明吞噬了。高丽丽的身上有了一种嘶啦啦的痛感。她明白，从今天起，她不再是高丽丽，嘶啦啦的痛感就是来自和高丽丽的最后诀别。

第一抹晨光照在窗子上时，高丽丽已经彻底变成了高厉厉。

第五章 对决

战争的法则是,不是你死就是我亡。虽然还有另外一个选择——平局,但高厉厉显然要的是前一个结局。就要反败为胜了,一阵快意在高厉厉内心升腾和弥漫。但是,在强大的对手面前,高厉厉不敢有丝毫的懈怠。她要乘胜追击。

42. 亲爱的，咱们开始吧

在亮剑前，高厉厉带着身份证去网通公司办了一项业务，一项打长途电话最便宜的业务。她要以最小的投入，获得最大的回报。

吃过午饭，大水去上班了，小可进入了不可或缺的睡眠环节。

搬出五颜六色的劣质化妆品，高厉厉开始在脸上涂抹。上次出去和男生A约会，也是化了这样的妆。可是，这一次和上一次是有着本质的区别的，这一次是上战场。黛色的眉笔，粉红的唇膏，湖蓝的眼影都是作战的武器。它们虽然不能直接参战，但是会给高厉厉增添战斗的勇气和信心。那是一种满含着杀气的美丽。

很细致地化完妆，高厉厉对着镜子粲然一笑，然后起身，坐到电话机前。点燃一颗商店里最便宜的"恒大"牌香烟，学着母亲的样子，将烟夹在左手的食指和中指之间。不是学着，而是已经变成了母亲。

一口烟雾被高厉厉吐得悠远而又绵长。右手指在按键上有选择地跳跃，拨出了一个打往北京的号码。

喂？哪位？

——我是姐姐，你高厉厉姐。

……

一个简短的沉默。平平快速地调整自己的惊愕和紧张的情绪。

姐，找我有事么？

——没事，就是想你了。你说你真够可以的，一走就是好几年，连个信儿都没有。我和大水还以为你被哪个男人给害了呢，电视上一有寻尸广告，就紧张得不行。幸好，都不是你。怎么样，过得好么？

……挺好的。

还是回来吧，回来就更好了，北京再好也不是家。你回来了，大水也省得往北京跑了。跑来跑去的，太累了。

姐，我回去了，你不怕我抢走大水么？

平平在挑衅了。

哈……我巴不得你把他抢走呢，他走了，我好再找一个。可他就是不走，你也知道，几年前我那么往外推他，他都不走。看来，这辈子他是赖上我了。

大水大概是不想伤害你吧。

也不是。我问过他，是爱我多一点，还是爱你多一点。

他怎么说？

他说爱我多一点。我相信他的话，所以我不怕他有时会走远一点，因为我知道他会回来的。不是么？

……

我知道你也是相信大水的。我们两个的信任内涵是不一样的。你相信他，是他的品质在发挥作用，他比你周围的男人更善良，更忠实，更少一些欺骗，他会给你带来安全感。于是，你用你的泪水，用你的柔软，用你的女人特质诱惑了大水。

你怎么确定你说的是对的呢？我也可能是爱他的。

你更爱的是你自己。真正的爱容不得太多的杂质的。

什么杂质？

比如见不得人的手段。

不明白，说来听听。

好了,我该给他们爷俩做饭了,下次再跟你聊。对了,你的京腔已经把握得很好了,乍听上去,还真像地道的北京人呢。

挂了电话,高厉厉给了自己一小段时间。她利用这段时间,竭力把自己从战争的状态中解脱出来。在这场战争中,她必须做到进退自如,严防被动,严防疲劳战,用最快的速度回到她的日常生活里。她还要粘花呢。高厉厉粘花的速度已经快了许多,再努一把力,每个月挣回房租钱的日子真的不远了。

一边粘花,高厉厉一边想,有了一个开头就好。它的意义不仅仅是开头,是铺垫,是一条挖好的水渠。

高厉厉一有时间就抓起电话,只要平平有时间,两个女人就会聊在一起。她们像两个好朋友一样放松、随意地聊天,聊天的内容是宽泛的,穿衣,吃饭……女人喜欢聊的一些小话题几乎都会涉及。但她们彼此心知肚明,这些小话题不过是小幌子,遮蔽不住真实的目的。特别是平平,她觉得过去低估了高厉厉。高厉厉绝对不是一个隐忍不发的弱女人,她不轻易出拳,恰恰是为了打出更有力量的漂亮拳。两个女人的聊天好比一棵枝叶繁茂的大树,修剪掉它的枝枝丫丫,便剩下了主枝干。

如下,是组成主枝干的部分细胞群。高厉厉简称高,平平简称平。

片段1:

高:肚子里有反应了么?

平:什么反应?

高:大水也真是的,临走我都给他准备好了安全套,他这个人太粗心了。

平:谢姐操心了。

高:我倒不是替你考虑,而是怕大水着上点什么病。后来一想，你那里也肯定是常备着那个东西的，也就放心了。其实……

平：其实什么？还有姐不好意思说的话么？

高：我倒真心希望你给大水生个健康孩子，不过，为了证实是不是大水的孩子，得要做个DNA才行。

平：呵，我答应你，一有好消息，会在第一时间通知你。我也肯定会把孩子生下来，带着他去认爸爸，不会再像上次让医院杀了我和大水的孩子。

高：还是不要提那个根本就不存在的孩子吧。你那么聪明，不应该犯那么低级的错误。几年前你给我打电话，说你怀孕了，当时我还真就信你了。后来一想，不对呀，那么一件先进的武器，你咋会不让它发挥作用呢。后来，为了证实我的想法，还托人去医院查了档案，根本就没这回事（查档案一事属高厉厉杜撰）。唉，你负了我对你的信任，这很不好。

……

高：有时候，生活中确实是需要用一些小手段、小计谋的；但是一定不要动机不纯，伤了别人不说，还伤了自己。

平：也许你是对的。

高：我相信因果报应，你信么？

平：我没想过。没时间想，没有姐姐那么多清闲的时间。

高：这是一句实话。这几年一定把你忙坏了。你是一个连周围的空气都想打动的人，能不忙么？

平：呵，有趣的一个说法。不过，我的确是累了。

高：你的累没有太大的价值，因为你没有找到你想要的东西。因为你不相信它，所以找不到。

平：什么？

高：爱情。

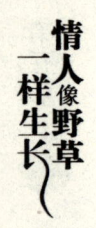

平：我不相信爱情么？

高：我说过，你诱惑了大水，并不是因为爱。大水只是你疲劳之后的一个放松，你需要像大水这样的男人的守候。他没有如你希望的那样只为你一个人守候，你就抛弃了他。你再回来找他，是这几年的生活让你经历了更残酷的东西，你太需要优良品质男人的安抚。在听么？

平：姐，你真理解人。

（平平轻轻地啜泣。很真诚的啜泣。在这所著名的城市里，她太孤单了，一个对手的理解也是理解呀！）

片段2：

高：其实你犯了一个不大不小的错误。

平：我怎么又犯错误了？

高：姐也是为你好，同样的错误下次不可以再犯了。

平：细听端详。

高：像大水这样的男人，身上的羽毛是动不得的。

平：嗯？

高：我和女儿就是他身上的羽毛。羽毛是长在肉里的，一旦别人来拔，会连血带肉地疼。

平：我很坏么？

高：你当然不是。你只是不太习惯了解别人的感受，自私了一点。

片段3：

平：姐，就算大水的身边没有我，也还会有其他的女人的。

（说完这句话，平平很得意。她想击中高厉厉的要害，想变一直的被动为主动。)

高：你是说Q吧？这是个寂寞的女人，我很同情她。

平：你知道她？

高：是。Q是一个有婚姻的人，她的老公和孩子是她身上的羽毛。或许，她对她身上的羽毛不够满意，故意仇视它们，忽略它们。真的有人来动它们，她肯定会受不了的。她只不过自己蒙蔽了自己，她会清醒的，只是需要一点时间。我给了她这个时间，不想把她逼上绝路。做人要善良，要给自己留余地。

高：你说呢？

平：姐，你真厉害。你才是真正的高手。

高：我没让你失望就好。大水身边不断出现喜欢他的女人，我是高兴的，这证明了我当初的选择是没有错的。

平：姐，输给你，我是服气的。

片段4：

高：有机会回来吧，回来姐请你吃我们这里最著名的卷馅肉饼。

平：姐，我都流口水了，有时间一定回。

43. 露出你的真面目来

还有重量级的片段5：

高：妹妹，说句掏心窝子的话，站在女人的角度，姐姐挺心疼你的。一个人在外边打拼太不容易了。

平：唉……没办法，谁让咱是女人呢。下辈子，再也不做女人了，太累了，也太没意思了。

高：还是找个厚道点的男人嫁了吧。

平：世界上就大水这么一个厚道男人，让姐姐占了，没我的份儿了。

高：所以妹妹才想夺过去？

平：姐，你真以为我稀罕你的东西么？

高厉厉的心忽悠一下，有了一个小小的震颤。不过，她很快就稳住了自己。

高：难道不是么？

平：几年前，想过要嫁给大水。时过境迁，现在不一样了。他连最基本的消费都满足不了我。

高：那你为啥招惹他呢？

平：姐，我需要被人心疼的感觉，被一个男人心疼的感觉。

高：你身边的男人们，就没一个心疼你的么？

平：姐，那只是一场游戏。游戏，你懂么？

高：你，真可怜（高厉厉有一些动容）。

平：是啊，我们都是可怜人。姐姐被婚姻套牢，我被游戏套牢。

不自觉的，高厉厉被带进平平制造的伤感的氛围里，为自己和平平的命运歔欷，嗟叹。

嗷——马路上一辆摩托车呼啸而过。高厉厉打了一个激灵，自己这是怎么了？怎么可以被平平的情绪所控制呢？不，不可以。她不可以同情平平，不可以被动。这是一个相当危险的信号。平平不是一个随便就被谁打倒的人，就像她自己说的那样，她是一个善于做各种游戏的人。之前，她说不定是在佯败，以此来麻痹对手。在对手扬扬得意、放松警惕的时候，她再出其不意，以一个致命的狠招置对手于死地。

险些上了平平的当。

高厉厉咬住了后槽牙，平平，真是对不起，让你失望了。

她决定将计就计——

所以，可怜人不要伤害可怜人。高厉厉说。

平：姐，你想让我退出，把我变成一个孤独的可怜人，你忍心么？

高：你想咋样？

平：最好的办法就是维持现状，我不破坏你的婚姻，不过是把大水分一半给我。

高：你认为可能么？

平平：我会在经济上补偿你。我知道，你们需要钱。

高：我会要么？

平：你可以试着接受。不试，你怎么会知道你不能接受呢？

高：你知道么，你是我见过的最无耻的女人（高厉厉的胃口一阵翻江倒海）！

平：姐，你才见过几个人，比我无耻的人像天上的星星一样多。

高：我会让你美好的愿望落空的，无耻的人。

平：给我一个说服我的理由？

高：我会让大水看清你真实的嘴脸。

平：呵呵，这个话题我感兴趣，说来听听？

高：妹妹，你这么冰雪聪明，大概不会想到我会把咱们的谈话录下来吧？

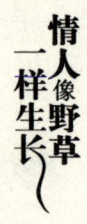

......

就要反败为胜了,一阵快意在高厉厉内心升腾和弥漫。但是,在强大的对手面前,高厉厉不敢有丝毫的懈怠。她要乘胜追击。

高:妹妹,你做错了一件事,不应该再接我后来的电话。你太自以为是了,以为我不是你的对手。你不知道,为了打赢这场战争,我做了很多准备。

平:姐,你以为你现在赢了么?你敢把录音放给大水听么?你不想给自己留一条后路么?

平平连着甩过来三个问号。两个女人都明白,对高厉厉来说,那不是三个问号。那是三根杠子,可以把高厉厉打昏的三根杠子。

是啊,自己敢把录音放给大水听么?敢么?置平平于死地的同时,她也将无路可走。作为一个人,作为一个女人的最后尊严会把她逼上绝路。无论是她,还是平平,都非常清楚地看到了这一点。

44. 孩子,和我一起走吧

母亲的坟上盖着一件蓝大衣。这件蓝大衣,高厉厉并不陌生。那年,母亲喝醉了,醉倒在父亲的坟前,身上盖的就是这件蓝大衣。大衣已经很破旧了,有的地方甚至露出了棉絮。棉絮呈现着一副老朽的模样,丧失了原有的洁白,但它却很温暖。

母亲一定感觉到了它的温暖。

高厉厉环顾了一下四周，一个驼着背的苍老身影，正渐渐地消失在田野的空旷里。

妈，有人照顾您，我就放心了。

妈，我是来请求您原谅的。妹妹刚离开家时，确实给我打过一个电话，可那是唯一的一个电话啊。其实我是没脸来见您的，这几年，我总是拿小可当借口，根本就没出去找过妹妹。妈，您不知道，这个借口也给了我希望。我多怕真的出去找了，找回来的是一个不好的消息。妈，我怕。所以，我才拿小可当借口的。

妈，这回，不管是个啥结果，就算是走到天涯海角，我也要找到妹妹。给您一个交代，也给我自己一个交代。

妈，我走了。

……

在母亲坟前，高丽丽深深地鞠了三个躬，然后把目光移向父亲的坟。父亲的坟和母亲的坟距离不到两米远。高厉厉忽然产生了一个错觉，两米远的距离，不过两三步的样子，可是，怎么却仿佛隔着十万八千里呢。父亲以孤独的姿态，拒绝任何人的走近。另一个世界的母亲，和父亲依旧是一家人么？如果是，母亲继续宠爱着父亲的羞涩，继续纵容着父亲的孤独么？

快要耗尽生命颜色的杂草，迎着冷风，在父亲的坟上簌簌地吟唱着一首哀伤的歌谣。

放开小可的手，高厉厉在父亲的坟前蹲下来，用心去倾听衰草的吟唱。她想知道它们吟唱的内容。

她想，父亲一定是听得懂的。或许，这支歌谣就是唱给父亲听的。小草是孤独的，父亲也是孤独的。

她不忍伸手拔掉它们，就让它们陪着父亲吧。父亲寂寞的时候，就听一听小草的歌声。

一个人的一生，只有小草是知音，是多么可悲啊。

想和父亲说几句话，可是高厉厉不知道自己该说什么，跟父亲说自己要去找妹妹么？

呵呵。高厉厉在心里冷笑了两声。她怀疑父亲是否关心这样的话题。他如果真的像母亲那样在乎，当初就不会抛下她们姐妹了。他是一个自私的父亲，除了自己，谁都不爱。

她朝着父亲及陪伴着父亲的衰草深深地鞠了三个躬，然后牵起小可朝着寻找妹妹的方向走去。

妹妹的方向是一个未知的方向。

先去镇上的医院吧。尽管从那里找到妹妹线索的几率几乎是约等于零的，但高厉厉还是带着小可去了。约等于和等于是有区别的，只要是约等于，就是有一丝微弱的希望的。

镇上的小邮局还在，门上却落着一把锁，看不出是营业的痕迹，也看不出不营业的痕迹。它毫无生气地蹲在街边，像一个耄耋之年的老头子。一个少年骑着一辆赛车路过小邮局，到了邮局门口，屁股一翘，来了一个急刹车。后车辘轳突然抬了起来。高厉厉的手本能地做了一个相扶的动作，却是一场虚惊，车辘轳完全在少年的掌控之中。它听话地着了地，听话地旋转起来，听话地让少年驾驭着迅疾远去了。少年比小可大几岁？两岁，还是三岁？他们的年龄那么接近，可是差别却是如此的巨大。对小可来说，这是多么不公平啊。高厉厉不自主地捏紧了小可的手。

过了小邮局，便是卫生院了。卫生院夹在小邮局和照相馆的中间。高厉厉和小可走进院子时，一辆农用三马车突突叫着超过了她们，在和小邮局一样没有生气的医院门口停下来。很壮实的开车人将车熄了火，跳下来，把后车斗打开，像搬一袋子粮食一样往下搬一个胖老太太。大概是用力过猛，搬疼了老太太，老太太开始零零碎碎地骂搬她的壮实男人。高厉厉和小可经过他们，进入到医院的一片寂静里。不是安静，是寂静，是缺少人气的一种空旷的寂静。药房的小窗子敞开着，却不见药剂师的踪影。见左手一拉溜的房子的第一个门口上挂着一块牌子，上面有两个斑驳的红字，隐约着可以看出是门诊的字样。高厉厉便推开那扇门，走了进去。门诊里一共两张桌子三个人。靠东边的桌子后边坐着一个穿白大褂的年轻人，脖子上挂着一副听诊器，正伏在桌子上写着什么；另外两个人也穿着白大褂，在靠西边的桌子后边做着游戏。一个年轻的女人、一个中年男人，他们在做着打手背的游戏。高厉厉和小可仿佛是两团空气，并没有妨碍屋子里的三个人。他们继续着之前的状态——写字，做游戏。

我想打听一个人。高厉厉对着三个穿白大褂的人说。

这时，门砰的一声弹开了。壮实男人驾着胖老太太进来了。和他们一起进来的，还有壮实男人的吆喝声，大夫，先给我妈瞅瞅，总闹迷昏。

年轻的白大褂停了手里的笔，示意胖老太太坐到他面前的小方凳上。拿出血压表，等待着胖老太太露出一只胳膊来。怎奈，由于穿得多，胖老太太的那只胳膊要想露出来，还真是不容易。年轻的白大褂和血压表都处在等待中。

大夫，我向您打听一个人。高厉厉利用了这个间隙。

打听谁？年轻的白大褂把目光转向高厉厉。

高厉厉说了一个名字。

做游戏的两个白大褂止住了游戏，高厉厉的话显然比他们做着的游戏更让他们感兴趣，连胖老太太都把一张大胖脸，连同胖脸上缀着的疑惑对准了高厉厉。

你是他啥人呢？胖老太太问高厉厉。

我和他没有任何关系,是别人让我帮着打听打听。

噢,要是这样我就说两句。他是我们庄上的,祸害人家黄花大闺女,让人家给阄了不是么,觉着没脸在庄上待着了,把老婆孩子带着走了。他远处有一个姐,都说奔他姐那儿去了。走好几年了,你不知道哇?

您知道他姐在哪儿么?

妈,一管起闲事儿来,您就不迷昏了吧!

壮实男人喝住了胖老太太。胖老太太朝着儿子连翻了几个白眼儿,继续着裸露臂膀的工作。

在几对目光的追随下,高厉厉背着包牵着小可往外走,砰的一声,随手带上了门,将身后的目光齐刷刷地斩断。

微乎其微的线索也失去了。该朝着哪个方向走呢?左,还是右?

小可,告诉我,咱们该朝着哪个方向走呢?

放好车,大水抬头看了一眼家。一团黑暗。自家阳台的灯没有如往日那样亮着。也就是说,高厉厉没有在厨房里忙碌着做饭。没有做饭的高厉厉,在干什么呢?此时,任何细微的变化都几乎会让大水把神经线崩断。它的神经已经像快要失去韧性的皮筋一样非常脆弱了,再也经不起反复的拉伸了。两个女人之间的战争尽管是隐蔽的,给他制造了一个平静的假象,但是大水能隐隐感到,平静是风雨欲来的前兆,是地动山摇的前兆。不过,今天早上,高厉厉的举动给了大水无穷的勇气,他开始在寻找一条走出困境的小路。对于大水来说,这条小路不太好寻找,问题的关键是,他已经在主动地寻找了。这很重要。

早上临走时,大水说,中午不回家吃饭了,去吃请呢。

吃请是和电话费有关系的。和高厉厉要钱时,不是说厂里有两个结婚的么?份子提前随了,喜酒终是要喝的。一点好办法都没有,大水实在不想再跟老婆孩子撒谎。可是,得给随份子的谎言打个圆场啊。于是,他只好假装着去喝喜酒,然后中午不回家来,随便猫在哪个小摊子前吃碗热乎乎的拉面。

高厉厉说,等等。

大水就缩回了那只准备去开门的手。

带着钥匙了吧?

带着呢。

掏出来我看看。

大水听话地掏出钥匙,在高厉厉眼前晃了晃。钥匙发出哗啦哗啦金属碰撞的声音。

再等一下。

说着,高丽丽进了屋。出来时,手上掂了一件崭新的以红为主色调的波司登羽绒服。

今儿天冷,穿上点吧。

还没到穿羽绒服的时候呢,我火力壮,经得住冻。

我说冷就冷,哪那么多废话呢!

给我,到外边再穿吧。

不行,现在就穿。来,我给你穿上。

没有给大水回绝的余地,高厉厉开始给大水穿羽绒服。大水的两只胳膊一先一后被装进袖子里,拉上锁链后,身子也被装了进去。最后是几枚按扣。高厉厉一粒一粒地把它们按得严严实实的。

一系列的动作终于完成了。高厉厉退后两步,前后左右地欣赏了一番羽绒服穿在大水身上的效果。不错,挺合身的,穿着也蛮精神的。现在穿,是有点早,那就脱下来吧,过两天再穿。

穿着吧,媳妇给穿的,热点儿也忍着。

大水说的的确是心里话。比身上的羽绒服更能给他带来热度的是高厉厉满含着女性柔情和母性慈爱的细腻动作。他切切实实地感觉到,眼前,给他穿衣服的这个人,是他女人的同时,还是他的亲人。她和他的血是溶在一起的,是永远无法分离开来的。

小可,和爸爸说再见!

大水看了一眼刚刚醒来,正用小手揉着眼睛的小可。会的,小可会和爸爸说再见的日子不会远了。这个家真正幸福的日子也不会远了。我的老婆,我的孩子,请再给我一点点的时间,让我找到一个适合的方式,处理好自己的事情。以后,我会加倍地补偿你们。

难道早上的一幕会和黑着的灯有某种关联么?会么?

45. 谁看见我的羽毛了

夜色,朝着大水慢慢地聚拢,厚道和密度在逐渐地增加。到凌晨三点的时候,夜色已经变成一个坚硬的壳子,把大水牢牢地固定在屋子的某一个位置上。

已经放到头儿的磁带,发出呲呲拉拉的抗议声。

除了固定在某一个位置上,他不知道自己该做些什么。不知道。他完全丧失了思维能力。看哪,一根一点也不美丽的羽毛,缓缓地在黑色中向着窗外游移。怎么会有羽毛呢?这根羽毛怎么会有似曾相识的感觉呢?羽毛闪着光芒,所以,他能够清晰地看到它。细看，羽毛的根部竟然在滴着鲜血。它受伤了么，它很疼么？它和自己有关系么？为什么一看见它，自己的心会跟着疼痛？别急，别急，让我好好想想，想想啊，想想它是谁。

哦，大水终于想起来了，怪不得这么眼熟呢，原来，那根流血的羽毛是高厉厉呢。它不是在自己的身上长着么。他没有拔它，从来没有想过要拔它。因为一旦拔掉它，他会连骨头带肉地疼。可是，它为什么要离开，为什么？羽毛一定是伤透了心，一定是绝望了。别人想把它从他的身上拔下来时，他没有保护好它，还下意识地做了帮凶。一次又一次，它对他彻底失去了信心，所以，它决定离开了，永远不会再回来了。

可是，他的灵魂也跟着那片流着他血液的羽毛一起飘走了。从此，他会变成一个没有灵魂的人，变成一个没有生命力的人。它带走了它们。一个没有灵魂，没有生命力的人，活在这个世上是毫无价值的。

不，你不要走——

你不是说我们是彼此身上的羽毛么？我知道，我配不上你，可是，看在我已经长成你身上的一根羽毛的分上，求你，不要走——

不要走——

回来啊——

大水突然从某一个被固定住的位置跳起来，去追逐那片流血的羽毛。窗子是关着的，羽毛便扭转了方向，朝着门口飘去。大水想去抓住它，每一次，它都灵巧地从大水的指间逃过了。飘到门口，身子一扁，进了门微小的缝隙里。然后，不见了踪影。

大水打开门，光着脚追了出来。

羽毛踪迹皆无。它飞到哪里去了，谁看见它飞到哪里去了？早在前半夜就熄了灯的院子，黑着一张脸，假寐着不去理会大水的质问。大水抡起胳膊,给了假寐着的夜色几个有力的大巴掌。夜色忍了。在原地转了一个圈儿,大水发现羽毛最有可能从大门口飞走了。借着门房那盏微弱的灯光,大水看得清清楚楚,大门虽然关着,但大门上的小门却敞开着。这个可恶的看门老头,小门一定是他故意敞开的。于是,大水奔了过去,砰砰地敲着门房的木门。

看门的老头听觉像狗一样灵敏。人睡着了,耳朵从来都是醒着的。它们时刻保持着警惕,时刻听着外边的动静。大水拍第一下门时,老头就醒了。

老头的秃头刚一露出来,差点被大水的大手掌当做门板子给拍了。别拍了,嘿!

你信不信,我这一巴掌可以拍死你老家伙!大水目眦尽裂。

见这气势,老头的气势立马萎了下去。您横,我怕了您了,不过您总得让我死个明白吧?

谁让你晚上睡觉不关上小门的,我身上的羽毛从小门飞走了,这个后果有多严重你知道么!

看门老头低头瞅了瞅大水光着的两只脚。出来进去的,我常见着您,今儿咋有点不对头哇,啥羽毛不羽毛的。您别再是神经了吧?

操,你才神经呢!大水的大手掌眼看就要拍下去,被两个胳膊上套着红袖章的巡逻人捉住了。

我们一直在这个院子里转悠,别说是羽毛,连一粒尘土都没飞出去。快回去睡觉吧,回头我们看见您的羽毛,给您送家里去。回去吧。

巡逻的人对着大水离去的背影,小声嘀咕,好好的人,准受啥刺激了。

没有找到羽毛，睡个鸟觉！那群无知的人，哪里知道羽毛就是他的女人啊。

他的羽毛去了哪里呢？在想拔掉它的人那里么？

掏出手机打电话，打给平平。

手机里一个女人用甜美的声音对大水说，您拨打的电话已关机。大水又打，女人依旧用甜美的声音回答他，您拨打的电话已关机。很有耐心，一点也不厌烦。妈的，大水再拨，这一回拨的是平平座机的号码。

嘟——嘟——

很多个嘟声响过后，电话终于通了。

喂？哪位？声音压得很低。是平平。

你把我的羽毛拔下来，藏哪儿去了，还给我！

你谁呀，你？

别装了，你会不知道我是谁，把我的羽毛还给我！

对不起，你打错了，这儿没有你要找的人。

在忙音响起之前，大水听见一个男人在电话里哼唧，宝贝儿，谁的电话？

打错了。然后，忙音就响起来了。

妈的，敢挂老子电话。等我把身上的羽毛找到了，再找你算账。

想了一下，大水又拨通了一个号码。

Q打着十足的睡眠腔，送出一个急促的"喂"来。这个点儿上的电话，很是让人心惊肉跳的，性质有些接近120急救电话。一定是特别急，特别重要的电话。

我是大水，你看见我的羽毛了么，是不是你把它藏起来了？

啥羽毛不羽毛的，你没事吧？Q的睡眠像鸟儿般飞走了。

快把我的羽毛还给我！

大水，是不是家里出了啥事了？

我的羽毛不见了，被人藏起来了。

你老婆孩子呢，她们在你身边么？

她们变成羽毛飞走了。

一个片刻的沉吟。电话里的Q说，大水，是我把你的羽毛藏起来了，告诉我你在哪儿，我这就给你送过去。

二十分钟后，Q和她的男人骑着自行车匆匆地赶来了。借着星光，他们找到了已经成为墙壁上一条凸起的暗影的大水。

Q对着暗影说，没事，天塌下来，我们跟你一起顶着。

她的男人也说，我们跟你一起顶着。

大水被Q和她的男人送上楼来。大水重新固定在屋子里的某个位置上。Q想替他脱下身上的羽绒服，大水阻止了她，说，你们走吧，我没事儿。

Q说，你要是有事儿，可就真对不起老婆孩子了。

大水说，真没事，你们在这儿会影响我，给我点时间，让我好好想想，想一个好办法。你们，走吧。

Q的男人从口袋里摸出半包烟，连同一只一次性的打火机。烟不好，凑合着抽吧，过去Q说你挺爷们的，这回说啥也不能萎了。

然后，一对夫妻出了大水的家门，一前一后，手牵手走下狭窄的楼道。到了楼下，女人哽咽着嗓音对男人说，抱抱我。

男人便将女人拥了说，咋了，人家的老婆孩子走了，你心疼了，不会是想补缺吧？

女人拿了拳头去捶男人的胸。我走了，你是不是也这样难过？

说实话么？

嗯。

跟你说，你也是我身上的羽毛，羽毛飞了，我成秃子了，你说我会不会难过？

女人的泪水哗哗地流下来，我向你保证，永远都不会飞走的……

也算是一个意外收获吧。这个夜晚，大水居然让Q和她男人的情感有了明显的增进。原来，幸福的感觉有时候是从比较中得来的，别人的不幸反衬出了自己的幸。

在烟雾的协助下，大水设想着天亮以后的种种行动。一丝睡意都没有。找不到老婆孩子，他是没有资格睡觉的。不配，不配睡觉。所有的伤害都是他造成的，他没有资格做高厉厉的男人，没有资格做小可的父亲。就是上刀山，下火海，他也要找到她们，接受她们的审判。

天蒙蒙亮时，沉寂着的手机突然响起来。是高厉厉打来的么？大水一下子从某个固定的位置上蹿起来，以恶狼的姿态扑向手机。

是平平。

是啊，怎么可能是高厉厉呢。这个手机呵，自从高厉厉给他买了这个手机呵，几乎成了他和平平往来的专用手机。高厉厉看得清清楚楚，却隐忍着不发。自己多像一个杀人不眨眼的刽子手，手里举着明晃晃的利刀，一下一下地割自己女人的心。自己的女人伤痕累累了，竟然自欺欺人地以为自己的女人没有感觉到那把刀的存在。小小的手机，也充当了帮凶的角色。

按了拒听键，大水捉了手机，走向阳台。他打开阳台的窗户，朝下望去。第一次站在这个位置朝下看，大水的心禁不住又一个抽搐。这方小小的天地，比单纯的阳台的意义宽广了很多。

他把自己想象成高厉厉。高厉厉站在这里，会看到什么呢？会看到自己的男人举着手机，在楼下徘徊着，给另一个女人打电话。她一定会看到的。自己的举动是多么可笑，而又可恶，多像捂着耳朵去偷铃铛的那个傻瓜。

大水嘿嘿冷笑了两声，然后，高高地举起手里的手机，朝着外边的天空抛了出去。

46. 一直向南，在找你们的路上

馒头，冰凉而且坚硬，碎在大水齿缝间。吞咽的过程艰涩而又缓慢。

顺着临街一所小学校的围墙坐下来，大水左手馒头，右手从羽绒服的口袋里掏出来一张中国地图，在膝盖上展开来，寻找下一站要走的路线。此刻后背上贴着的是一面天津静海的围墙，也就是说，明天他要去的地方是静海南边的一个什么地方。它是什么地方，叫什么名字并不重要，重要的是它在南边。南边，承载了他寻找老婆孩子的希望。除了那盘磁带，高厉厉在留给他的字条上，只写了简洁的几个字：我带着小可去找妹妹了。没有说去哪里找妹妹。但是，大水相信，她们一定是去了南方。高厉厉曾无数次地跟他说过，妹妹肯定是去了南方。在她的眼里，南方是财富和机遇的象征。妹妹那么有心的一个人，不去南方，难道还去北方东方西方不成？不会的，不会的。就像歌里唱的那样，有一位老人在中国的南海边画了一个圈儿。北方，东方，或者西方，有那个圈圈儿么？妹妹呵，百分之百地去了老人画圈圈儿的地方。

尾随大水一起来的县里电视台的两个年轻小伙子，在距离大水不远处的车上，倦怠着一副神情，一边吃着手里的盒饭，一边发着牢骚。妈的，这个苦差事凭啥就摊到咱哥们儿的身上了，命苦哇。不过，看在收视率的分上，看在奖金的分上，忍了。这哥们儿也真够拧的，放着热乎乎的盒饭不吃，啃凉馒头，不会是自虐给咱们看的吧？

电视台的这辆车从大水出发时就跟上了大水。大水和厂里请假，做出徒步寻找老婆孩子的决定后，Q和大水的几个徒弟就去了电视台。他们简单地介绍了大水的情况，说想请电视台帮个忙。电视台某个部门的负责人说，你们要做寻人启事的话，去广告部吧。负责人手上做了一个动作，仿佛在轰一群苍蝇。Q他们就恼了，做寻人启事还叫帮忙么？你看你们做的那些节目，有几个人看，一点都不感动人！走，咱走！

回来！负责人喝住了Q他们。

大水的几个徒弟就瞪起了眼珠子，拿出了动武的架势。负责人却是一脸的兴奋，一对锈目突然间就闪闪亮了，说你们等等，我们研究一下。

我们的时间可是有限的。

好好，很快，很快。

负责人的灵感没有白白闪现，很快落实了。徒步寻妻——这是一个让人兴奋的话题。节目吸引了观众的眼球，广告客户自然就接踵而来了。这才叫一箭双雕呢。

于是，跟随大水徒步寻妻的车和人，经过短暂的孕育和怀胎，诞生了。

电视台的车和人像一块撕不掉的膏药一样粘着大水，初时，大水是有些反感的——我找老婆孩子，关你们这群唯恐天下不乱的人屁事。于是，他千方百计地想甩掉这块膏药，但这个想法很快就破灭了。他发现这块膏药的性能是何等了得，有着良好的黏性，粘上容易，撕下来难。渐渐地，大水觉出了这块膏药的好处。所过之处，只要是人群聚集的地方，都会留下大水的痕迹。电线杆子，醒目的建筑物，在它们身上的某一个显眼的位置上，涂抹上一点胶水之后，啪的一声，一张寻人启事就亲吻了过来。两个年轻人，一个扛着摄像机，另一个主动请缨，为大水站岗放哨。这样一来，大水的寻人启事贴得就放心多了。在天津的北辰区，天上一片星光，街上一片灯光，在这个相对安全的时间里，大水刚要往一面光溜溜的墙壁上贴寻人启事，一辆执法车从天而降。幸亏两个年轻人眼疾手快，一个拎了大水那只装着寻人启事的大旅行包，一个拎了大水迅速上了车。逃吧。

每天，大水都会往家里拨一个电话。如果家里的电话打通了，说明高厉厉回家了。说明他的徒步寻妻到底感动了高厉厉。往家里拨的那个电话，从开始的公用电话，到后来使用两个年轻人的电话，证明了大水态度上的转变。在心里，大水愿意管他们叫两个年轻人。尽管按年龄来说，他们比他小不了多少。

人家为自己做得已经够多的了，怎么好再吃人家的盒饭呢。两个年轻人一再说，哥们儿，一路上吃的喝的我们都包了，别担心，掏公家的腰包啊。别管掏谁的腰包，自己的事情，没有掏自己的腰包，大水心里就不得劲。从小到大，他没有养成占别人便宜的良好习惯。大水很善良地想，本来，找老婆孩子是他一个人的事情，可是电视台的人和车跟着他一路奔波劳碌。如此一来，找老婆孩子就不再是他一个人的事情了，欠下的人情又有了新的厚度。于是，又多了一条拒绝吃人家递过来的热乎乎的盒饭的理由。快找到老婆孩子吧，让人家把节目做完，也算是还个人情债吧。

赶紧吃完手里的馒头，好抓紧时间多贴几张寻人启事。只是这手里的馒头，着实不好下咽啊。每一次艰难的吞咽，大水都会产生一丝自虐之后的快感。

把视线从膝上的地图上拔出来，瞄了瞄车上的两个年轻人。才发现，他们其实是有区别的。一个略瘦些，一个略胖些。几天以来，怎么就没发现呢？吃完了盒饭的他们，进入到短暂的瞌睡里。在大水面前，他们已经可以放心地瞌睡一会儿了，不用再担心大水会跑掉了。

来，我帮你把馒头烤一下。一个细细的女声在大水的耳边嘤嘤地响起。大水来不及反应，手里的凉馒头已经被一只稍嫌粗糙的小手捉了去。

大水惊愕的目光快速地奔跑，追赶自己的那块凉馒头，身子也本能地做了一个起立的动作，但却没能站起来。两只几乎磨烂了的脚掌，钻着心地疼。

捉了大水凉馒头的，是一个个子不高的女人。离着大水五六米远，有一个男人在用右臂摇着一只椭圆形状的黑乎乎的家伙。大水知道，那是爆米花的家什。此刻，它正架在一堆燃旺的煤火上。为了让煤火保持住旺盛，男人的左臂在拉着一只风箱。捉着大水馒头的女人，在那堆旺盛的煤火前蹲了下来，用一根铁钎子将馒头穿了，放在火上去烤。女人灵巧地旋转着手里的铁钎子，防止馒头烤焦了，间或抬头看一眼身边的男人。长着一蓬纷乱胡须的男人，便给女人丢过去一个浅浅的笑意，很深情的笑意。那样的笑意给男人一张丑陋的脸增添了几许的生动，还有魅力。

很快，馒头烤好了。眉目清秀的女人把馒头还给了大水。大水接过馒头,忘记了说声谢谢,也忘记了吃带着热度的馒头。女人的手里仿佛有一根绳儿,牵去了他的注意力。

женщина回到男人的身边,想帮男人拉风箱,男人用眼神制止了女人。于是,女人坐到了男人对面的小马扎上,手托着腮,看着男人拉风箱,看着男人摇架在火上的黑家伙。男人不说话,朝着女人递过去一个询问的眼神。女人知道男人眼神里的话,摇摇头,告诉男人自己不冷。

一会儿,女人又朝男人递过去一个询问的眼神。男人点点头,女人的身子离开小马扎,开始灵动起来,去帮男人整理那条接爆米花的长袋子。原来,是一锅爆米花要出炉了。

砰——

随着一声炸响,大水眼里的泪水哗哗地淌了出来。

一路往南走。由三个人组成的一支小队伍,忽然间就庞大起来,由一条小溪流变成了波澜壮阔的大江大河。大水徒步寻妻女的消息不胫而走,引来了各路媒体和广大热心群众的关注,电视台上热播,网络上热炒。大水无路可逃,就像站在舞台上,无论你走到舞台的哪个位置,都无法摆脱聚光灯的影子。它理直气壮地照着大水,让台下的观众看清大水的眉毛的稀疏程度,嘴唇的厚度,还有每一个动作甚至每一个意念。用那两个年轻人的话说,这回你的名,是出大发了。

盯上来的人手里都拿着一把小铲子,甩了冬装,吊着膀子,挥动着手里的小铲子,拼了力气来挖掘大水背后的故事,寻妻女的来龙去脉。他们还带着放大镜,以便不放过任何一个细微的细节。大水被挖得鲜血淋漓,却可怜巴巴地不敢拒绝,不敢反抗。再引用一句两个年轻人的话,把脑袋伸出去,让人家弹吧。温顺着点，要不，没你好果子吃。

　　顺了人家的意，就代表着思过，反省，悔改。这些词语是和浪子回头金不换相辅相成的，是能够博得人们的谅解和同情的，也是能够赚取很多女人的眼泪的。更令大水想不到的是，还会成为某特殊群体女性的偶像。这类群体女性的内心都有着一段伤心的记忆，伤心的记忆无一例外的和男人有关。她们对男人充满了幽怨，充满了绝望。大水的横空出世，让她们的绝望绝处逢生。她们集体选择原谅大水，集体发出感叹，为什么，为什么大水不是伤了自己的那个男人？于是，她们又集体在网上呼吁越来越多大水的诞生。大水成了新版陈世美的代言人，为旧版的陈世美正了名。更甚者，一个行为偏激的女人，追寻大水而来，当众抱住大水说，她就是高厉厉，要大水带她回家过日子；并将一大堆眼泪鼻涕蹭在了大水的羽绒服上，以留作纪念。大水一边毛骨悚然，一边嫌恶，那可是高厉厉给他买的羽绒服啊。

　　许多的事情是大水想不明白的。自己找老婆孩子，找着找着，怎会演变成如此的局面呢？眼前的局面太大，他一点也控制不了。但有一点他可以确定的是，差不多有半个中国的人都知道了他的事情，不计其数的人在帮着他找老婆孩子，不计其数的人在通过各种渠道给他捐款捐物。而且还有一个巨大的意外收获，不计其数的医学界的专家教授，提出来要免费给小可治病。

　　小可，你听到了么？那么多人要免费给你治病。你和妈妈在哪里啊？

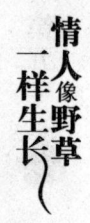

47. 我就在你不远的地方

其实，高厉厉又回到了县城，因为小可病了。

那天，从镇上的卫生院出来，高厉厉领着小可没有任何目的性地沿着小马路行走。

小可，你说咱们真的要去南方么？

小可，你说咱们的钱要是花没了，还没有找到姨姨咋办？

小可，把钱花没了，咋给你治病呢？

……

小可，走快点好不好，要不赶不上去南方的车了。对了，小可，去南方的车，是不是得到县城的车站去坐啊？要是那样，咱们现在是不是要去坐到县城的班车？

你不说话就是同意我的想法。走，咱们去坐班车。

每隔着三十分钟，从小镇到县城就会有一辆班车。所以，高厉厉和小可很快就坐上了开往县城的班车。一上车，小可就靠着高厉厉睡着了。高厉厉轻轻地拍打着小可的面颊，想把她唤醒，以免她睡着了感冒。轻轻的拍打丝毫奈何不了小可的睡眠。也难怪，几年来，小可第一次走这么多的路。她累了，倦了。高厉厉只好把她搂在怀里，紧紧地拥着，尽可能地温暖着她。

不知何时，小可的小脸蛋开始晕染上一层轻轻浅浅的桃花红。渐渐地，桃花红由轻轻浅浅转而浓郁厚重。快要到县城的车站了，任高厉厉怎样的呼唤，小可就是不肯睁一下眼睛。用手触及那一方小额头。高厉厉的手竟被灼了一下。

高厉厉不等车停稳,抱了小可便往车下迈。猛然想起座位上的行囊,又折了回头。拎着行囊,抱着小可再度到了车门口,高厉厉已经在嘘嘘喘气了。她如何也没有力量将小可和行囊同时带下车了。一旁早有出租车的司机赶来帮忙了,帮着高厉厉顺利地下了车,又帮着高厉厉顺利地上了自己的出租车,朝医院奔去。

怎么可能是急性肺炎呢?一声都没咳嗽哇?

高厉厉拿着化验单子向医生发出严重的质疑。

谁告诉你的肺炎非得咳嗽?医生的口气中夹杂着一种轻蔑,针对着高厉厉医学常识的欠缺。

高厉厉强迫自己,还是不要和医生作对吧,他们可有的是办法对付患者。多大的忍耐都经历了,这点小忍耐不过是小巫见大巫。一切为了孩子吧。

那您说,该咋办呢?高厉厉缓和着语气。

能咋办?住院输液呗。

只输液,不住院,行么?

我建议你住,你要是非得不住,我们总不能拉着你吧。

女性老医生将她两只如豆的眼睛,绕过鼻梁上架着的眼镜,对准了高厉厉身边的行囊,望了一小会儿。

怎么搞的,这么多年,咋就没遇到一个态度好的医生。倒霉的概率也太高了吧。传说里的和颜悦色的医生呢?

开单子,拿药,在门诊的输液室里等候护士来输液。

输液室里嘈杂一片。输液的,等着输液的,清一色的少年儿童,从几个月到十多岁不等。孩子的哭闹声,大人的呵斥声,哄劝声,犹如一锅煮沸了的热粥。每一个孩子的跟前儿,都有数目不等的大人陪护着。最醒目的是一个三四岁的小男孩,陪护的亲属几乎占了小半个屋子。爸爸，妈妈，爷爷，奶奶，挺着大肚子的姑姑，保护大肚子姑姑的姑父，姨奶奶，姨爷爷……护士像撵苍蝇似的往外撵多余得过分的人们，一转眼，多余得过分的人们又嗡嗡嘤嘤地飞了回来。手里拎着各种玩具、小食品。三四岁的小男孩说要吃甘蔗，保护大肚子姑姑的姑父飞奔出门，用最短的时间扛回来一根长甘蔗。爷爷豁出一副老牙齿，给小男孩剥甘蔗。付出劳动的爷爷，想在孙子那里讨个赏，问小男孩，甘蔗都给谁吃啊？并逐一地点着聚拢在周围的众亲属，点一个，小男孩摇一次头。全军覆没的亲属们嘻嘻哈哈地笑成一团，说，给爷爷吃不？小男孩很干脆地回答，给。众人欷歔，这个孙子爷爷没白疼。话音刚落，小男孩伸手（液扎在脚上）抓起爷爷啃下的甘蔗皮递给爷爷，给你吃这个！几乎笑出泪花花的爷爷，接过小男孩的馈赠，幸福地说，我大孙子真棒！

只有高厉厉和小可的跟前是冷冷清清的。高厉厉把嘈杂往一边推了推，沉浸到一大一小两个女人的一小片宁静里。

输完了液，一个非常现实的问题如巨石般耸立在高厉厉面前，无法跨越。到明天输液还有十几个小时的时间，这十几个小时她和小可要去哪里呢？为了省钱，没给小可办住院，或许，在高厉厉的潜意识里，以为输完液就可以回家的。只是她自己不知道罢了，现在的她和小可已经是没有家的人了。医院不能待，家又不能回，总要有一个栖息的地方吧。高厉厉想起婆婆的那些鸡，它们还有一棵树不是。难道，她和小可连鸡都不如了么？

去看看有没有便宜些的小旅馆吧。背着行囊，牵着已经有力气走动的小可，穿梭在县城夜晚的街道上。专捡了破败的地方走，上不了台面的小旅馆一定就隐在那里的，这是高厉厉的逻辑。开始有袅袅的食物的香味朝着鼻孔里钻，辨不出是哪种食物散发出来的，却很诱人。一拉溜低矮的小吃店在眼前了，门口竖着的牌子上写着山西刀削面、兰州拉面、陕西牛肉面，等等。脏兮兮的门口往外蒸腾着热气，给在寒冷中过往的行人带来几分暖意。

在一家卖土豆粉的小店门前，小可站住不走了。她饿了，饿极了。

透过污浊的玻璃窗，可以看见屋子里散落着几个食客，在神情专注地吃着面前大海碗里的土豆粉。来这种地方吃饭的人，多半是有两个原因的，一是为着那一口特色小吃的味道，二是图了便宜。花着很少的钱，却吃得热热闹闹。讲究的人放不下身上的架子，大半是不来这种地方的。

进了店，高厉厉朝着裹在一团热气里的女老板的后影吆喝了一句，来一碗土豆粉！便领着小可在一张空条桌后面坐下来。

除了卖土豆粉人的操作之声，就是吃土豆粉人的吸溜声。在一盏白炽灯的照耀下，依然以黯黑为主色调的小屋子里，再没了其他的声音。一台陈旧的电视机蹲在靠墙的一张条桌上，默不作声。一袭粉色的幕帘将小屋子隔开，给食客制造出一个悬念——幕帘后面是什么？或者是一个太容易破解的悬念，它没有引起食客的过多兴趣。此刻，只有高厉厉在默默地注视着它。

您的土豆粉——女老板将一大海碗热气腾腾的土豆粉放在高厉厉和小可面前的条桌上。她放下碗，准备再去继续她的操作之声，为下一个食客。走了两步，目光很有力度地盯了盯高厉厉。垂着头的高厉厉并没有察觉，她的注意力在面前的大海碗上。她轻轻地移动它，给它一个更适合的位置，然后从一只油腻的筷子筒里剥了一双一次性的筷子，递给小可，自己则坐在一旁看着小可吃大海碗里的土豆粉。想，这家的女老板倒是挺实在，大海碗不是在虚张声势，里边的货色倒是配得上大海碗的。小可无论如

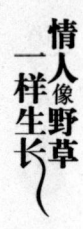

何是吃不完的。

土豆粉的味道一定是不错的,小可忍着它的烫,摆足了一副拼命要把它统统吃完的架势。很快,小可的鼻尖儿就浸出来一层细密的汗珠儿。汗珠儿挤挤挨挨地排列着,渐渐地变成你中有我,我中有你,分不清是彼汗珠儿还是此汗珠儿了。高厉厉捏了一张卫生纸去蘸小可脸上的汗水,卫生纸竟吸得饱饱的。再摊开手掌去试小可的额头,凉津津的。想是不烧了呢。小可脸上新鲜的汗水没有出来时,高厉厉便专注地看着吃土豆粉的小可。小可不像大水,像她,尤其是一双眼睛。看着小可,多像是在看着小时候的自己。这样的场景怎么如此的熟悉呢,俨然过去某一个场景的复制。她想起来,是母亲,母亲当初也是这样看着妹妹。

小可很努力地吃着大海碗里的土豆粉,很努力,很努力。忽然,她戛然中断了她的努力,停止了吃碗里剩下的足有三分之二的土豆粉。一双小手费劲地把剩有三分之二土豆粉的大海碗,往高厉厉这边推。

这个简单的动作,意味着什么?她吃饱了?还是心疼妈妈,要让给妈妈吃?

高厉厉那颗质地变得坚硬的心,忽然间就有一小部分柔软了,因为小可。

她把大海碗复又推向小可,妈妈不饿,小可吃吧,吃完了病就好了,明天就不用再扎针了。乖噢。

小可又陷进一个人的世界里了,完全感觉不到高厉厉的话语。大海碗里的土豆粉对她也不再具有诱惑力。

老板,多少钱?高厉厉冲着不远处被雾气夹裹的那条人影喊,并开始给小可穿衣戴帽。冬天的风又冷又硬,所以她尽量仔细地把小可包得严实一点。

第五章

咋就吃这一点点？女老板已经到了跟前。

高厉厉捏着一张纸币的手朝说话的方向伸过去。

这不是寒碜我么？女老板将高厉厉的手拐了一个弯。

高厉厉这才拿了眼睛去看一个具象的女老板，也这才想起女老板侉里侉气的声音是如此的熟悉。

竟然是她。城中村里那个和自己租住同一个房子的侉女人。短短几个月的时间，侉女人的变化似乎很大。人苍老了许多，眼神也如羔羊般老实。

你——

你弄不明白我为啥子改行卖起了土豆粉，是不？你不知道，其实我最拿手的就是做土豆粉，过去的凉皮生意只是做做样子。侉女人的脸上显出一种无法分辨的表情，看不出配合着那句话的是喜，是怒，是哀，还是悲。

再说了，凉皮生意一到冬天就不行了。侉女人继续着说。

你的——

高厉厉想起侉女人好像说过男人得了很重的病。只说了半句便斩断了话头。人家的伤心事，绕着点吧。

果然，侉女人的眼睛里转起了泪花花，手却用力地一个摆动，仿佛那样的摆动会减轻她的痛苦。

高厉厉急忙转移话题，大姐，这附近有小旅馆么，不怕小，能住就行。

家里出了啥子事情了？

高厉厉有一点懊恼，怎么会说走了嘴呢？她努力地拉了拉嘴角，想用一个微笑告诉侉女人，什么事都没有。

其实，我早就发现你不对劲喽。要是不嫌弃大姐，就住在大姐这里。外边的小旅馆不安全噢。

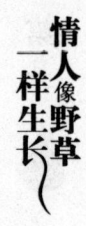

高丽丽有了片刻的迟疑。

侉女人将嘴巴贴近高厉厉的耳朵，大妹子，你放心，大姐已经从良喽。

高厉厉看了一眼小可。孩子的病再给折腾重了，麻烦就更大了。反正，也就是住几天。

那一袭粉红色的诱惑背后居然是一张床。一张床的含义等同于一个家，侉女人的家。白天，侉女人出了家门忙碌小店铺的生意。晚上，进了家门，安歇一副劳顿的身子。

侉女人执意要高厉厉和小可睡在床上。她自己则睡在帘子外边。几张凳子排列成差不多和身子等长后，身子躺上去，就是一张床。打理完小店铺的生意，侉女人会陪着高厉厉聊一会儿天。她们聊天的内容多是一些无关痛痒的话，小心谨慎地回避着某些敏感的话题。但是，两个女人都能嗅出回避背后的关心的味道。这让她们亲近了许多。越是这样，她们越是不忍心给对方增加负担，不忍心把自己肚子里的苦水倒给对方。所以，这样的聊天也是累人的。所以，高厉厉会适度地把握聊天时间的长度，以小可做了借口，早早地退到帘子的后边。给自己，也是给侉女人一个做回自己的空间。等到高厉厉和小可睡下了，侉女人会一个人坐在电视机前，直到屏幕泛起一片白雪花。应该是怕扰了高厉厉和小可的睡眠，电视机的音量调到小得不能再小。电视机释放的光亮把侉女人的身影映在帘子上。帘子上像贴着一枚剪纸作品。影子缩着头，长久地保持了一个动作。偶尔，会抬起手臂，擦一下眼睛。

她在借着别人的故事哭一哭。高厉厉想起了这句话。眼下的自己，连借着别人故事哭一哭的心情都没有了。这个时候的大水在干什么呢？他找她们了么？他用何种方式，到哪里去找她们了？这些最不愿意触及的话题，排着队，在高厉厉的大脑里，趾高气扬的，一遍又一遍地走过。

输完了五天的液，高厉厉并没有马上带着小可离开。侉女人态度强硬地说，孩子刚见点好，再稳定几天，那时你再走，我不拦你。

强硬里边包裹着关切，浓烈而又醇厚，让高厉厉拒绝不得，推脱不得。然后就有了戏剧性的一幕。

白天，高厉厉给侉女人打打下手，帮着择择菜，搞搞卫生，也给食客端端做好的土豆粉。中午，给一个中年男食客端土豆粉，中年男食客的眼睛仿佛生出了黏性，一直往高厉厉的脸上身上粘。上上下下，左左右右，眼神里并不见淫邪，只是在端详，在鉴别。他眼里的高厉厉，宛如一块商标，他在做的不过是想看清楚商标上的说明。

他是你啥子亲戚？侉女人明察秋毫。

不是。

侉女人的手里便拎了切菜刀，至中年男人的跟前，你要是不老老实实吃饭，马上给我走人！

中年男人吓得一伸舌头，把眼神咚地扔进大海碗里，一鼓作气吃干净了土豆粉，扔下钱，匆匆而去。他踏出小店的门口时，又回头看了一眼高厉厉。

很快，电视机还了中年男人的清白。

晚上，小店里的客人都走光了。关了店门，两个女人聊了会子小可的病，聊了会子白天那个奇怪的男人。高厉厉就带着小可去睡觉，侉女人又在电视机前把自己坐成一枚剪影。对着帘子上侉女人的剪影，高厉厉继续着自己无限的思绪。

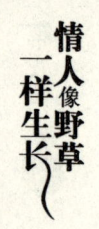

突然,一声惊叫,帘子上的剪影不但活了,还冲了进来——

老天噢,我知道那个男人为啥子总盯着你看了,来,快来,这下子你出了大名喽!

48. 情人节里的陌生电话

高厉厉气喘如公牛地往楼上跑。她的两条腿从未有过的灵敏,弹跳力从未有过的好,就像脚底下踩着的不是鞋子,而是两根性能良好的弹簧,轻轻一跃,至少跨过两个台阶。

就在刚才,骑着自行车在马路上行驶的高厉厉发现了一个人。原本,马路上稠密的凭借着各种交通工具行走的人流,在她的眼中是没有具体的印象的。他们只是单纯地在她的眼里流过来流过去。突然,高厉厉就发现了那个站在马路边上的女人。那只是一个站立的侧影,但一个侧影就已经足够了,它在瞬间生长出无数条触须,所有的触须都为高厉厉而生长,它们迅猛地扑向高厉厉。高厉厉连同她的自行车晃了晃,并且在第一时间内做出一个判断。太像她了。

可是,究竟是不是她呢?高厉厉不能百分之百地肯定。对这个叫平平的女人的形象的获取,仅是来自一张她和丈夫的合影照片。高厉厉浑身的血呼呼叫嚣着往头上涌,扭转自行车的车把,朝着马路边上站立的女人兜了过去。高厉厉装作无意识地从站立的女人身边经过的样子,眼睛恨不能变成啄木鸟的嘴巴,在女人的脸上啄下两块肉来。她连着兜了两圈儿,依旧无法盖棺定论,说眼前的女人就是平平。

也不能全怪高厉厉高度敏感。从她和丈夫的生活中再度退出的平平完全有再杀回来的可能性，平平不是一般意义上的女人，远比高厉厉丈夫的第一个和第三个情人高明。平平再度现身，再度让她的家处于水深火热之中，不就是杀了个回马枪么？只要她平平愿意，会随时再杀上个回马枪，回驴枪，甚至是回狗枪。枪枪都挑男人的脚筋，让男人走不动路。换了别的男人，早识破了平平的枪法，来一个利索的闪转。偏偏是自己的傻丈夫哟，枪枪都被挑中。想必平平也知道了大水徒步千里寻妻女的事情，因为心理极度的不平衡，她要死灰复燃，她要向大水发起新一轮的进攻。平平的进攻对他们这个家还是很有威胁的，一盘录音带子，并没有把平平变成大水眼里的一堆垃圾。面对许多媒体的挖掘，大水缄口不言关于平平的任何线索。

不怕。高厉厉围着女人兜了两圈后，一个牢靠的检验方式已经出炉了。它对于高厉厉来说，效果不比DNA逊色。

高厉厉要给平平打一个电话，打平平的小灵通。只要平平接了，说明平平还在北京。如果平平真的来他们这里了，那么，她的小灵通就不会打通。

一旦有了这个想法，高厉厉的心犹如被拉在了绷紧的弓弦上，嗖的一声，射向了家里。一副躯壳猛踩自行车，紧紧地追赶着归家的心。

此刻，高厉厉已经坐在家里的椅子上了。她面前的写字桌上是一部准备随时进入到被使用状态的座机。高厉厉却不急着打电话了。她要给自己留出一段平息气息的时间，不能泄露半点紧张，半点慌乱，以及半点喘息。

好了，高厉厉的手在拨号了。

平平的小灵通通了，发出嘟嘟声，却没有人接听。

高厉厉捏着话筒的手有点抖，心里恶恶地骂了一句脏话。这个烂货色真的不在北京？

——您拨打的电话无人接听！

这是一句最无情最冰冷的话，通过耳道蹿进高厉厉身体的各个部位，嗖嗖释放着冒着白烟的寒气。高厉厉不得不团紧了身子，她想给自己一些热量，让自己快要冻僵的思绪活络起来，容她想一想下一步的策略。

铃……

高厉厉被突然响起的座机铃声吓了一跳。

高厉厉一把抓起话筒，送出一个甜甜的"你好！"

有事么？平平一贯的，更是平平特有的细软的声音，那是平平杀伤力的重要组成部分。

高厉厉太熟悉这个声音了。除了通过她们中间的那个男人来熟知彼此，两个女人直接较量的战场就是电话线。战场既是狭仄的，又是宽广的。凭着一根电话线，在平平杀回马枪的那段日子，高厉厉时而柔软，时而坚硬，不时地变换着战术，专攻平平心的堡垒。家庭保卫战表面上打得静悄悄，内里则是硝烟弥漫。电话线传递着高厉厉的手段、心机，以及手段和心机掩盖下的苍凉与凄苦。而在这一瞬，高厉厉对这条电话线充满了感激。它给她传递了一个良性的信息。这个信息使她暂时从高度的紧张中回落下来。

你还好么？高厉厉很真诚地问候。

我在美容院做美容，刚才电话响没听见。有事么？

做美容好，做美容好。我没事，就是挺想你的。

我快要结婚了。

第五章

是么？祝福你！他是做什么的？

做生意的。

日子定下来通知我，我和先生去参加你们的婚礼。

……好，有时间我也会去看你的。他，还好么？还在上班么？

好，当然好。他没有做生意的本事，不上班能干啥呢？

收了线，高厉厉笑了笑，为她们说的那些言不由衷的话。她不会去参加平平的婚礼，平平也不会来看她。刚才她用了"我和先生"，这是多么让平平不舒服的一个说法。她们谁都没有提录音的事，谁都没有提大水千里寻妻女的事，好像这些事从来没有发生过。

这通电话给高厉厉吃了一颗定心丸。高厉厉想不明白，自己怎么就把街上的随便一个人当成平平了呢。现在想来，即便街上的那一个神似平平，年龄也不相符，是数年前平平的年龄，充其量是一个大女孩。看来是自己的心态出了问题。

一只手来拍高厉厉的肩，是小可。小可滞涩欠灵动的眼神里有一丝期待，她在提示高厉厉，她饿了。

高厉厉拥了拥小可，把从街上新买来的一张"东方神起"的音乐碟交给她。看着小可又滑进一个外人无法进入的音乐世界里，高厉厉站起来往厨房走。

晚上大水下班，手里擎着一枝鲜红的玫瑰花。高厉厉说，今天是啥日子？

过糊涂了？情人节，今儿是情人节呀！

你还狗长犄角整起洋（羊）式来了！高厉厉说着，准备去把花插起来。大水伸出手臂拦住她，把她揽在怀里。用他的眼睛捉了高厉厉的眼睛。

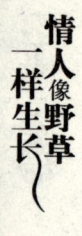

过完这个年,我们就去给小可治病。专家不是说了么,小可的病是有希望的。治好了小可的病,咱再想办法找妹妹。嗯?

行,听你的,现在你是一家之主。我去把花插好了,回头好吃饭。

不,我不想吃饭。

不想吃饭吃啥?病了?

没病,告诉你我想吃啥。

于是,大水把嘴巴贴在高厉厉的耳朵上,我想吃你。

高厉厉的脸一红,因为她感觉到了大水下身的坚硬。看了一眼看碟儿的小可,高厉厉羞涩着逃出大水的臂弯,去厨房找插玫瑰花的空瓶子。

这时,家里的电话响了,高厉厉便一手举着玫瑰花,去接电话。

对方在高厉厉"喂喂"了两声之后,啪的一声挂断了。高厉厉对大水说,肯定找你的。大水的脸上露出了不悦的神情,说,我也接到过这样的电话,那么就肯定是找你的了?话音未落,电话又响了起来,高厉厉指着大水说,你去接。大水抡开两条腿,几步跨到电话机旁。

大水对着话筒"哦、哦"说着话。他尽量地使用着最简洁的词语——哦,啊,嗯之类的,使用最长的一句是"刚才的电话是你打来的?"所以,高厉厉无法拼凑出他们谈话的内容,她听到的只是一些碎片,但这些碎片却有着尖刺刺的边缘,专门起割伤作用。

在这样一个特殊的日子里,是谁打来的电话呢?

为了母亲的微笑

　　曾经有人问我为什么走上写作的道路，我很干脆地回答，为了母亲的微笑。

　　1950年，我的母亲出生在天津宝坻一个叫黄家集的小村里，在母亲还没有能力对周围的事物形成记忆的年龄，她的父母双亲便先后去世了。于是，母亲成了孤儿。成为孤儿的母亲像财物一样分给三哥，过上了兄妹相依的日子。小时，我总缠着母亲给我讲故事，而母亲也总是满足着我，讲着这样那样的故事，却从没讲过她自己，从没讲过她苦难的童年。有一次我问母亲，我们每个人都有爸爸妈妈，为什么您没有呢？母亲沉默着不回答我，过了很久很久，母亲对我说，我不知道自己的爸爸妈妈长得什么样子。听了母亲的话，我很奇怪地笑了起来。我懂事的时候，在舅妈的家里，见到了母亲童年的一张照片，那也是母亲仅有的一张照片。看着那张照片，我的眼睛里盈满了泪水。那是我的母亲么？分明就是一个电影里的小萝卜头！细细的脖子支撑着一颗大大的头，大大头上长着两只大大的眼睛，两只大眼睛里满含着忧郁，满含着迷惘。透过这张照片，我看见了一个小女孩艰难的成长历程。

　　母亲一心一意为家操劳着，我很少看见她开心地笑过。父亲是个树叶掉了都怕砸破头顶的人，用母亲的话说，如果自己的父母在，无论如何也不会被"骗"到父亲家里。无望的生活像冬天的黑夜一样漫长，用并不坚实的脊梁撑住日子的母亲，真的没有快乐的理由。只是，当我把奖状捧回家里时，母亲才难得地笑笑。于是，小小的我为了母亲那难得的笑，尽可能让自己优秀着，尽可能取悦母亲。面对我的优秀，母亲的笑容渐渐地多了起来，眼睛里燃起了一盏明亮的灯。可是那年，我亲自吹灭了母亲那盏希望之火。因为生病，我未能参加高考。高考那天，母亲喝下了一瓶白酒，长醉不起。

我决心再为母亲燃起一盏希望的灯火。于是，我拿起了笔。这一拿，就再也没有放下。尽管灯火的光亮是微弱的，是飘摇的，但是凭借着这一点光亮，母亲又有信心把脚下的路走得坚定了。

母亲总是对我说，快别写了，多累啊。但是每次邮局的大姐把稿费单子送到和邻居一起乘凉的母亲手上时，母亲脸上的笑容都灿烂到了极致。她的内心和神态里满满的都是骄傲：她的女儿能把在键盘上敲打下来的文字变成钱，你的女儿，你们的女儿能么？

没有读过几年书的母亲已经学会了在我的稿费单子上签字。邮局大姐致电，说有我的汇款单，我会告诉邮局大姐，送家去吧，老妈在楼下呢。挂了电话，我静静地想象着，母亲捉笔签字时的那份潇洒。

想着想着，我笑了。

2012年4月22日